胡学亮 编

现代著名作家散文诗歌选

我深爱的中国

中国文史出版社

图书在版编目（CIP）数据

我深爱的中国：现代著名作家散文诗歌选 / 胡学亮编 . —— 北京：中国文史出版社，2020.12

（百年中国记忆）

ISBN 978-7-5205-3871-8

Ⅰ . ①我… Ⅱ . ①胡… Ⅲ . ①散文集 – 中国 – 现代②诗集 – 中国 – 现代 Ⅳ . ① I216.1

中国版本图书馆 CIP 数据核字 (2022) 第 203532 号

责任编辑：方云虎

出版发行：中国文史出版社

社　　址：北京市海淀区西八里庄路 69 号院　　邮编：100142

电　　话：010-81136606　81136602　81136603（发行部）

传　　真：010-81136655

印　　装：廊坊市海涛印刷有限公司

经　　销：全国新华书店

开　　本：16 开

印　　张：18.75

字　　数：218 千字

版　　次：2023 年 2 月北京第 1 版

印　　次：2023 年 2 月第 1 次印刷

定　　价：58.00 元

编者的话

　　爱国是国土上的居民对祖国来自内心深处的认同、依恋和热爱，是一种高尚的情感，也是一种精神力量。本书以爱国为主旨，选编了中国现代著名学者和作家较有影响的文章和诗歌，大体可以分为三类。

　　一类是学者的论说文，阐述跟爱国相关的知识，如爱国的内涵、中华民族的构成、国家与公民的关系、爱国与个人人格、亡国的内在原因……

　　一类是文学性较强的散文，或抒写亡国之忧、去国之苦；或控诉列强对中国的践踏、对中国人的欺凌；或抒发对祖国的深沉爱恋，赞美祖国的大好河山；或高扬作为中国人的自豪和自信……

　　一类是诗歌和碑文，用最凝练且最深沉的文字倾诉对土地的热爱，吹响战斗的号角，铭记血与火的历史……

　　感谢这些作者，他们的文字记录了历史，反映了中国人的爱国心路，是一笔可贵的精神财富，在中华民族走向复兴的征途中，无疑将激励国人勇往直前。

编　者

目　录

爱国论

梁启超

　　泰西人之论中国者，辄曰："彼其人无爱国之性质，故其势涣散，其心耎懦。无论何国何种之人，皆可以掠其地而奴其民。临之以势力，则贴耳相从；啖之以小利，则争趋若鹜。"盖彼之视我四万万人，如无一人焉。惟其然也，故日日议瓜分，逐逐思择肉，以我人民为其圈下之隶，以我财产为其囊中之物，以我土地为其版内之图，扬言之于议院，腾说之于报馆，视为固然，无所忌讳。询其何故，则曰支那人不知爱国故。哀时客曰：呜呼！我四万万同胞之民，其重念此言哉！

　　哀时客又曰：呜呼，异哉！我同胞之民也，谓其知爱国耶，何以一败再败，一割再割，要害尽失，利权尽丧，全国命脉，朝不保夕，而我民犹且以酺以嬉，以歌以舞，以鼾以醉，晏然以为于己无与？谓其不知爱国耶，顾吾尝游海外，海外之民以千万计，类皆激昂奋发，忠肝热血，谈国耻，则动色哀叹，闻变法，则额手踊跃，睹政变，则扼腕流涕，莫或使之，若或使之！呜呼，等是国也，等是民也，而其情实之相反若此！

　　哀时客请正告全地球之人曰：我支那人非无爱国之性质也。其不知爱国者，由不自知其为国也。中国自古一统，环列皆小蛮夷，无有文物，无有政体，不成其为国，吾民亦不以平等之国视之，故吾国数千年来，常处于独立之势。吾民之称禹域也，谓之为天下，而不谓之为国。既无国矣，何爱之可云？今夫国也者，以平等而成；爱也者，以对待而起。《诗》曰："兄弟阋于墙，外御其侮。"苟无外侮，则虽兄弟之爱，亦几几忘之矣。故对于他家，然后知爱吾家；对于他族，然后知爱吾族。游于他省者，遇其同省之人，乡谊殷殷，油然相爱之心生焉；若在本省，则举目皆同乡，泛泛视为行路人矣。惟国亦然，必对于他国，然后知爱吾国。欧人爱国之心，所以独盛者，彼其自希腊以来，即已诸国并立，此后虽小有变迁，而诸国之体无大殊，互相杂居，互相往来，互比较而不肯相下，互争竞而各求自存，故其爱国之性，随处发现，不教而自能，不约而自同。我中国则不然。四万万同胞，自数千年来，同处于一小天下之中，未尝与平等之国相遇，盖视吾国之外，无他国焉。故吾曰：其不知爱国者，由不自知其为国也。故谓其爱国之性质，隐而未发则可，谓其无爱国之性质则不可。

于何证之？甲午以前，吾国之士夫，忧国难，谈国事者，几绝焉。自中东一役，我师败绩，割地偿款，创巨痛深，于是慷慨忧国之士渐起，谋保国之策者，所在多有。非今优于昔也，昔者不自知其为国，今见败于他国，乃始自知其为国也。哀时客粤人也，请言粤事。吾粤为东西交通第一孔道，澳门一区，自明时已开互市，香港隶英版后，白人足迹益繁，粤人习于此间，多能言外国之故，留心国事，颇有欧风；其贸迁于海外者，则爱国心尤盛。非海外之人优于内地之人也，蛰居内地者，不自知其为国，今远游于他国，乃始自知其为国也。故吾以为苟自知其为国，则未有不爱国者也。呜呼！我内地同胞之民，死徙不出乡井，目未睹凌虐之状，耳未闻失权之事，故习焉安焉，以为国之强弱，于己之荣辱无关，因视国事为不切身之务云尔。试游外国，观甲国民在乙国者，所享之权利何如，乙国民在丙国者，所得之保护何如，而我民在于彼国，其权利与保护何如，比较以观，当未有不痛心疾首，愤发蹈厉，而思一雪之者。彼英国之政体，最称大公者也。而其在香港，待我华民，束缚驰骤之端，不一而足，视其本国与他国旅居之民，若天渊矣。日本唇齿之邦，以扶植中国为心者也，然其内地杂居之例，华人不许与诸国均沾利益。其甚者如金山、檀香山之待华工，苛设厉禁，严为限制，驱逐迫逼，无如之何！又如古巴及南洋荷兰属地诸岛贩卖猪仔之风，至今未绝；适其地者，所受凌虐，甚于黑奴，殆若牛马，惨酷之形，耳不忍闻，目不忍睹。夫同是圆颅方趾冠带之族，而何以受侮若是？则岂非由国之不强之所致耶？孟子曰："人必自侮，然后人侮之。"吾宁能怨人哉！但求诸己而已。国苟能强，则已失之权力固可复得，公共之利益固可复沾，彼日本是也。日本自昔无治外之权，自变法自强后，改正条约，而国权遂完全无缺也。故我民苟躬睹此状，而熟察其所由，则爱国之热血，当填塞胸臆，沛乎莫之能御也。

夫爱国者，欲其国之强也，然国非能自强也，必民智开，然后能强焉，必民力萃，然后能强焉。故由爱国之心而发出之条理，不一其端，要之必以联合与教育二事为之起点。一人之爱国心，其力甚微，合众人之爱国心，则其力甚大，此联合之所以为要也；空言爱国，无救于国，若思救之，必藉人才，此教育之所以为要也。今海外人最知爱国者也，请先言海外。

各埠之有会馆也，联合之意也。横滨之有大同学校也，各埠之纷纷拟兴学校也，教育之意也。皆我海外同胞之民，发于爱国之真诚所有事也。新加坡一埠，当政变以前，议设学堂，集资已及二十余万金；檀香山一埠，通习西文谙图算之男女学生，已及六七百人；诸君子忧时之远识，治事之苦心，真不可及也。然吾犹有所欲言者，则于联合之中，更为大联合，于教育之中，更为大教育也。所谓大联合者何？商会是已。我中国人之善于经商，虽西人亦所深服，然利权所以远逊于人者，固由国家无保护之政策？亦由吾商民之气散而不聚，不能互相扶植、互相补救；故一及大局之商务。每不能与西人争也。即如海外各埠，吾民成聚之区，以百余计，而曾无一总汇互通声气者。其且如旧金山一埠，三邑与四邑之人，互相讼阋，同室操戈，贻笑他人，于此而望其大振商业，收回利权，岂可得哉？殊不知全局之利害，与一人之利害，其相关之处，有至切至近者。互相提携，则互享其利；互相猜轧，则互受其害，其理甚繁，其事甚多，别篇详之。故远识大略者，知经营全局之事，正所以经营，一身一家之事。昔英人之拓印度，开广东，全藉商会之力，及其业已就，而全国之中商、小商，无一不沾其利焉，此其明证也。故今日为海外商民计，莫如设一大商会，合各埠之人，通为一气，共扶商务，共固国体；每一埠有分会，合诸埠有总会，公订其当办之事，互谋其相保之法，内之可以张大国权，外之可以扩充商利，此最大之业也。至其条理设施之法，当于别篇详之，今不及也。

所谓大教育者何？政学是已。香港有英人所设之大学堂，吾海外之民之治西学者，多从此出焉，外此各埠续设之学堂，亦多仿其制。虽然，英人所设之学堂，其意虽养成人才为其商务之用耳，非欲用养成人才为我国家之用也，故其所教偏优于语言文字，而于政学之大端盖略焉。故自香港学堂山者，虽非无奇特之才，然亦不过其人之天资学力别有所成，而非学堂之能成之也。且我同胞之民所学者何？学以救我中国也。凡每一国，必有其国体之沿革，存于历史，必有其国俗之习惯，存于人群，讲经国之务者，不可不熟察也。今香港之学堂，绝不教中国之学，甚至堂中生徒并汉文而不能通焉，此必不可以成就经国之才也。且西国学校，所教致用之学，如群学、国家学、行政学、资生学、财政学、哲学各事，凡有志于政治者，皆不可不从事焉，而香港学堂皆无之，是故不能得非常之才也。今如檀香山之生徒，其通西语解图算者，既以数百计，其人皆少年蹈厉，热血爱国，使更深之以汉学，进之以政治，则他日中国旋乾转坤之业，未始不恃此辈也。为今之计，宜各埠皆设学校，广编教科书，中西并习，政学兼进，则数年之后，中国维新之运既至，我海外之忠民，皆得以效力于国家，而国家亦无乏才之患矣！

哀时客曰：呜呼！国之存亡，种种盛衰，虽曰天命，岂非人事哉？彼东西之国，何以淳然日兴？我支那何以莘然日危？彼其国民，以国为己之国，以国事为己事，以国权为己权，以国耻为己耻，以国荣为己荣；我之国民，以国为君相之国，其事其权，其荣其耻，皆视为度外之事。呜呼！不有民，何有国？不有国，何有民？民与国，一而二，二而一者也。今我民不以国为己之国，人人不自有其国，斯国亡矣！国亡而人权亡，而人道之苦，将不可问矣！泰西人曰：支那人无爱国之性质。呜呼！我四万万之同胞之民，其重念此言哉！其一雪此言哉！

爱国心乌乎起？孟子曰："吾弟则爱之，秦人之弟则不爱也。"惟国亦然，吾国则爱之，他人之国则不爱矣。是故人苟以国为他人之国，则爱之之心必灭；虽欲强饰而不能也；人苟以国为吾同；则爱？之心必牛：虽欲强制而亦不能也。愈隔膜则其爱愈减，愈亲切则其爱愈增，此实天下之公例也。譬之一家然，凡子弟未有不爱其家者，盖以为家者吾之家，家事者吾之事也；凡奴隶则罕有真爱其家者，盖以为家者主人之家，家事者主人之事也。故欲观其国民之有爱国心与否，必当于其民之自居子弟欤自居奴隶欤验之。

凡国之起，未有不起于家族者，故西人政治家之言曰：国字者，家族二字之大书也。其意谓国即大家族，家族即小国也。君者，家长、族长也；民者，其家族之子弟也。然则当人群之初立，则民未有不以子弟自居者。民之自居奴隶乌乎起乎？则自后世暴君民贼，私天下为一己之产业，因奴隶其民，民畏其威，不敢不自屈于奴隶，积之既久，而遂忘其本来也。后世之治国者，其君及其君之一二私人，密勿而议之，专断而行之，民不得与闻也；有议论朝政者，则指为莠民，有忧国者，则目为越职，否则笑其迂也，此无怪其然也。譬之奴隶而干预主人之家事，则主人必怒之，而旁观人必笑之也。然则虽欲爱之，而有所不敢、有所不能焉，既不敢爱、不能爱，则惟有漠然视之，袖手而观之。家之昌也，主人之荣也，则欢娱焉，醉饱焉；家之败也，主人之中落也，则褰裳也去，此奴隶之恒性也。故西人以国为君与民所共有之国，如父兄子弟，通力合作以治家事，有一民即有一爱国之人焉；中国则不然，有国者只一家之人，其余则皆奴隶也，是故国中虽有四万万人，而实不过此数人也。夫以数人之国，与亿万人之国相遇，则安所往而不败也。

西史所称爱国之业，如昔者希腊以数千之农民，追百万游牧之蛮兵；法国距今四百年前，有一牧羊之田妇，独力一言以攘强敌，使法国脱外国之羁轭。皆彼中所啧啧传为美谈者也。虽然，吾中国昔者非无其例也。以《左氏春秋》所载，如齐鲁长勺之战，鲁曹刿忧国事，有所擘画，旁人笑之曰："肉食者谋之，又何间焉？"而曹刿不顾非笑，卒谒其君而成其功。又如秦将袭郑，郑弦高以牛十二犒秦师，而报其谋于本国，卒使有备而退强敌。夫曹刿一布衣耳,弦高一商人耳,非有国家之责,受君相之命也,使其袖手,谁则尤之?然皆发于爱国之诚,以匹夫而关系大局。呜呼!此非古人独优于今人也,其所以致此者,盖有由也。古者视其国民如一家之人焉,征之左氏,如晋韩起求玉环于郑,郑子产告以本国与商人所立之约,曰:"尔无我诈,我无强买。"又如晋文公围南阳,南阳之民曰:"夫谁非王之昏姻?其俘之也。"诸如此类,不一而足。盖当三代以前,君与民之相上,实如家人妇子焉,依于国家,而各有其所得之权利,故亦对于国家而各有其应尽之义务,人人知此理,人人同此情,此爱国之心,所以团结而莫解也。

圣哉我皇上也!光绪二十四年七月二十五日上谕有曰:"海内之民,皆上苍之所畀,祖宗之所遗,非皆使之康乐和亲,朕躬未为尽职。"于戏!此言也,我四万万同胞之臣民,所当感激起舞,发奋流涕,日夜熟念,而不可一日忘者也。夫天子而有职也,有职而自忧其未尽,自责其未尽也,此何等语耶?此盖自唐虞三代以来,数千年所号称贤君令辟,未有能知此义、能为此言者也。皇上之意盖曰:我有子弟,我饮食之,我教诲之;吾子弟之学业,吾之责也,吾子弟之生计,吾之谋也。其心发于至爱,其语根于至诚,此非犹夫寻常之诏令而已,其贤父慈母噢咻其子弟而卵翼其家人之言也。故吾中国自秦、汉以来,数千年之君主,皆以奴隶视其民,民之自居奴隶,固无足怪焉;若真能以子弟视其民者,则惟我皇上一人而已。我四万万同胞之臣民,生此国,遇此时,获此圣君,依此慈母,若犹是自居于奴隶,而不自居于子弟,视国事如胡越,视君父之难如路人,则真所谓辜负高厚、全无人心者也。此吾所以仰天泣血,中夜椎心,沈病而不能自制也。

哀时客曰：吾尝游海外，海外之国，其民自束发入学校，则诵爱国之诗歌，相语以爱国之故事，及稍长，则讲爱国之真理；父诏其子，兄勉其弟，则相告以爱国之实业。衣襟所佩者，号为爱国之章；游燕所集者，称为爱国之社。所饮之酒，以爱国为命名；所玩之物，以爱国为纪念。兵勇朝夕，必遥礼其国王；寻常饔飨，必祈祷其国运。乃至如法国歌伎，不纳普人之狎游，谓其世为国之仇也；日本孩童，不受俄客之赠朵，渭其将为国之患也，其爱国之性，发于良知，不待教而能，本于至情，不待谋而合。呜呼，何其盛欤！哀时客又曰：吾少而居乡里，长而游京师，及各省大都会，颇尽识其朝野间之人物。问其子弟，有知国家为何物者乎？无有也。其相语则曰：如何而可以入学，如何而可以中举也。问其商民，有知国家之危者乎？无有也。其相语则曰：如何而可以谋利，如何而可以骄人也。问其士夫，有以国家为念者乎？无有也。其相语则曰：如何而可以得官，可以得差，可以得馆地也。问其官吏，有以国事为事者乎？无有也。其相语则曰：某缺肥，某缺瘠，如何而可以逢迎长官，如何而可以盘踞要津也。问其大臣，有知国耻、忧国难、思为国除弊而兴利者乎？无有也。但人则坐堂皇，出则鸣八驺，颐指气使，穷侈极欲也。父诏其子，兄勉其弟，妻劝其夫，友劝其朋，官语其属，师训其徒，终日所营营而逐逐者，不过曰：身也，家也，利与名也。于广座之中，若有谈国事者，则指而目之曰：是狂人也，是痴人也；其人习而久之，则亦且哑然自笑，爽然自失，自觉其可耻，箝口结舌而已。不耻言利，不耻奔竞，不耻媟渎，不耻愚陋，而惟言国事之为耻，习以成风，恬不为怪，遂使四万万人之国；与无一人等。惟我圣君慈母，咨嗟劬劳，忧愤独立于深宫之中。呜呼！为人子弟者，其何心哉？其何心哉？

今试执一人而语之曰："汝之性，奴隶性也；汝之行，奴隶行也。"未有不色然而怒者。然以今日吾国民如此之人心，如此之习俗，如此之言论，如此之举动，不谓之为奴隶性、奴隶行不得也。夫使吾君以奴隶视我，而我以奴隶自居，犹可言也；今吾君以子弟视我，而我仍以奴隶自居，不可言也。泰西人曰："支那人无爱国之性质。"我四万万同胞之民。其重念此言哉！其一雪此言哉！

国者何？积民而成也。国政者何？民自治其事也。爱国者何？民自爱其身也。故民权兴则国权立，民权灭则国权亡。为君相者而务压民之权，是之谓自弃其国；为民者而不务各伸其权，是之谓自弃其身。故言爱国必自兴民权始。

今世之言治国者，莫不以练兵理财为独一无二之政策，吾固不以练兵理财为足以尽国家之大事也，然吾不敢谓练兵理财为非国家之大事也。即以此二者论之，有民权则兵可以练，否则练而无所用也；有民权则财可以理，否则理而无所得也。何以言之？国之有兵，所以保护民之性命财产也，故言国家学者，谓凡国民皆有当兵之义务。盖人人欲自保其性命财产，则人人不可不自出其力以卫之，名为卫国，实则自卫也，故谓之人自为战。人自为战，天下之大勇，莫过于是。不观乡民之械斗者乎？岂尝有人焉为之督责之、劝告之者，而摩顶放踵，一往不顾，比比皆是，岂非人人自卫其身家之所致欤？西国兵家言曰："凡选兵不可招募他国人。"盖他国应募而为兵者，其战事于己之财产性命，无有关系，则其爱国之心不发，而战必不力。夫中国之兵，虽本国人自为之，而实与他国应募者，无以异也。西人以国为斯民之公产，王侯将相者，通国之公仆隶也；中国以国为一人之私产，辄曰王者富有四海，臣妾亿兆。臣妾云者，犹曰奴虏云耳。故彼其民为公益公利自为斗也，而中国则奴为其主斗也。驱奴虏以斗贵人，则安所往而不败也？不观夫江南自强军乎？每岁糜巨万之饷以训练之，然逃亡者项背相望，往往练之数月，甫成步武，而褰裳以去，故每阅三年，则旧兵散者殆尽，全军皆新队矣。未战时犹且如是，况于临阵哉？其余新练诸军，情形莫不如是。能资之于千日，而不能得其用于一时。彼中东之役，其前车矣！今试问新练诸军，一旦有事，能有以异于中东之役乎？吾知其必不能也。何也？奴为主斗，未有能致其命者。前此有然，后此亦莫不然也。此吾所谓虽练而无所用也。

国之有财政，所以为一国之人办公事也。办事不可无费用，则仍酿资于民以充其费。苟酿之于民者悉用之于民，所酿虽多，未有以为病者也。不观乎乡民乎？岁时伏腊，迎神祭赛，户户而酿之，人人而摊派之，莫或以为厉己也。何也？吾所出者知其所用在何处，则群焉信之，欣然而输之。故西人理财之案，必决于下议院。有将办之事，议其当办与否，既人人以为当办矣，则必其事之有益于公众也，于是合公众以谋其费之所出。以一国之财，办一国之事，未有不能济者也。而又于先事有豫算焉，于既事有决算焉。豫算者，先大略拟此事费用，逐条列出而筹之也；决算者，征信录之意也。一切与民共之，民既知此事之不可以不办也，又知其所出之费确为办此事之用也，夫谁不乐输之？又不惟办事而已，即国家有不幸，如战败赔款之事，若法国之于普国，赔至五千兆佛郎之多，亦一呼而集之。何也？当其开战之始，既经国民之公议，以为不可不战，人人为其公事而战；战之胜败，全国之民固自愿受其利害矣。其赔款也。亦由国民知其不可已。公议而许之。虽多其奚怨也？若夫当战与否，未尝商之于民焉；战之方略如何，未尝商之于民焉；休战与否，未尝商之于民焉；赔款之可许与否，未尝商之于民焉；一二庸臣，冒昧而行之，秘密而议之，私相授受而许之，一旦举其所费而尽委负担于吾民，其谁任之？夫我朝之于租税，可谓极薄矣，而民顾不以为德者，凡人之情，出其财而知其所用，虽巨万而不辞，出其财而不知其所用，虽一文而必吝。故民政之国，其民为国家担任经费，洒血汗以报国，曾无怨词，虽有重费之事，苟属当办者，无不举焉。中国则司农仰屋于庙堂，哀鸿号嗷于中泽，上下交病，而百事不举，此其故可深长思也。今之言理财者，非事搜括，则事节省，浸假而官吏之俸，扣之又扣，兵士之饷，减之又减，而民之受病也如故；民债之借，酷于催科，昭信之票，等于朘箧，而国帑之溃乏也如故。岂中国之果无财哉？岂中国之民之吝财大异于西国哉？无亦未尝以民财治民事之所致也。此吾所谓虽理而无所得者也。

吾闻之西人之言曰："使中国而能自强，养二百万常备兵，号令宇内，虽合欧洲诸国之力，未足以当其锋也。"又曰："以中国之人之地，所产出之财力，可以供全欧洲列国每岁国费两倍有余。"嗟乎！凭藉如此之国势，而积弱至此，患贫至此，其醉生梦死者，莫或知之，莫或忧之，其稍有智识者，虽曰知之，虽曰忧之，而不知所以救之。补苴罅漏，撅拾皮毛，日夜孳孳，而曾无丝毫之补救，徒艳羡西人之富强，以为终不可几而已，而岂知彼所谓英、法、德、美诸邦，其进于今日之治者，不过百年数十年间事耳。而其所以能进者，非有他善巧，不过以一国之人，办一国之事，不以国为君相之私产，而以为国民之公器，如斯而已。故不能以一二人独居其功，亦非由一二人独任其劳，而日就月将，缉熙光明，不数十年，而彼之国民，遂缦缦然将举全地球而掩袭之，民权之效，一至于此。呜呼！吾国独非国欤？吾民独非民欤？而何以如是？问者曰："民权之善美，既闻命矣。然朝廷压制，不许民伸其权，独奈之何？子之言但向政府之强有力者陈之斯可耳，喋喋于我辈之前胡为也？"答之曰：不然。政府压制民权，政府之罪也；民不求自伸其权，亦民之罪也。西儒之言曰："侵犯人自由权利者，为万恶之最，而自弃其自由权利者，恶亦如之。"盖其损害天赋之人道一也。夫欧洲各国今日之民权，岂生而已然哉？亦岂皆其君相晏然辟吗而授之哉？其始由一二大儒，著书立说而倡之，集会结社而讲之，浸假而其真理灌输于国民之脑中，其利害明揭于国民之目中，人人识其可贵，知其不可以已，则赴汤蹈火以求之，断颈绝脰以易之。西儒之言曰："文明者，购之以血者也。"又曰："国政者，国民之智识力量的回光也。"故未有民不求自伸其权，而能成就民权之政者。我国蚩蚩四亿之众，数千年受治于民贼政体之下，如盲鱼生长黑壑，出诸海而犹不能视。妇人缠足十载，解其缚而犹不能行。故步自封，少见多怪，曾不知天地间有所谓"民权"二字，有语之曰："尔固有尔所有有之权。"则且瞿然若惊，蹴然不安。掩耳而却走，是直吾向者所谓有奴隶性、有奴隶行者。又不惟自居奴隶而已，见他人之不奴隶者，反从而非笑之。呜呼！以如此之民，而与欧西人种并立于生存竞争、优胜劣败之世界，宁有幸耶？宁有幸耶？此吾所以后顾茫茫，而不知税驾于何所也。

问者曰："子不以尊皇为宗旨乎？今以民权号召天下，将置皇上于何地矣？"答之曰：子言何其狂悖之甚！子未尝一读西国之书，一审西国之事，并名义而不知之，盍速缄尔口矣！夫民权与民主二者，其训诂绝异。英国者，民权发达最早，而民政体段最完备者也，欧美诸国皆师而效之，而其今女皇，安富尊荣，为天下第一有福人，其登极五十年也，英人祝贺之盛，六洲五洋，炮声相闻，旗影相望。日本东方民权之先进国也，国会开设以来，巩自治之基，历政党之风，进步改良，蹑迹欧美，而国民于其天皇，戴之如天，奉之如神，宪法中定为神圣不可犯之条，传于无穷。然则兴民权为君主之利乎？为君主之害乎？法王路易，务防其民，自尊无限，卒激成革命战栗时代，去衮冕之位，伏尸市曹，法民莫怜。俄皇亚历山·尼古剌，坚持专制政体，不许开设议院，卒至父子相继，陷于匕首，或忧怖以至死亡。然则压制民权，又为君主之利乎？为君主之害乎？彼英国当一千八百十六七年之际，民间议论喧俯，举动踔厉，革命大祸，悬于眉睫；日本当明治七八年乃至十四五年之间，共和政体之论，遍满于国中，气焰熏天，殆将爆裂。向使彼两国者，非深观大势，开放民权，持之稍蹙，吾恐法国一千七百八十九年之惨剧，将再演于海东西之两岛国矣。今惟以民权之故，而国基之巩固，君位之尊荣，视前此加数倍焉。然则保国尊皇之政策，岂有急于兴民权者哉！而彼愚而自用之辈，混民权与民主为一途，因视之为蜂虿、为毒蛇，以荧惑君相之听，以窒天赋人权之利益，而斫丧国家之元气，使不可复救，吾不能不切齿痛恨于胡广、冯道之流，不知西法而自命维新者也。

圣哉我皇上也！光绪二十四年七月二十七日上谕云："国家振兴庶政，兼采西法，诚以为民主政，中西所同，而西人考究较勤，故可以补我所未及。西国政治之学，千端万绪，主于为民开其智慧，裕其身家，其精者乃能美人性质，延人寿命，凡生人应得之利益，务令其推广无遗。朕夙夜孜孜，改图百度，岂为崇尚新奇？乃眷怀赤子，皆上天之所畀，祖宗之所遗，非悉使之康乐和亲，朕躬未为尽职。今将变法之意，布告天下，使百姓咸喻朕心，共知其君之可恃。上下同心，以成新政，以强中国，朕不胜厚望。"於戏！臣每一读此谕，未尝不舞蹈感泣呜咽而不能自胜也。西国之暴君，忌民之自有其权而务压之；我国之圣主，忧民之不自有其权而务导之。有君如此，其国之休欤！其民之福欤！而乃房州黔黯，吊形影于瀛台；髀肉蹉跎，寄牧刍于笼鸽。田横安在？海外庶识尊亲；翟义不生，天下宁无男子！欧人曰："支那人无爱国之性质。"我四万万同胞之民。其重念此言哉！其一雪此言哉！

（作于 1899 年 2 月；选自《饮冰室合集》，中华书局，1989）

爱国歌四章

梁启超

　　泱泱哉！吾中华。最大洲中最大国，廿二行省为一家。物产腴沃甲大地，天府雄国言非夸。君不见，英日区区三岛尚崛起，况乃堂裔吾中华。结我团体，振我精神，二十世纪新世界，雄飞宇内畴与伦。可爱哉！吾国民。可爱哉！吾国民。

　　芸芸哉！吾种族。黄帝之胄尽神明，濙昌濙炽遍大陆。纵横万里皆兄弟，一脉同胞古相属。君不见，地球万国户口谁最多？四百兆众吾种族。结我团体，振我精神，二十世纪新世界，雄飞宇内畴与伦。可爱哉！我国民。可爱哉！我国民。

　　彬彬哉！吾文明。五千余岁历史古，光焰相续何绳绳。圣作贤述代继起，浸濯沈黑扬光晶。君不见，揭来欧北天骄骤进化，宁容久扃吾文明。结我团体，振我精神，二十世纪新世界，雄飞宇内畴与伦。可爱哉！我国民。可爱哉！我国民。

　　轰轰哉！我英雄。汉唐凿孔县西域，欧亚抟陆地天通。每谈黄祸詟且栗，百年噩梦骇西戎。君不见，博望定远芳踪已千古，时哉后起我英雄。结我团体，振我精神，二十世纪新世界，雄飞宇内畴与伦。可爱哉！我国民。可爱哉！我国民。

　　闻英寇云南、俄寇伊犁，感愤成作

　　涕泪已消残腊尽，入春所得是惊心。天倾已压将非梦，雅废夷侵不自今。安息葡萄柯叶悴，夜郎蒟酱信音沈。好风不度关山路，奈此中原万里阴。

甲寅冬，假馆著书于西郊之清华学校，成《欧洲战役史论》。

（作于 1914 年；选自《饮冰室合集》，中华书局，1989）

爱国要培养完全的人格

蔡元培

本校初办时，在满清末年，含有革命性质。盖当时一般志士，鉴于满清政治之不良，国势日蹙，有如人之罹重病，恐其淹久而至不可救药，必觅良方以治之，故群起而谋革命。革命者，即治病之方药也。上海之革命团体，名中国教育会，革命精神所在，无论其为男为女，均应提倡，而以教育为根本。故女校有爱国女学，男校有爱国学社，以教育会会员担任办理之责，此本校校名之所由来也。其后几经变迁，男校因苏报案而解散；中国教育会，亦不数年而同志星散；惟女校存立至今。辛亥革命时，本校学生，多有从事于南京之役者，不可谓非教育之成效也。当满清政府未推倒时，自以革命为精神，然于普通之课程，仍力求完备，此犹家人一面为病者求医，一面于日常家事，仍不能不顾也。至民国成立，改革之目的已达，如病已医愈，不再有死亡之忧，则欲副爱国之名称，其精神不在提倡革命，而在养成完全之人格。盖国民而无完全人格，欲国家之隆盛，非但不可得，且有衰亡之虑焉。造成完全人格，使国家隆盛而不衰亡，真所谓爱国矣。完全人格，男女一也，兹特就女子方面讲述之。

夫完全人格，首在体育，体育最要之事为运动。凡吾人身体与精神，均含一种潜势力，随外围之环境而发达。故欲其发达至何地位，即能至何地位。若有障碍而阻其发达，则萎缩矣。旧俗每为女子缠足，不许擅自出门行走，终日幽居，不使运动，久之性质自变为懦弱。光阴日消磨于装饰中，且养成依赖性，凡事非依赖男子不可。苟无男子可依赖，虽小事亦望而生畏，倘不幸地有战争之事，敌兵尚未至，畏而自尽者比比矣，又安望其抵抗哉！是皆不运动不发达其身体之故，卒养成懦弱性质，以减杀其自卫能力与胆量也。欧美各国女子，尚不能免此，况乎中国。

闻本校有体育专修科，不特各科完备，且于拳术尤为注意，此最足为自卫之具，望诸生努力，切勿间断。即毕业之后，身任体操教员者，固应时时练习，即提任别种事业者，亦当时时练习。盖此等技术，不练则荒，久练益熟，获益匪浅也。

次在智育，智育则属精神方面。精神愈用发达，吾前已言及矣。盖人之心思细密，方能处事精详，而练习此心思使之细密，则有赖于科学。

就其易于证明者言之：如习算学既可以增知识，又可以使脑力反复动用，入于精细详审一途。研究之功夫既深，则于处世时，亦须将前一事与后一事比较一番，孰优孰劣，了然于胸。而知识亦从比较而日广矣。故精究科学者，必有特别之智慧，胜于恒人，亦由其脑筋之灵敏也。

更言德育，德育实为完全人格之本，若无德，则虽体魄智力发达，适足助其为恶，无益也。今先言吾国女子之缺点。女子因有依赖男子之性质，不求自立，故心中思虑毫无他途，唯有衣服必求鲜艳，装饰必求美丽，何了？以其无可自恃也。而虚荣心于女子为尤甚，喜闻家中人做官，喜与有势力人往还皆是。故高尚之品行，未可求诸寻常女界中也，今欲养成女子高尚之品行，非使其除依赖性质有自立性质不可。然自立不可误解，非傲慢自负、轻视他人之谓，乃自己有一定之职业，以自谋生活之谓。

夫人果能自谋生活，不仰食于人，则亦无暇装饰，无取虚荣矣。尚有一端，女子之处家庭者，大凡姑媳妯娌间，总是不和，甚至诟谇，其故何在？盖旧时习惯，女子死守家庭，不出门一步，不知社会情状，更不知世界情状，所通声息者，家中姑媳妯娌间而已，耳目心思之范围，既限于极小之家庭，自然只知琐细之事，而所争者，亦只此琐细之事。若是而望女子之品行日就高尚，难乎其难，盖其所处之势使然也。

女子之缺点固多，而优点亦不少。今举其一端，如慈善事业。恻隐之心，女子胜于男子。不过昔时志在布施，反足养成他人懒惰之习，今则推广爱人以德，与人为善之道。凡有善举，农场使爱之者亦出劳力有益于社会，则其仁慈之心，为尤恳挚矣。女子讲自由，在脱除无理之束缚而已，若必侈大无忌，在在为无理之自由，则为反对女学者所借口，为父史者必不送女子入学。盖不信女学为培养女德之所，而谓女学乃损坏女德之地，非女学之幸也。又今日女子入学读书后，对于家政，往往不能操劳，亦为所诟病。必也入学后，家庭间之旧习惯，有益于女德者，保持勿失。

而益以学校中之新知识，则治理家庭各事，比较诸未受教育者，觉井井有条。譬如裁缝，旧时只知凭尺寸裁剪而已，若加以算学知识，则必益能精。如烹饪，旧时亦只知当然，若加以化学知识，则必合乎卫生。其他各事，莫皆不然。倘女学生能如此，则为父兄者，有不乐其女若妹之入学者乎！

夫女子入校求学，固非脱离家庭间固有之天职也，求其实用，固可相辅而行者也。美国有师范学校，教授各科，俱用实习，不用书籍。假如授裁缝时，为之讲解自上古至现在衣服之变更，有野蛮时代之衣服与文明时代之衣服，是即历史科也；为之讲解衣服之原料，如丝之产地、棉之产地等，则地理科也；衣服之裁剪，有算法焉，其染色之颜料，有理化之法则焉，是即数学理化科也；推之烹饪等料，亦复如是。寓学问于操作中，可见女学固养成女子完全之人格，非使女子入学后，即放弃其固有之天职也。即如体操科之种种运动，近亦有人主张徒事运动而无生产，为不经济，有欲以工作代之者，庶不消耗金钱与体力，使归实用，此法以后必当盛行。益可见徒知读书，放弃家事，为不合于理矣。

（1917 年在上海爱国女子学校的演讲）

爱国心与自觉心

陈独秀

　　范围天下人心者，情与智二者而已。伊古大人，胥循此辙。殉乎情者，孤臣烈士，游侠淫奔，杀身守志，不计利害者之所为也。昵于智者，辨理析疑，权衡名实，若理学哲家是矣。情之用百事之贞，而其蔽也愚；智之用万物之理，而其蔽也靡。古之人情之盛者，莫如屈平，愤世忧国，至于自沈。智之盛者，莫如老聃，了达世谛，骑牛而逝。斯于二者各用其极矣。

　　今之中国，人心散乱，感情智识，两无可言。惟其无情，故视公共之安危，不关己身之喜戚，是谓之无爱国心。惟其无智，既不知彼，复不知此，是谓之无自觉心。国人无爱国心者，其国恒亡。国人无自觉心者，其国亦殆。二者俱无，国必不国。鸣呼！国人其已陷此境界否耶？

　　爱国心为立国之要素，此欧人之常谈，由日本传之中国者也。中国语言，亦有所谓忠君爱国之说。惟中国人之视国家也，与社稷齐观，斯其释爱国也，与忠君同义。盖以此国家，此社稷，乃吾君祖若宗艰难缔造之大业，传之子孙，所谓得天下是也。若夫人民，惟为缔造者供其牺牲，无丝毫自由权利与幸福焉，此欧洲各国宪政未兴以前之政体，而吾华自古迄今，未之或改者也。近世欧美人之视国家也，为国人共谋安宁幸福之团体。人民权利，载在宪章，犬马民众，以奉一人，虽有健者，莫敢出此。欧人之视国家，既与邦人大异，则其所谓爱国心者，与华语名同而实不同。欲以爱国诏国人者，不可不首明此义也。

国家之义既明，则谓吾华人无爱国心也可，谓吾华人未尝有爱国者亦可，即谓吾华人未尝建设国家亦无不可。何以云然？吾华未尝有共谋福利之团体，若近世欧美人之所谓国家也。土地、人民、主权者，成立国家之形式耳。人民何故必建设国家，其目的在保障权利，共谋幸福，斯为成立国家之精神。吾国伊古以来，号为建设国家者，凡数十次，皆未尝为吾人谋福利，且为戕害吾人福利之蟊贼。吾人数千年以来所积贮之财产，所造作之事物，悉为此数十次建设国家者破坏无馀。凡百施政，皆以谋一姓之兴亡，非计及国民之忧乐，即有圣君贤相，发政施仁，亦为其福祚攸长之计，决非以国民之幸福与权利为准的也。若而国家实无立国之必要，更无爱国之可言。过昵感情，侈言爱国，而其智识首不足理解国家为何物者，其爱之也愈殷，其愚也益甚。由斯以谭，爱国心虽为立国之要素，而用适其度，智识尚焉。其智维何？自觉心是也。

爱国心，情之属也。自觉心，智之属也。爱国者何？爱其为保障吾人权利谋益吾人幸福之团体也。自觉者何？觉其国家之目的与情势也。是故不知国家之目的而爱之则罔，不知国家之情势而爱之则殆，罔与殆，其蔽一也。

不知国家之目的而爱之者，若德、奥、日本之国民是也。德、奥、日本，非所谓立宪国家乎？其国民之爱国心，非天下所共誉者乎？然德人为其君所欺，弃毕相之计，结怨强俄，且欲与英吉利争海上之雄，致有今日之剧战，流血被野，哀音相闻，或并命孤城，或碎身绝域，美其名曰为德意志民族而战也，实为主张帝王神权之凯撒之野心而战耳。德帝之恒言曰，世界威权，天有上帝，地有凯撒。大书特书于士卒之冠曰，为皇帝为祖国而出征，为皇帝其本怀，为祖国只诳语耳。奥之于塞，侵陵已久，今以其君之子故，不惜亡国破军，以图一逞，即幸而胜，亦所谓一将功成万骨枯耳，于国人有何福利也。若塞耳维亚，若比利时，乃为他人侵犯其自由而战者也。若奥地利，若德意志，乃为侵犯他人之自由而战者也。为他人侵犯其自由而战者，爱国主义也。为侵犯他人之自由而战者，帝国主义也。爱国主义，自卫主义也，以国民之福利为目的者也，若塞、比是矣。帝国主义，侵略主义也。君若相利用国民之虚荣心以增其威权为目的者也，若德、奥是矣。日本维新以来，宪政确立，人民权利，可得而言矣。一举而破中国，再举而挫强俄，国家威权莫或敢侮矣。若犹张皇六师，日不暇给，竭内以饰外，赋重而民疲，吾恐其国日强，其民胥冻馁以死。强国之民，福利安在，是皆误视帝国主义为爱国主义，而供其当局示威耀武之牺牲者也。夫帝国主义，人权自由主义之仇敌也，人道之洪水猛兽也。此物不僵，宪政终毁，行见君主民奴之制复兴，而斯民之憔悴于赋役干戈者，无宁日矣。人民不知国家之目的而爱之，而为野心之君若相所利用，其害有如此者。

　　不知国家之情势而爱之者，若朝鲜、土耳其、日本、墨西哥及中国皆是也。朝鲜地小民偷，古为人属，君臣贪残，宇内无比。自并于日本，百政具兴，盗贼敛迹，讼狱不稽，尤为其民莫大之福。然必欲兴复旧主，力抗强邻，诚见其损，未睹其益。土耳其宪政初行，国基未固，不自量度，与意争衡，一战而败，军覆国削。今复左德抗俄，列强治外之权，欲一旦悍然夺之，吾恐其国难之将作矣。俄之败于日也，越国万里，且非倾国之师，日本国力，岂堪久战，介美行成，诚非得已，而其国民愤詈当涂，不自审矣。墨西哥名为共和，实则其民昏乱，无建设国家之力。枭雄争权于朝，地主肆虐于野，民不堪命久矣，使其翻然自觉，附美为联，其人民自由幸福，必远胜于今日。必欲独立，恐其革命相循，而以兵得政以政虐民之风不易革也。吾国自开港以来，情见势绌。甲午庚子之役，皆以不达情势，辱国丧师，元气大损。今者民益贫敝，资械不继，士气不振，开衅强邻，讵有幸理。然当国者袭故相以夷制夷之计，捐盗自损，同一自损，敌之甲得乙失，我何择焉。而书生之见，竞欲发愤兴师，为人作嫁，其亦不可以已乎。凡此诸国所行，岂无一二壮烈之为。吾人所敬，惟不自觉其国之情势，客气乘之，爱国适以误国，谋国者不可不审也。

假令前说为不谬，吾国将来之时局，可得而论定矣。自爱国心之理论言之，世界未跻于大同，御侮善群，以葆其类，谁得而非之。为国尽瘁，万死不辞，此爱国烈士之行，所以为世重也。然其理简，其情直，非所以应万事万变而不惑。应事变而不惑者，其惟自觉心乎？爱国心，具体之理论也。自觉心，分别之事实也。具体之理论，吾国人或能言之；分别之事实，鲜有慎思明辨者矣。此自觉心所以为吾人亟需之智识，予说之不获已也。

吾国闭关日久，人民又不预政事，内外情势，遂非所知。虽一世名流，每持谬说，若夫怀抱乐观之见，轻论当世之事，以为泱泱大国，物阜民稠，人谋不乖，外患立止，是何所见之疏也。中国而欲为独立国家，税则法权，必不可因仍今日之制。然斯事匪细，非战备毕修，曷其有济，欲修战备，理财尚焉。论时局而计及财政，诚中国存亡之第一关头也。中国经常岁入，约银三万万元，新旧外债约有银二十万万元，利息平均以五厘计之，每年不下一万万元，应还本金，年约五千万元，本利合计，年约一万五千万元，已占岁入之半，此事宁非大异。国非不可举债，若中国之外债，则与他国异趣。中国之外债，乃以国税铁路为抵偿，列强据此以定瓜分之局者也。此事不能自了，无论君主共和，维新复古，瓜分亡国之局，终无由脱。自今日始，外不举债，内不摸金，上下相和，岁计倍益。年减外债若干，期以十稔，务使不为财政之累。然后十年教养，廿年治军，四十年之后，敌国外患，庶几可宁。若其不揣事情，期于速效，徒欲朘削贫敝之民，残民耀武，以为富强，不啻垂死病夫，饮酖以求淫乐也。其或激于事变，过涉悲观，怵瓜分之危，怀亡国之痛，以为神州不振，将下等于印度、朝鲜之列，此其人用心良苦，而所见则甚愚也。穷究中国之国势人心，瓜分之局，何法可逃；亡国为奴，何事可怖；此予之所大惑也。分割阴谋，成之已久，特未实施者，其形式耳。夫徒欲保此形式，盖无益而难能也。时政乖违，齐民共喻，以今之政，处今之世，法日废耳，吏日贪耳，兵日乱耳，匪日众耳，财日竭耳，民日偷耳，群日溃耳，政纪至此，夫复何言。或云：此固不治，锄而去之，国难自已。此言甚壮，此计亦不得以为非，惟恐国人志行不甚相远，取而代之者，亦非有救民水火之诚，则以利禄毁人如故也，敌视异己如故也，耀兵残民如故也，漠视法治如故也，紊乱财政如故也，奋私无纪殆更有甚焉。以此为政，国何以堪。又或谓：吾民德薄能鲜，共和不便，仍戴旧君，或其宁一。此亦书生之见也。姑无论国体变更，非国人所同愿。满清末造，政迹昭然，其亲贵旧勋，焉有容纳当涂部曲革命党人之雅量，欲以此广舆论之涂，兴代议之制，不其难乎。盖一国人民之智力，不能建设共和，亦未必宜于君主立宪，以其为代议之制则一也。代议政治，既有所不行，即有神武专制之君，亦不能保国于今世，其民无建设国家之智力故也。民无建国之力，而强欲摹拟共和，或恢复帝制，以为救亡之计，亦犹瞀者无见，与以膏炬，适无益而增扰耳。夫政府不善，取而易之，国无恙也。今吾国之患，非独在政府。国民之智力，由面面观之，能否建设国家于二十世纪，夫非浮夸自大，诚不能无所怀疑。然则立国既有所难能，亡国自在所不免，瓜分之局，事实所趋，不肖者固速其成，贤者亦难遏其势。且平情论之，亡国为奴，岂国人之所愿。惟详察政情，在急激者即亡国瓜分，亦以为非可恐可悲之事。国家者，保障人民之权利，谋益人民之幸福者也。不此之务，其国也存之无所荣，亡之无所惜。若中国之为国，外无以御侮，内无以保民，不独无以保民，且适以残民，朝野同科，人民绝望。如此国家，一日不亡，外债一日不止；滥用国家威权，敛钱杀人，杀人敛钱，亦未能一日获已；拥众攘权，民罹锋镝，党同伐异，诛及妇孺，吾民何辜，遭此荼毒！"奚（侯予）后，后来其苏。"海外之师至，吾民必且有垂涕而迎之者矣。若其执爱国之肤见，卫虐民之残体，在彼辈视之，非愚即狂，实则国人如此设心，初不为怪。盖保民之国家，爱之宜也；残民之国家，爱之也何居。岂吾民获罪于天，非留此屠戮人民之国家以为罚而莫可赎耶？或谓：恶国家胜于无国家。予则云：残民之祸，恶国家甚于无国家。失国之民诚苦矣，然其托庇于法治国主权之下，权利虽不与主人等，视彼乱国之孑遗，尚若天上焉，安在无国家之不若恶国家哉！其欲保存恶国家者，实欲以保存恶政府，故作危言，以耸国民力争自由者之听，勿为印度，勿为朝鲜，非彼曲学下流，举以讽戒吾民者乎？夷考其实，其言又何啻梦呓也。夫贪吏展牙于都邑，盗贼接踵于国中，法令从心，冤狱山积，交通梗塞，水旱仍天，此皆吾人切身之痛，而为印度、朝鲜人之所无。犹太人非亡国之民乎？寄迹天涯，号为富有，去吾颠连无告之状，殆不可道里计。不暇远征，且观域内，以吾土地之广，惟租界居民得以安宁自由。是以辛亥京津之变，癸丑南京之役，人民咸以其地不立化夷场为憾。此非京、津、江南人之无爱国心也，国家实不能保民而致其爱，其爱国心遂为其自觉心所排而去尔。呜乎！国家国家，尔行尔法，吾人诚无之不为忧，有之不为喜。吾人非咒尔亡，实不禁以此自觉也。

（原载 1914 年 11 月 10 日《甲寅杂志》第一卷第四号）

我们究竟应当不应当爱国

陈独秀

爱国！爱国！这种声浪，近年以来几乎吹满了我们中国的各种社会。就是腐败官僚蛮横军人，口头上也常常挂着爱国的字样，就是卖国党也不敢公然说出不必爱国的话。自从山东问题发生，爱国的声浪更陡然高起十万八千丈，似乎"爱国"这两字，竟是天经地义，不容讨论的了。

感情和理性，都是人类心灵重要的部分，而且有时两相冲突。爱国大部分是感情的产物，理性不过占一小部分，有时竟全然不合乎理性（德国和日本的军人，就是如此）。人类行为，自然是感情冲动的结果。我以为若是用理性做感情冲动的基础，那感情才能够始终热烈坚固不可摇动。当社会上人人感情热烈的时候，他们自以为天经地义的盲动，往往失了理性，做出自己不能认识的罪恶（欧战时法国、英国市民打杀非战派，就是如此）。这是因为群众心理不用理性做感情的基础，所以群众的盲动，有时为善，有时也可为恶。因此我要在大家热心盲从的天经地义之"爱国"声中，提出理性的讨论，问问大家，我们究竟应当不应当爱国？

若不加以理性的讨论，社会上盲从欢呼的爱国，做官的用强力禁止我们爱国，或是下命令劝我们爱国，都不能做我们始终坚持有信仰的行为之动机。

要问我们应当不应当爱国，先要问国家是什么。原来国家不过是人民集合对外抵抗别人压迫的组织，对内调和人民纷争的机关。善人利用他可以抵抗异族压迫，调和国内纷争。恶人利用他可以外而压迫异族，内而压迫人民。

我们中华民族，自古闭关，独霸东洋，和欧美日本通商立约以前，只有天下观念，没有国家观念。所以爱国思想，在我们普遍的国民根性上，印象十分浅薄。要想把爱国思想，造成永久的非一时的，和自古列国并立的欧洲民族一样，恐怕不大容易。

欧洲民族，自古列国并立，国家观念很深，所以爱国思想成了永久的国民性。近来有一部分思想高远的人，或是相信个人主义，或是相信世界主义，不但窥破国家是人为的不是自然的，并且眼见耳闻许多对内对外的黑暗罪恶，都是在国家名义之下做出来的。他们既然反对国家，自然就不主张爱国的了。在他们眼里看起来，爱国就是害人的别名。所以他们把爱国杀身的志士，都当做迷妄疯狂。

我们中国人无教育无知识无团结力，我们不爱国，和那班思想高远的人不爱国，决不是一样见解。官场阻止国民爱国运动，不用说更和那班思想高远的人用意不同。我现在虽不能希望我们无教育无知识无团结力的同胞都有高远思想，我却不情愿我们同胞长此无教育无知识无团结力。即是相信我们同胞从此有教育有知识有团结力，然后才有资格和各国思想高远的人共同组织大同世界。

我们中国是贫弱受人压迫的国家，对内固然造了许多罪恶，"爱国"二字往往可以用做搜刮民财压迫个人的利器，然后对外一时万没有压迫别人的资格。若防备政府利用国家主义和国民的爱国心，去压迫别国人，简直是说梦话。

　　思想高远的人反对爱国，乃是可恶野心家利用他压迫别人。我们中国现在不但不能压迫别人，已经被别人压迫得几乎没有生存的余地了。并非压迫别人，以为抵抗压迫自谋生存而爱国，无论什么思想高远的人，也未必反对。个人自爱心无论如何发达，只要不伤害他人生存，没有什么罪恶。民族自爱心无论如何发达，只要不伤害他族生存，也没有什么罪恶。

　　据以上的讨论，若有人问：我们究竟应当不应当爱国？我们便大声答道：

　　我们爱的是人民拿出爱国心抵抗被人压迫的国家，不是政府利用人民爱国心压迫别人的国家。

　　我们爱的是国家为人民谋幸福的国家，不是人民为国家做牺牲的国家。

　　　　　　　　　　（原载 1919 年 6 月 8 日《每周评论》第二十五号）

说国家

陈独秀

我十年以前，在家里读书的时候，天天只知道吃饭睡觉。就是发奋有为，也不过是念念文章，想骗几层功名，光耀门楣罢了。那知道国家是什么东西，和我有什么关系呢？到了甲午年，才听见人说有个什么日本国，把我们中国打败了。到了庚子年，又有什么英国、俄国、法国、德国、意国、美国、奥国、日本八国的联合军，把中国打败了。此时我才晓得，世界上的人，原来是分做一国一国的，此疆彼界，各不相下。我们中国，也是世界万国中之一国，我也是中国之一人。一国的盛衰荣辱，全国的人都是一样消受，我一个人如何能逃脱得出呢。我想到这里，不觉一身冷汗，十分惭愧。我生长二十多岁，才知道有个国家，才知道国家乃是全国人的大家，才知道人人有应当尽力于这大家的大义。我从前只知道，一身快乐，一家荣耀，国家大事，与我无干。那晓得全树将枯，岂可一枝独活；全巢将覆，焉能一卵独完。自古道国亡家破，四字相连。若是大家坏了，我一身也就不能快乐了，一家也就不能荣耀了。我越思越想，悲从中来。我们中国何以不如外国，要被外国欺负，此中必有缘故。我便去到各国，查看一番。那晓得世界上的国度，被外国欺负的，也不只中华一国。像那波兰、埃及、犹大、印度、缅甸、安南等国，都已经被外国灭做属国了。推其缘故，都因为是那些国的人，只知道保全身家性命，不肯尽忠报国。把国家大事，都靠着皇帝一人胡为，或倚仗外人保护，或任教徒把持，大家不问国事，所以才弄到灭亡地步。再看那英、法、德、俄等国，人人都明白国家是各人大家的道理。各人尽心国事，弄得国富兵强，人人快乐，家家荣耀。照这样看起来，我敢下一段语，道："当今世界各国，人人都知道保卫国家的，其国必强。人人都不知道保卫国家的，其国必亡。"所以现在西洋各强国的国民，国家思想，极其发达。那班有学问的人，著出书来，讲究国家的道理，名叫做"国家学"。这种学问很深，这种书也很多，

一时也说不尽。其中顶要紧的，是讲明怎样才算得是个国家，待我讲给列位听听。

第一国家要有一定的土地。凡是一国，必不可无一定的土地，好像做一所房子，不可没有一片地基一般。你看天地间有悬在半虚空里的房子吗？漫说是偌大的国度，若是没有土地，更是万万不行的了。所以这土地，是建立国家第一件要紧的事。你看现在东西各强国，尺土寸地，都不肯让人，就是这个道理了。

第二国家要有一定的人民。国家是人民建立的。虽有土地，若无人民，也是一片荒郊，如何能有国家呢？但是一国的人民，一定要是同种类、同历史、同风俗、同言语的民族。断断没有好几种民族，夹七夹八的住在一国，可以相安的道理。所以现在西洋各国，都是一种人，建立一个独立的国家，不受他种人的辖治，这就叫做"民族国家主义"。若单讲国家主义，不讲民族国家主义，这国家倒是谁的国家呢？原来因为民族不同，才分建国家。若是不讲民族主义，这便是四海大同，天下一家了，又何必此疆彼界，建立国家呢？照这样看起来，凡一个国家必定要有一定的人民，是万万不可混乱的了。

第三国家要有一定的主权。凡是一国，总要有自己做主的权柄，这就叫做"主权"。这主权原来是全国国民所共有，但是行这主权的，乃归代表全国国民的政府。一国之中，只有主权居于至高极尊的地位，再没别的什么能加乎其上了。上自君主，下至走卒，有一个侵犯这主权的，都算是大逆不道。一国之中，像那制定刑法、征收关税、修整军备、办理外交、升降官吏、关闭海口、修造铁路、采挖矿山、开通航路等种种国政，都应当仗着主权，任意办理，外国不能丝毫干预，才算得是独立的国家。若是有一样被外国干预，听外国的号令，不得独行本国的意见，便是别国的属地。凡是一国失了主权，就是外国不来占据土地，改换政府，也正是鸡犬不惊，山河易主了。这主权岂不是国家一定不可少的吗？以上三样，缺少一样，都不能算是一个国。可怜我们中国，也算是世界上一个自古有名的大国，到了今日，这三样事是怎么样呢？列位细细的想想看呀！

（原载 1904 年 6 月 14 日《安徽俗话报》第五期）

亡国的原因

陈独秀

照上一章所说的中国各种灭亡的现象，我中国是一个已经亡了的国，列位是知道的了。但是堂堂一个中华大国，怎么就弄得这步田地呢？凡百事必有原因，方有结果。若说起中国所以亡国原因来，这话却长得很。列位如不嫌烦，待在下一桩一桩讲出来，大家若以为然，便痛改前非，或者可以起死回生，也未可知哩。你道是那几桩原因呢？也不是皇帝不好，也不是做官的不好，也不是兵不强，也不是财不足，也不是外国欺负中国，也不是土匪作乱，依我看起来，凡是一国的兴亡，都是随着国民性质的好歹转移。我们中国人，天生的有几种不好的性质，便是亡国的原因了。

第一桩，只知道有家，不知道有国。我们中国，家族的制度，在各国之中顶算完备的了。所以中国人最重的是家，每家有家谱，有族长，有户尊，有房长，有祠堂，有钱的还要设个义庄义学。在家族上的念头，总算是极其要好了。个个人一生的希望，不外成家立业，讨老婆，生儿子，发财，做官这几件事。做官原来是办国家的事体，但是现在中国的官，无非是想弄几文钱，回家去阔气，至于国家怎样才能够兴旺，怎样才可以比世界各国还要强盛，怎样才可以为民除害，怎样才可以为国兴利，这些事他们做梦也想不到的。一生所筹画的，不外得好缺弄钱回家买田做屋，讨小老婆生儿子，儿子念书发达，女儿许配财主婆家，这些事都无非为着一家，怎算是为官报国的本分呢。至于士农工商各项平民，更是各保身家，便是俗话所说的"各人自扫门前雪，不管他人瓦上霜"。若和他说起国家的事，他总说国事有皇帝官府作主，和我等小百姓何干呢！越是有钱的世家，越发只知道保守家产，越发不关心国事。列位呀！列位呀！要知道国亡家破四字相连，国若大乱，家何能保呢？一个国度，是无数家族聚成的，一国好比一个人的全身，一家好比全身上的一块肉。譬如一块肉有了病，只要全身不死，这一块肉的病总可以治得好。若全身都死了，就是你拼命单保这一块肉，也是保不住的了。我所以说一国大乱，一家不能独保，便是这个道理。你若定要说国事不与一身一家相干，我还要说一件事给大家听听。你不看庚子年拳匪闹事的时候，北方的人说这是国家的事，有皇帝作主，和我们百姓何干？南方的人说这是北方的事，与我们南方人何干？殊不知联军破了北京，被洋兵糟踏的，还是百姓，还是皇帝呢？被抢被劫破家荡产的，还是皇帝，还是百姓呢？议和之后，赔款四万万两银子，还是皇帝自己家里拿出来的，还是百姓出的捐呢？乱事虽在北方，筹议赔款，南方几省到底摊了没有呢？像这等家国相关的道理，大家仔细想想便明白了。从前有一个古国，叫做犹太国，在亚细亚洲西方，只因犹太的百姓，但知有家，不知有国，把国里的事，都丢在脑背后，弄得国势渐渐的衰弱下来，随后被土耳其国灭了，一直到如今，犹太人东飘西荡，无国可归，到处被别国人欺侮，只因没有国家保护，只得忍气吞声，任人陵［凌］辱。即如去年，在俄国的犹太人，被俄国杀死的贫富老幼，也不知有多少，犹太人没有国家出头和俄人争论，真是哑子吃黄连，说不出来苦哩。我们中国人，只知有家，不知有国的毛病，正合［和］

犹太人一样。只知有家，所以全国四万万人，各保身家，一国的土地、利权、主权，被别国占去了，一毫都不知道着急。不知有国，所以看着保国救国的事，不是为非作事，就是越分办事，不知道家国相关的道理，所以道国家的兴亡治乱，与我身家无关。还有一班目无国法，丧尽天良的人，甘心替外国人当走狗，或是做汉奸，打探中国军情，告诉外国；或是替洋兵当引导，打中国人；或是替外国人出力，来占中国土地；或是贪洋人的财利，私卖矿山铁路的利权；或是倚仗洋势，抵抗官府，欺压平民；像做这等种种黑心的事，不都是因为不懂得爱国的大义吗？我所以说只知有家，不知有国，是中国人亡国的原因哩。

第二桩只知道听天命，不知道尽人力。俗话常说什么"靠天吃饭""万事自有天作主""穷通祸福，都是天定""万般由命不由人""听天由命""拗得过人，拗不过天"，像这般糊涂的俗话，也不知有多少，一时那里说得尽。总之以为世上无论什么事情，都有个天命作主，人不用费一毫心，用一丝力的，若无天命，就是费尽心力，也是枉然。哈哈！这样话真是不通得很，譬如靠天吃饭这句话，人若是不出去做事弄钱寻饭吃，坐在家里，难道天上掉下饭得来吃不成吗？就是有柴有米放在家里，若是不用人力去煮，但靠着有命的不死，那米能够自然熟着跑到嘴里来吗？照这样看起来，无论什么事体，但知靠天命，不去尽人力，是断乎不能的了。偏偏我们中国人，无论何事，都是听天由命，不知道万事全靠人力做成的，因此国度衰弱到这步田地，还是懵懵懂懂的说梦话；说什么天命如此，气数当然，人力不能挽回。我想说这些话的人，并未尝出过人力挽回，何以晓得人力不能挽回呢？

最可笑的，是有一班人说道：我中国现在虽是衰弱，不过一时气运不好，终有兴盛的日子，洋人不过一时横强，好比日中的露水，不能够长久的。唉！中国人也是人，洋人也是人，他何以该气运好要兴，我何以气运不好该败呢？我看断无此理。天地间无论什么事，能尽人力振作自强的，就要兴旺，不尽人力振作自强的，就要衰败，大而一国，小而一家，都逃不过这个道理。若是国家的事，人人都靠着天命，束手待毙，不去尽人力振作自强，便合那不出去弄钱做事，专等着天上掉下饭来吃的人差不多。这样国度，那里还有能够兴盛的日子呢？！我中国人都是听天由命，不肯尽人力振作自强，所以一国的土地、利权、主权，被洋人占夺去了，也不知设法挽回哩。我看日后洋人来灭中国，中国人做洋奴，扯顺民旗的，少不得又是这班听天由命的人了。何以见得呢？因为他们不信服有人力胜天的道理，专门听天由命，日后洋人若是得了中国，他们也就不会用人力来抵抗，只是抱定听天由命的主义，扯起顺民旗。做洋人的奴隶罢了。不但日后洋人来是如此，你看我的中国自古以来换朝的时候，那新朝的皇帝要出来收伏人心，也都是用天命来压服人，所以皇帝叫做天子，上谕开首就是什么"奉天承运"，建国的年号，也是常用天字，像那天启、天命、天聪等类。试把中国二十四史细细的翻来一看，那一朝开创的皇帝，起兵要夺朝代的时候，不是用什么"天命有归""顺天者存，逆天者亡"这等话头来笼络人呢？那班愚民，也就信他是有天命，还附会道他是什么紫微星下凡，又说是什么十八罗汉转劫，所以众人才不敢不服从他哩。他们信服天命有两种：一种是邪说，一种是势力。邪说是造些极荒唐的谣言，像那汉高祖赤帝子斩蛇、汉光武龙气的话一样，愚民便信服他是真命天子去做他的百姓。势力是什么话呢？那天本是无声无臭的，那班听天由命的人，究竟不知道怎样是得了天命的凭据，便把何人势力的大小，定天心的向背，那个势力大些的，就以为他是天命所归，就服从他做他的顺民。现在洋人在中国的势力，一天大似一天，有些人此刻所以不肯去做洋奴顺民，还以为是盛衰循环的道理，只望中国终有重兴的日子，倘若后来见中国终久不能兴盛起来，他却不怪中国人，不能尽人力振作自强，还要疑心到天命归了外国，便抱定听天由命的主义，自然死心踏地的去做洋奴顺民，不以为奇了。唉！照这样看起来，我中华几千年文明的大国，竟要被听天由命四个字，贻误大事了。列位要知道天是一股气，并没什么私心作主，专要洋人兴旺中国衰败的道理。命是格外荒唐的话了，俗话说得好："祸福无门，为人日招"，那有什么命定的话呢？不过是算命的胡乱凑几个天干地支叫做命，骗骗饭吃罢了。我中国人到了这样时势，还要听天由命，不肯尽人力来挽回利权，振作自强，那土地、利权、主权，自然都要被洋人占尽。我们丢下不要的东西，旁人自然要拿去，这是一定的道理，那里能怪得天怪得命呢？！

（节选自《亡国篇》，连载于《安徽俗话报》1904 年 12 月7 日第十七期、1905 年 6 月 3 日第十九期）

爱国运动与求学

胡适

  当五月七日北京学生包围章士钊宅，警察拘捕学生的事件发生以后，北京各学校的学生团体即有罢课的提议。有些学校的学生因为北大学生会不曾参加五七的事，竟在北大第一院前辱骂北大学生不爱国。北大学生也有很愤激的，有些人竟贴出布告攻击北大代理校长蒋梦麟媚章媚外。然而几日之内，北大学生会举行总投票表决罢课问题，共投一千一百多票。反对罢课者八百余票，这件事真使一班留心教育问题的人心里欢喜。可喜的不在罢课案的被否决，而在一、投票之多，二、手续的有秩序，三、学生态度的镇静。我的朋友高梦旦在上海读了这段新闻，写了一封长信给我，讨论此事，说，这样做去，便是在求学的范围以内做救国的事业，可算是在近年学生运动史上开一个新纪元。——只可惜我还没有回高先生的信，上海五卅的事件已发生了，前二十天的秩序与镇静都无法维持了。于是六月三日以后，全国学校遂都罢课了。

  这也是很自然的。在这个时候，国事糟到这步田地，外间的刺激这么强：上海的事件未了，汉口的事件又来了，接着广州、南京的事件又来了：在这个时候，许多中年以上的人尚且忍耐不住，许多六十老翁尚且要出来慷慨激昂地主张宣战，何况这无数的少年男女学生呢？

　　我们观察这七年来的"学潮"，不能不算民国八年的五四事件与今年的五卅事件为最有价值。这两次都不是有什么作用，事前预备好了然后发动的；这两次都只是一般青年学生的爱国血诚，遇着国家的大耻辱，自然爆发，纯然是烂漫的天真，不顾利害地干将去，这种"无所为而为"的表示是真实的，可敬爱的。许多学生都是不愿意牺牲求学的时间的；只因为临时发生的问题太大了，刺激太强烈了，爱国的感情一时迸发，所以什么都顾不得了：功课也不顾了，秩序也不顾了，辛苦也不顾了。所以北大学生总投票表决不罢课之后，不到二十天，也就不能不罢课了。二十日前不罢课的表决可以表示学生不愿意牺牲功课的诚意；二十日后毫无勉强地罢课参加救国运动，可以证明此次学生运动的牺牲的精神。这并非前后矛盾：有了前回的不愿牺牲，方才更显出后来的牺牲之难能而可贵。岂但北大一校如此？国中无数学校都有这样的情形。

　　但群众的运动总是不能持久的。这并非中国人的"虎头蛇尾""五分钟的热度"。这是世界人类的通病。所谓"民气"，所谓"群众运动"，都只是一时的大问题刺激起来的一种感情上的反应。感情的冲动是没有持久性的；无组织又无领袖的群众行动是最容易松散的。我们不看见北京大街的墙上大书着"打倒英日"不要五分钟的热度吗？其实写那些大字的人，写成之后，自己看着很满意，他的"热度"早已消除大半了；他回到家里，坐也坐得下了，睡也睡得着了。所谓"民气"，无论在中国在欧美，都是这样：突然而来，倏然而去。几天一次的公民大会，几天一次的示威游行，虽然可以勉强多维持一会儿，然而那回天安门打架之后，国民大会也就不容易召集了。

　　我们要知道，凡关于外交的问题，民气可以督促政府，政府可以利用民气：民气与政府相为声援方才可以收效。没有一个像样的政府，虽有民气，终不能单独成功。因为外国政府决不能直接和我们的群众办交涉；民众运动的影响（无论是一时的示威或是较有组织的经济抵制）终是间接的。一个健全的政府可以利用民气作后盾，在外交上可以多得胜利，至少也可以少吃点亏。若没有一个能运用民气的政府，我们可以断定民众运动的牺牲的大部分是白白地糟蹋了的。

倘使外交部于六月二十四日同时送出沪案及修改条约两照会之后即行负责交涉，那时民气最盛，海员罢工的声势正大，沪案的交涉至少可以得一个比较满人意的结果。但这个政府太不像样了：外交部不敢自当交涉之冲，却要三个委员来代肩末梢；三个委员都是很聪明的人，也就乐得三挨三让，延搁下去。他们不但不能用民气，反惧怕民气了！况且某方面的官僚想借这风潮延长现政府的寿命；某方面的政客也想借这问题延缓东北势力的侵逼。他们不运用民气来对付外人，只会利用民气来便利他们自己的志气！于是一误，再误，至于今日，沪案及其他关连之各案丝毫不曾解决，而民气却早已成了强弩之末了！

上海的罢工本是对英日的，现在却是对邮政当局，商务印书馆，中华书局了。北京的学生运动一变而为对付杨荫榆，又变而为对付章士钊了。广州对英的事件全未了结，而广州城却早已成为共产与反共产的血战场了。三个月的"爱国运动"的变相竟致如此！

这时候有一件差强人意的事，就是全国学生总会议决秋季开学后各地学生应一律到校上课，上课后应努力于巩固学生会的组织，为民众运动的中心。北京学联会也决议北京各校同学于开学前务必到校，一面上课，一面仍继续进行。

这是很可喜的消息。全国学生总会的通告里并且有"五卅运动并非短时间所可解决"的话。我们要为全国学生下一转语：救国事业更非短时间所能解决；帝国主义不是赤手空拳打得倒的；"英日强盗"也不是几千万人的喊声咒得死的。救国是一件顶大的事业；排队游街，高喊着"打倒英日强盗"，算不得救国事业；甚至于砍下手指写血书，甚至于蹈海投江，杀身殉国，都算不得救国的事业。救国的事业须要有各色各样的人才；真正的救国的预备在于把自己造成一个有用的人才。

易卜生说得好：真正的个人主义在于把你自己这块材料铸造成个东西。

他又说：有时候我觉得这个世界就好像大海上翻了船，最要紧的是救出我自己。在这个高唱国家主义的时期，我们要很诚恳的指出：易卜生说的"真正的个人主义"正是到国家主义的推一大路。救国须从救出你自己下手！

学校固然不是造人才的唯一地方，但在学生时代的青年却应该充分地利用学校的环境与设备来把自己铸造成个东西。我们须要明白了解：

救国千万事，何一不当为？

而吾性所适，仅有一二宜。

认清了你"性之所近，而力之所能勉"的方向，努力求发展，这便是你对国家应尽的责任，这便是你的救国事业的预备工夫。国家的纷扰，外间的刺激，只应该增加你求学的热心与兴趣，而不应该引诱你跟着大家去呐喊，呐喊救不了国家。即使呐喊也算是救国运动的一部分，你也不可忘记你的事业有比呐喊重要十倍百倍的。你的事业是要把你自己造成一个有眼光有能力的人才。

你忍不住吗？你受不住外面的刺激吗？你的同学都出去呐喊了，你受不了他们的引诱与讥笑吗？你独坐在图书馆里觉得难为情吗？你心里不安吗？——这也是人情之常，我们不怪你：我们都有忍不住的时候。但我们可以告诉你一两个故事，也许可以给你一点鼓舞：——德国大文豪哥德（Gcthe）在他的年谱里（英译本页一八九）曾说，他每遇着国家政治上有大纷扰的时候，他便用心去研究一种绝不关系时局的学问，使他的心思不致受外界的扰乱。所以拿破仑的兵威逼迫德国最厉害的时期里，哥德天天用功研究中国的文物。又当利俾瑟之战的那一天哥德正关着门，做他的名著 Esex 的"尾声"。

德国大哲学家费希特（Fichte）是近代国家主义的一个创始者。然而他当普鲁士被拿破仑践破之后的第二年（1807）回到柏林，便着手计划一个新的大学——即今日之柏林大学。那时候，柏林还在敌国驻兵的掌握里。费希特在柏林继续讲学，在很危险的环境里发表他的"告德意志民族"（Rdnan die deutSChnatdri）。往往在他讲学的堂上听得见敌人驻兵操演回来的声音。他这一套讲演——"告德意志民族"——忠告德国人不要灰心丧志，不要惊慌失措；他说，德意志民族是不会亡国的；这个民族有一种天赋的使命，就是要在世间建立一个精神的文明，——德意志的文明，他说：这个民族的国家是不会亡的。

后来费希特计划的柏林大学变成了世界的二个最有名的学府；他那部"告德意志民族"不但变成了德意志帝国建国的一个动力，并且成了十九世纪全世界的国家主义的一种经典。

上边的两段故事是我愿意介绍给全国的青年男女学生的。我们不期望人人都做哥德与费希特。我们只希望大家知道：在一个扰攘纷乱的时期里跟着人家乱跑乱喊，不能就算是尽了爱国的责任。此外还有更难更可贵的任务：在纷乱的喊声里，能立定脚跟，打定主意，救出你自己，努力把你这块材料铸造成个有用的东西！

（原载 1925 年 9 月 5 日 《现代评论》）

华北军第五十九军抗日阵亡将士公墓碑文

胡适

中华民国二十二年三月，日本军队侵占了热河，全国大都震动。从三月初旬，我国的军队在长城一带抗敌作战，曾有过几次很光荣的奋战，其间如哲元部在喜峰口的苦战，如徐廷瑶军关麟征、黄杰两师的中央军队在古北口南天门一带十余日的血战，都是天下皆知的。但这种最悲壮的牺牲终于不能抵抗敌人最新最猛烈的武器。五月十二日以后，东路我军全退却了，北路我军苦战三昼夜之后，也退到了密云。五月二十一、二两日，北平以北的中央军队，都奉命退到故都附近集中。二十二日夜，北平政务整理委员会委员长黄郛开始与敌方商议停战。五月二十三日的早晨四时，当我国代表接受了一个城下之盟的早晨，离北平六十余里的怀柔县附近正开始一场最壮烈的血战。这一战从上午四时直打到下午七时，一千多个中国健儿用他们的血洗去了那天的城下之盟的部分的耻辱。在怀柔作战的我方军队，是华北军第七军团第五十九军，总指挥即是民国十六年北伐战争以孤军守涿县八十八日的傅作义军长。他们本奉命守张家口。四月二十九日，他们奉令开到昌平待命增援，令下之日全军欢呼出发，用每小时二十里的跑步赶赴阵地。五月一日全部到达昌平，仅走了二十四小时。五月十五日，第五十九军奉令开到怀柔以西，在怀柔西北高地经石厂至高各庄的线上构筑阵地。十七日复奉令用主力在此阵地后方三十余里的半壁店、稷山营的线上构筑主阵地。他们不顾敌军人数两倍的众多，也不顾敌军武器百倍的精利，他们在敌军飞机的侦察轰炸之下，不分昼夜赶筑他们的阵地，他们决心要在这最后一线的前进阵地上，用他们的血染中华民族历史的一页。二十三日天将明时，敌军用侵华主力的第八十师团的铃木旅团的川田旅团的福田支队，向怀柔正面攻击。又用铃木旅团的早田联队作大规模的迂回，绕道袭击我军的后方。正面敌军用重野炮三十门，飞机十五架，自晨至午不断的轰炸，我方官兵因工事的坚固，士气的镇定，始终保持着高地的阵地。那绕道来袭的早田联队也被我军拦击，损失很大。我军所埋的地雷杀敌也不少。我军的隐蔽工事仅留二寸见方的枪孔，必须等到敌人接近，然后伏枪伏炮齐击，用手掷弹投炸。凡敌人的长处到此都失了效用。敌军无法前进，只能向我高地阵地，作极猛烈的轰炸。有一次敌军笪 × 中队攻进了我右方的阵地，终被我军大力迎击，把阵地夺回。我军虽无必胜之念，而人人具必死之心。有全连被敌炮和飞机集中炸死五分之四，而阵地屹然未动的，有袒臂跳出战壕肉搏杀敌的，有携带十几个手掷弹，伏在外壕里一人独立杀敌几十个的。到了下午，他们接到北平军分会的命令，因停战协定已成定局，令他们撤退到高丽营后方，但他们正在酣战中势不能遽行撤退，而那个国耻的消息，又正使他们留恋这一个最后抗敌的机会，直到下午七时，战势渐入沉寂状态，我军才开始向高丽营撤退，敌军也没有追击。次日，大阪朝日新闻的从军记者观察我军的高地阵地，电传彼国，曾说："敌人所筑的俄国式阵地，实有相当的价值，且在坚硬的岩石中掘成良好的战壕，殊令人惊叹！"又云："看他们战壕中的遗尸，其中有不过十六、七岁的，也有很像学生的，青年人的热狂可以想见了。"怀柔之一战，第五十九军战死的官和兵共三六七人，受伤的共四八四人（当时查出的）。五月三十一日停战协定在塘沽签字后，第五十九军开至昌平集结。凡本军战死官兵未及运回的，都由军部雇本地人民就地掩埋，暗树标志。六月全军奉命开回绥远复员。九月怀柔日军撤退后，傅将军派人备棺木、敛衣，到作战地带寻得官兵遗骸二百零三具，全数运回绥远，绥远人民把他们葬在城北大青山下，建立抗日战死将士公墓，并且辟为公园，垂为永久的纪念。公墓将成，我因傅作义将军的嘱托，叙述怀柔战役的经过，作为纪念碑文，并作铭曰：

> 这里长眠的是三百六十七个中国好男子！
> 他们把他们的生命献给了他们的祖国，
> 我们和我们的子孙来这里凭吊敬礼的，
> 要想想我们应该用什么报答他们的血！

（作于 1934 年 5 月 5 日；原载 1934 年 8 月《学文》月刊第 1 卷第 4 期，题为《一篇新体的墓碑》）

你莫忘记

胡适

我的儿

我二十年教你爱国，

这国如何爱得！

你莫忘记：

这是我们国家的大兵，

逼死了你三姨，

逼死了阿馨，

逼死了你妻子，

枪毙了高升！

你莫忘记：

是谁砍掉了你的手指，

是谁把你的老子打成了这个样子！

是谁烧了这一村，

哎哟！火就要烧到这里了，

你跑罢！莫要同我一起死！

回来！

你莫忘记：

你老子临死时只指望快快亡国：

亡给『哥萨克』，

亡给『普鲁士』

都可以

人总该不至——如此！

（原载《新青年》第五卷第三号）

"少年中国"的"少年运动"

李大钊

我们的理想，是在创造一个"少年中国"。

"少年中国"能不能创造成立，全看我们的"少年运动"如何。

我们"少年中国"的理想，不是死板的模型，是自由的创造；不是铸定的偶像，是活动的生活。我想我们"少年中国"的少年，人人理想中必定都有一个他自己所欲创造而且正在创造的"少年中国"。你理想中的"少年中国"和我理想中的"少年中国"不必相同；我理想中的"少年中国"，又和他理想中的"少年中国"未必一致。可是我们的同志，我们的朋友，毕竟都在携手同行，沿着那一线清新的曙光，向光明方面走。那光明里一定有我们的"少年中国"在。我们各个不同的"少年中国"的理想，一定都集中在那光明里成一个结晶，那就是我们共同创造的"少年中国"。仿佛像一部洁白未曾写过的历史空页，我们大家你写一页，我写一页，才完成了这一部"少年中国"史。

我现在只说我自己理想中的"少年中国"。

我所理想的"少年中国"，是由物质和精神两面改造而成的"少年中国"，是灵肉一致的"少年中国"。

为创造我们理想的"少年中国"，我很希望这一班与我们理想相同的少年好友，大家都把自己的少年精神拿出来，努力去作我们的"少年运动"。我们"少年运动"的第一步，就是要作两种的文化运动：一个是精神改造的运动，一个是物质改造的运动。

精神改造的运动，就是本着人道主义的精神，宣传"互助""博爱"的道理，改造现代堕落的人心，使人人都把"人"的面目拿出来对他的同胞；把那占据的冲动，变为创造的冲动；把那残杀的生活，变为友爱的生活；把那侵夺的习惯，变为同劳的习惯；把那私营的心理，变为公善的心理。这个精神的改造，实在是要与物质的改造一致进行，而在物质的改造开始的时期，更是要紧。因为人类在马克思所谓"前史"的期间，习染恶性很深，物质的改造虽然成功，人心内部的恶，若不划除净尽，他在新社会新生活里依然还要复萌，这改造的社会组织，终于受他的害，保持不住。

物质改造的运动，就是本着勤工主义的精神，创造一种"劳工神圣"的组织，改造现代游惰本位、掠夺主义的经济制度，把那劳工的生活，从这种制度下解放出来，使人人都须作工，作工的人都能吃饭。因为经济组织没有改变，精神的改造很难成功。在从前的经济组织里，何尝没有人讲过"博爱""互助"的道理，不过这表面构造（就是一切文化的构造）的力量，到底比不上基础构造（就是经济构造）的力量大。你只管讲你的道理，他时时从根本上破坏你的道理，使他永远不能实现。

"少年中国"的少年好友呵！我们的一生生涯，是向"少年中国"进行的一条长路程。我们为达到这条路程的终点，应该把这两种文化运动，当作车的两轮，鸟的双翼，用全生涯的努力鼓舞着向前进行！向前飞跃！

"少年中国"的少年好友呵！我们要作这两种文化运动，不该常常漂泊在这都市上，在工作社会以外作一种文化的游民；应该投身到山林里村落里去，在那绿野烟雨中，一锄一犁的作那些辛苦劳农的伴侣。吸烟休息的时间，田间篱下的场所，都有我们开发他们，慰安他们的机会。须知"劳工神圣"的话，断断不配那一点不作手足劳动的人讲的；那不劳而食的智识阶级，应该与那些资本家一样受排斥的。中国今日的情形，都市和村落完全打成两橛，几乎是两个世界一样。都市上所发生的问题，所传播的文化，村落里的人，毫不发生一点关系；村落里的生活，都市上的人，大概也是漠不关心，或者全不知道他是什么状况。这全是交通阻塞的缘故。交通阻塞的意义，有两个解释：一是物质的交通阻塞，用邮电、舟车可以救济的；一是文化的交通阻塞，非用一种文化的交通机关不能救济的。在文化较高的国家，一般劳农容受文化的质量多，只要物质的交通没有阻塞，出版物可以传递，文化的传播，就能达到这个地方，而在文化较低的国家，全仗自觉少年的宣传运动，在这个地方，文化的交通机关，就是在山林里村落里与那些劳农共同劳动自觉的少年。只要山林里村落里有了我们的足迹，那精神改造的种子，因为得了洁美的自然，深厚的土壤，自然可以发育起来。那些天天和自然界相接的农民，自然都成了人道主义的信徒。不但在共同劳作的生活里可以感化传播于无形，就是在都市上产生的文化利器——出版物类——也必随着少年的足迹，尽量输入到山林里村落里去。我们应该学那闲暇的时候就来都市里著书，农忙的时候就在田间工作的陶士泰先生，文化的空气才能与山林里村落里的树影炊烟联成一气，那些静沉沉的老村落才能变成活泼泼的新村落。新村落的大联合，就是我们的"少年中国"。

我们"少年中国"的少年好友啊！我们既然是二十世纪的少年，就该把眼光放的远些，不要受腐败家庭的束缚，不要受狭隘爱国心的拘牵。我们的新生活，小到完成我的个性，大到企图世界的幸福。我们的家庭范围，已经扩充到全世界了，其余都是进化轨道上的遗迹，都该打破。我们应该拿世界的生活作家庭的生活，我们应该承认爱人的运动比爱国的运动更重。我们的少年中国观，决不是要把中国这个国家，作少年的舞台，去在列国竞争场里争个胜负，乃是要把中国这个地域，当作世界的一部分，由我们居住这个地域的少年朋友们下手改造，以尽我们对于世界改造一部分的责任。我们"少年运动"的范围，决不止于中国：有时与其他亚细亚的少年握手，作亚细亚少年的共同运动；有时与世界的少年握手，作世界少年的共同运动，也都是我们"少年中国主义"分内的事。

总结几句话，就是：

我所希望的"少年中国"的"少年运动"，是物心两面改造的运动，是灵肉一致改造的运动，是打破智识阶级的运动，是加入劳工团体的运动，是以村落为基础建立小组织的运动，是以世界为家庭扩充大联合的运动。

少年中国的少年呵！少年中国的运动，就是世界改造的运动，少年中国的少年，都应该是世界的少年。

（原载《少年中国》第 1 卷第 3 期，1919 年 9 月 15 日）

艰难的国运与雄健的国民

李大钊

历史的道路，不全是坦平的，有时走到艰难险阻的境界，这是全靠雄健的精神才能冲过去的。

一条浩浩荡荡的长江大河，有时流到很宽阔的境界，平原无际，一泻万里。有时流到很逼狭的境界，两岸丛山叠岭，绝壁断崖，江河流于其间，曲折回环，极其险峻。民族生命的进展，其经历亦复如是。

人类在历史上的生活，正如旅行一样。旅途上的征人所经过的地方，有时是坦荡平原，有时是崎岖险路。老于旅途的人，走到平坦的地方，固是高高兴兴的向前走，走到崎岖的境界，愈是奇趣横生，觉得在此奇绝壮绝的境界，愈能感得一种冒险的美趣。

中华民族现在所逢的史路，是一段崎岖险阻的道路。在这一段道路上，实在亦有一种奇绝壮绝的景致，使我们经过此段道路的人，感得一种壮美的趣味。但这种壮美的趣味，是非有雄健的精神的，不能够感觉到的。

我们的扬子江、黄河，可以代表我们的民族精神，扬子江及黄河遇见沙漠、遇见山峡都是浩浩荡荡的往前流过去，以成其浊流滚滚，一泻万里的魄势。目前的艰难境界，那能阻抑我们民族生命的前进。我们应该拿出雄健的精神，高唱着进行的曲调，在这悲壮歌声中，走过这崎岖险阻的道路。要知在艰难的国运中建造国家，亦是人生最有趣味的事……

1923 年 12 月 20 日

（原载《新民国》第 1 卷第 2 号）

吊圆明园故址（二首）

李大钊

　　夕阳影里，筯鼓声中，同友人陟高冈，望圆明园故址，只余破壁颓垣，残峙于荒烟蔓草间，欷歔凭吊，感慨系之。

一

　　圆明两度昆明劫，鹤化千年未忍归。
　　一曲悲筯吹不尽，残灰犹共晚烟飞。

二

　　玉阙琼楼委碧埃，兽蹄鸟迹走荒苔。
　　残碑没尽官人老，空向蒿莱拨劫灰。

1913 年 11 月 1 日

（原载《言治》月刊第 1 年第 6 期）

《晨钟》之使命——青春中华之创造

李大钊

　　一日有一日之黎明，一稘有一稘之黎明，个人有个人之青春，国家有国家之青春。今者，白发之中华垂亡，青春之中华未孕，旧稘之黄昏已去，新稘之黎明将来。际兹方死方生、方毁方成、方破坏方建设、方废落方开敷之会，吾侪振此"晨钟"，期与我慷慨悲壮之青年，活泼泼地之青年，日日迎黎明之朝气，尽二十稘黎明中当尽之努力，人人奋青春之元气，发新中华青春中应发之曙光，由是一一叩发一一声，一一声觉一一梦，俾吾民族之自我的自觉，自我之民族的自觉，一一彻底，急起直追，勇往奋进，径造自由神前，索我理想之中华，青春之中华，幸勿姑息迁延，韶光坐误。人已汲新泉，尝新炊，而我犹卧榻横陈，荒娱于白发中华、残年风烛之中，沉鼾于睡眠中华、黄粱酣梦之里也。

　　外人之低吾者，辄曰：中华之国家，待亡之国家也；中华之民族，衰老之民族也。斯语一入吾有精神、有血气、有魂、有胆之青年耳中，鲜不勃然变色，思与四亿同胞发奋力雄，以雪斯言之奇辱者。顾吾以为宇宙大化之流行，盛衰起伏，循环无已，生者不能无死，毁者必有所成，健壮之前有衰颓，老大之后有青春，新生命之诞生，固常在累累坟墓之中也。吾之国家若民族，历数千年而巍然独存，往古来今，罕有其匹，由今论之，始云衰老，始云颓亡，斯何足讳，亦何足伤，更何足沮丧吾青年之精神，销沉吾青年之意气！吾人须知吾之国家若民族，所以扬其光华于二十棋之世界者，不在陈腐中华之不死，而在新荣中华之再生；青年所以贡其精诚于吾之国家若民族者，不在白发中华之保存，而在青春中华之创造。《晨钟》所以效命于胎孕青春中华之青年之前者，不在惜恋黭黭就木之中华，而在欢迎呱呱坠地之中华。是故中华自身无所谓运命也，而以青年之运命为运命；《晨钟》自身无所谓使命也，而以青年之使命为使命。青年不死，即中华不亡，《晨钟》之声，即青年之舌，国家不可一日无青年，青年不可一日无觉醒，青春中华之克创造与否，当于青年之觉醒与否卜之，青年之克觉醒与否，当于《晨钟》之壮快与否卜之矣。

过去之中华，老辈所有之中华，历史之中华，坟墓中之中华也。未来之中华，青年所有之中华，理想之中华，胎孕中之中华也。坟墓中之中华，尽可视为老辈之纪录，而拱手以让之老辈，俾携以俱去。胎孕中之中华，则断不许老辈以其沉滞颓废、衰朽枯窘之血液，侵及其新生命。盖一切之新创造，新机运，乃吾青年独有之特权，老辈之于社会，自其长于年龄、富于经验之点，吾人固可与以相当之敬礼，即令以此自重，而轻蔑吾青年，嘲骂吾青年，诽谤吾青年，凌辱吾青年，吾人亦皆能忍受，独至并此独有之特权而侵之，则毅然以用排除之手段，而无所于踌躇，无所于逊谢。须知吾青年之生，为自我而生，非为彼老辈而生，青春中华之创造，为青年而造，非为彼老辈而造也。

今日之中华，犹是老辈把持之中华也，古董陈列之中华也。今日中华之青年，犹是崇拜老辈之青年，崇拜古董之青年也。人先失其青春，则其人无元气；国家丧其青年，则其国无生机。举一国之青年，自沉于荒冢之内，自缚于偶像之前，破坏其理想，黯郁其灵光，遂令皓首皤皤之老翁，昂头阔步，以陟于社会枢要之地，据为首丘终老之所，而欲其国不为待亡之国，其族不为濒死之族，乌可得耶？吾尝稽究其故矣，此其咎不在老辈之不解青年心理，不与青年同情，而在青年之不能与老辈宣战，不能与老辈格斗。盖彼老辈之半体，已埋没于黄土一抔之中，更安有如许之精神气力，与青年交绥用武者。果或有之，吾青年亦乐引为良师益友，不敢侪之于一般老辈之列，而葬于荒冢之中矣。吾国所以演成今象者，非彼老辈之强，乃吾青年之弱，非彼旧人之勇，乃吾新人之怯，非吾国之多老辈多旧人，乃吾国之无青年无新人耳！非绝无青年，绝无新人，有之而乏慷慨悲壮之精神，起死回天之气力耳！此则不能不求青年之自觉与反省，不能不需《晨钟》之奋发与努力者矣。

由来新文明之诞生，必有新文艺为之先声，而新文艺之勃兴，尤必赖有一二哲人，犯当世之不韪，发挥其理想，振其自我之权威，为自我觉醒之绝叫，而后当时有众之沉梦，赖以惊破。欧人促于科学之进步，而为由耶教桎梏解放之运动者，起于路德一辈之声也。法兰西人冒革命之血潮，认得自我之光明，而开近世自由政治之轨者，起于孟德斯鸠、卢骚、福禄特尔诸子之声也。他如狄卡儿、培根、秀母、康德之徒，其于当世，亦皆在破坏者、怀疑主义者之列，而清新之哲学、艺术、法制、伦理，莫不胚孕于彼等之思潮。萨兰德、海尔特尔、冷新、乃至改得西尔列尔之流，其于当代，因亦尝见低为异端，而德意志帝国之统一，殆即苞蕾于彼等热烈之想象力，彼其破丹败奥，摧法征俄，风靡巴尔干半岛与海王国。抗战不屈之德意志魂，非俾斯麦、特赖克、白仑哈的之成绩，乃讴歌德意志文化先声之青年思想家、艺术家所造之基础也。世尝啧啧称海聂之名矣，然但知其为沉哀之诗人，而不知其为"青年德意志"弹奏之人也。所谓"青年德意志"运动者，以一八四八年之革命为中心，而德国国民绝叫人文改造口口口也。波等先俾斯麦、摩尔托克、维廉一世而起，于其国民之精神，与以痛烈之激刺。当是时，海聂、古秋阔、文巴古、门德、洛北诸子，实为其魁俊，各奋其颖新之笔，掊击时政，攻排旧制，否认偶像的道德，诅咒形式的信仰，冲决一切陈腐之历史，破坏一切固有之文明，扬布人生复活国家再造之声，而以使德意志民族回春、德意志帝国建于纯美青年之手为理想，此其孕育胚胎之世，距德意志之统一，才二十载，距今亦不过六十余年，而其民族之声威，文明之光彩，已足以震耀世界，征服世界，改造世界而有余。居今穷其因果，虽欲不归功于青年德意志之运动，青年文艺家、理想家之鼓吹，殆不可得。以视吾之文坛，堕落于男女兽欲之鬼窟，而罔克自拔，柔靡艳丽，驱青年于妇人醇酒之中者，盖有人禽之殊，天渊之别矣。记者不敏，未擅海聂诸子之文才，窃慕青年德意志之运动，海内青年，其有闻风兴起者乎？甚愿执鞭以从之矣。

吾尝论之，欧战既起，德意志、匈牙利亦以崭新之民族爆发于烽火之中。环顾兹世，新民族途无复存。故今后之问题，非新民族崛起之问题，乃旧民族复活之问题也。而是等旧民族之复活，非其民族中老辈之责任，乃其民族中青年之责任也。土尔其以老大帝国与吾并称，而其冥顽无伦之亚布他尔哈米德朝，颠覆于一夜之顷者，则青年土尔其党愤起之功也。印度民间革命之烽烟，直迷漫于西马拉亚山之巅者，则印度青年革命家努力之效也。吾国最近革命运动，亦能举清朝三百年来之历史而推翻之。袁氏逆命，谋危共和，未逾数月，义师勃兴，南天震动，而一世之奸雄，竟为护国义军穷迫以死。今虽不敢遽断改革之业，为告厥成功，而青春中华之创造，实已肇基于此。其胚种所由发，亦罔不在吾断头流血之青年也。长驱迈往之青年乎，其各百尺竿头，更进一步，取由来之历史，一举而推焚之，取从前之文明，一举而沦葬之。变弱者之伦理为强者之人生，变庸人之哲学为天才之宗教，变"人"之文明为"我"之文明，变"求"之幸福为"取"之幸福。觅新国家，拓新世界，于欧洲战血余腥、炮焰灰烬之中，而以破坏与创造，征服与奋斗为青年专擅之场，厚青年之修养，畅青年之精神，壮青年之意志，硕青年之气节，鼓舞青春中华之运动，培植青春中华之根基，吾乃高撞自由之钟，以助其进行之勇气。中华其睡狮乎？闻之当勃然兴；中华其病象乎？闻之当霍然起。盖青年者，国家之魂，《晨钟》者，青年之友。青年当努力为国家自重，《晨钟》当努力为青年自勉，而各以青春中华之创造为唯一之使命，此则《晨钟》出世之始，所当昭告于吾同胞之前者矣。

附言：篇中所称老辈云者，非由年龄而言，乃由精神而言；非由个人而言，乃由社会而言。有老人而青年者，有青年而老人者。老当益壮者，固在吾人敬服之列，少年颓丧者，乃在吾人党病之伦矣。

1916 年 8 月 15 日

（原载《晨钟报》创刊号）

中国人失掉自信心了吗?

鲁迅

从公开的文字上看起来：两年以前，我们总自夸着"地大物博"，是事实；不久就不再自夸了，只希望着国联，也是事实；现在是既不夸自己，也不信国联，改为一味求神拜佛，怀古伤今了——却也是事实。

于是有人慨叹曰：中国人失掉自信力了。

如果单据这一点现象而论，自信其实是早就失掉了的。先前信"地"，信"物"，后来信"国联"，都没有相信过"自己"。假使这也算一种"信"，那也只能说中国人曾经有过"他信力"，自从对国联失望之后，便把这他信力都失掉了。

失掉了他信力，就会疑，一个转身，也许能够只相信了自己，倒是一条新生路，但不幸的是逐渐玄虚起来了。信"地"和"物"，还是切实的东西，国联就渺茫，不过这还可以令人不久就省悟到依赖它的不可靠。一到求神拜佛，可就玄虚之至了，有益或是有害，一时就找不出分明的结果来，它可以令人更长久的麻醉着自己。

中国人现在是在发展着"自欺力"。

"自欺"也并非现在的新东西，现在只不过日见其明显，笼罩了一切罢了。然而，在这笼罩之下，我们有并不失掉自信力的中国人在。

我们从古以来，就有埋头苦干的人，有拼命硬干的人，有为民请命的人，有舍身求法的人，……虽是等于为帝王将相作家谱的所谓"正史"，也往往掩不住他们的光耀，这就是中国的脊梁。

这一类的人们，就是现在也何尝少呢? 他们有确信，不自欺；他们在前仆后继的战斗，不过一面总在被摧残，被抹杀，消灭于黑暗中，不能为大家所知道罢了。说中国人失掉了自信力，用以指一部分人则可，倘若加于全体，那简直是诬蔑。

要论中国人，必须不被搽在表面的自欺欺人的脂粉所诓骗，却看看他的筋骨和脊梁。自信力的有无，状元宰相的文章是不足为据的，要自己去看地底下。

九月二十五日

（选自《鲁迅全集》，人民文学出版社，1981）

随感录三十八

鲁迅

    中国人向来有点自大。——只可惜没有"个人的自大",都是"合群的爱国的自大"。这便是文化竞争失败之后,不能再见振拔改进的原因。

    "个人的自大",就是独异,是对庸众宣战。除精神病学上的夸大狂外,这种自大的人,大抵有几分天才,——照 Nordau[①]等说,也可说就是几分狂气。他们必定自己觉得思想见识高出庸众之上,又为庸众所不懂,所以愤世疾俗,渐渐变成厌世家,或"国民之敌"。但一切新思想,多从他们出来,政治上宗教上道德上的改革,也从他们发端。所以多有这"个人的自大"的国民,真是多福气!多幸运!

    "合群的自大","爱国的自大",是党同伐异,是对少数的天才宣战;——至于对别国文明宣战,却尚在其次。他们自己毫无特别才能,可以夸示于人,所以把这国拿来做个影子;他们把国里的习惯制度抬得很高,赞美的了不得;他们的国粹,既然这样有荣光,他们自然也有荣光了!倘若遇见攻击,他们也不必自去应战,因为这种蹲在影子里张目摇舌的人,数目极多,只须用

---

  ① Nordau:今译诺尔道(1849—1923),出生于匈牙利的犹太医生,犹太复国主义活动家。担任过犹太复国运动大会副主席。

mob^①的长技,一阵乱噪,便可制胜。胜了,我是一群中的人,自然也胜了;若败了时,一群中有许多人,未必是我受亏:大凡聚众滋事时,多具这种心理,也就是他们的心理。他们举动,看似猛烈,其实却很卑怯。至于所生结果,则复古,尊王,扶清灭洋等等,已领教得多了。所以多有这"合群的爱国的自大"的国民,真是可哀,真是不幸!

不幸中国偏只多这一种自大:古人所作所说的事,没一件不好,遵行还怕不及,怎敢说到改革?这种爱国的自大家的意见,虽各派略有不同,根柢总是一致,计算起来,可分作下列五种:

甲云:"中国地大物博,开化最早;道德天下第一。"这是完全自负。

乙云:"外国物质文明虽高,中国精神文明更好。"

丙云:"外国的东西,中国都已有过;某种科学,即某子所说的云云",这两种都是"古今中外派"的支流;依据张之洞的格言,以"中学为体西学为用"的人物。

丁云:"外国也有叫化子,——(或云)也有草舍,——娼妓,——臭虫。"这是消极的反抗。

戊云:"中国便是野蛮的好。"又云:"你说中国思想昏乱,那正是我民族所造成的事业的结晶。从祖先昏乱起,直要昏乱到子孙;从过去昏乱起,直要昏乱到未来。……(我们是四万万人,)你能把我们灭绝么?"^②这比"丁"更进一层,不去拖人下

---

① Mob:英语,群氓、乌合之众。

② 这里是套用学者任鸿隽的言论。当时,钱玄同等人认为,改造中国旧文化须首先废灭汉字。任鸿隽为反驳此说,在给胡适的信中故以偏颇姿态宣称:中国的昏乱根源不仅在于文字,而且存在于所有中国人的心脑中,所以"若要中国好,除非使中国人种先行灭绝"。此信发表于1918年8月15日《新青年》第5卷第2号。

水，反以自己的丑恶骄人；至于口气的强硬，却很有《水浒传》中牛二^①的态度。

五种之中，甲乙丙丁的话，虽然已很荒谬，但同戊比较，尚觉情有可原，因为他们还有一点好胜心存在。譬如衰败人家的子弟，看见别家兴旺，多说大话，摆出大家架子；或寻求人家一点破绽，聊给自己解嘲。这虽然极是可笑，但比那一种掉了鼻子，还说是祖传老病，夸示于众的人，总要算略高一步了。

戊派的爱国论最晚出，我听了也最寒心；这不但因其居心可怕，实因他所说的更为实在的缘故。昏乱的祖先，养出昏乱的子孙，正是遗传的定理。民族根性造成之后，无论好坏，改变都不容易。法国 G.Le Bon^② 著《民族进化的心理》中，说及此事道（原文已忘，今但举其大意）——"我们一举一动，虽似自主，其实多受死鬼的牵制。将我们一代的人，和先前几百代的鬼比较起来，数目上就万不能敌了。"我们几百代的祖先里面，昏乱的人，定然不少：有讲道学的儒生，也有讲阴阳五行的道士，有静坐炼丹的仙人，也有打脸打把子的戏子。所以我们现在虽想好好做"人"，难保血管里的昏乱分子不来作怪，我们也不由自主，一变而为研究丹田脸谱的人物：这真是大可寒心的事。但我总希望这昏乱思想遗传的祸害，不至于有梅毒那样猛烈，竟至百无一免。即使同梅毒一样，现在发明了六百零六^③，肉体上的病，既可医治；我希望也有一种七百零七的药，可以医治思想上的病。这药原来也已发明，就是"科学"一味。只希望

---

① 牛二：《水浒传》中的一个市井无赖。
② G. Le Bon：今译居斯塔夫·勒邦（1841—1931），法国社会心理学家。著有《民族心理学》（一译《民族进化的心理》）、《群众心理学》等。
③ 六百零六：即六〇六，一种抗梅毒药。

那班精神上掉了鼻子的朋友，不要又打着"祖传老病"的旗号来反对吃药，中国的昏乱病，便也总有全愈的一天。祖先的势力虽大，但如从现代起，立意改变：扫除了昏乱的心思，和助成昏乱的物事（儒道两派的文书），再用了对症的药，即使不能立刻奏效，也可把那病毒略略屡淡。如此几代之后待我们成了祖先的时候，就可以分得昏乱祖先的若干势力，那时便有转机，Le Bon 所说的事，也不足怕了。

以上是我对于"不长进的民族"的疗救方法；至于"灭绝"一条，那是全不成话，可不必说。"灭绝"这两个可怕的字，岂是我们人类应说的？只有张献忠这等人曾有如此主张，至今为人类唾骂；而且于实际上发生出什么效验呢？但我有一句话，要劝戊派诸公。"灭绝"这句话，只能吓人，却不能吓倒自然。他是毫无情面：他看见有自向灭绝这条路走的民族，便请他们灭绝，毫不客气。我们自己想活，也希望别人都活；不忍说他人的灭绝，又怕他们自己走到灭绝的路上，把我们带累了也灭绝，所以在此着急。倘使不改现状，反能兴旺，能得真实自由的幸福生活，那就是做野蛮也很好。——但可有人敢答应说"是"么？

（选自《鲁迅全集》，人民文学出版社，1981）

灯下漫笔

鲁迅

一

有一时，就是民国二三年时候，北京的几个国家银行的钞票，信用日见其好了，真所谓蒸蒸日上。听说连一向执迷于现银的乡下人，也知道这既便当，又可靠，很乐意收受，行使了。至于稍明事理的人，则不必是"特殊知识阶级"，也早不将沉重累坠的银元装在怀中，来自讨无谓的苦吃。想来，除了多少对于银子有特别嗜好和爱情的人物之外，所有的怕大都是钞票了罢，而且多是本国的。但可惜后来忽然受了一个不小的打击。

就是袁世凯想做皇帝的那一年，蔡松坡先生溜出北京，到云南去起义。这边所受的影响之一，是中国和交通银行的停止兑现。虽然停止兑现，政府勒令商民照旧行用的威力却还有的；商民也自有商民的老本领，不说不要，却道找不出零钱。假如拿几十几百的钞票去买东西，我不知道怎样，但倘使只要买一枝笔，一盒烟卷呢，难道就付给一元钞票么？不但不甘心，也没有这许多票。那么，换铜元，少换几个罢，又都说没有铜元。那么，到亲戚朋友那里借现钱去罢，怎么会有？于是降格以求，不讲爱国了，要外国银行的钞票。但外国银行的钞票这时就等于现银，他如果借给你这钞票，也就借给你真的银元了。

我还记得那时我怀中还有三四十元的中交票^①，可是忽而变了一个穷人，几乎要绝食，很有些恐慌。俄国革命以后的藏着纸卢布的富翁的心情，恐怕也就这样的罢；至多，不过更深更大罢了。我只得探听，钞票可能折价换到现银呢？说是没有行市。幸而终于，暗暗地有了行市了：六折几。我非常高兴，赶紧去卖了一半。后来又涨到七折了，我更非常高兴，全去换了现银，沉垫垫地坠在怀中，似乎这就是我的性命的斤两。倘在平时，钱铺子如果少给我一个铜元，我是决不答应的。

但我当一包现银塞在怀中，沉垫垫地觉得安心，喜欢的时候，却突然起了另一思想，就是：我们极容易变成奴隶，而且变了之后，还万分喜欢。

假如有一种暴力，"将人不当人"，不但不当人，还不及牛马，不算什么东西；待到人们羡慕牛马，发生"乱离人，不及太平犬"的叹息的时候，然后给与他略等于牛马的价格，有如元朝定律，打死别人的奴隶，赔一头牛，则人们便要心悦诚服，恭颂太平的盛世。为什么呢？因为他虽不算人，究竟已等于牛马了。

我们不必恭读《钦定二十四史》，或者入研究室，审察精神文明的高超。只要一翻孩子所读的《鉴略》，——还嫌烦重，则看《历代纪元编》，就知道"三千余年古国古"的中华，历来所闹的就不过是这一个小玩艺。但在新近编纂的所谓"历史教科书"一流东西里，却不大看得明白了，只仿佛说：咱们向来就很好的。

但实际上，中国人向来就没有争到过"人"的价格，至多不过是奴隶，到现在还如此，然而下于奴隶的时候，却是数见不鲜的。中国的百姓是中立的，战时连自己也不知道属于那一

---

① 中交票：中国银行和交通银行（都是当时的国家银行）发行的钞票。

面，但又属于无论那一面。强盗来了，就属于官，当然该被杀掠；官兵既到，该是自家人了罢，但仍然要被杀掠，仿佛又属于强盗似的。这时候，百姓就希望有一个一定的主子，拿他们去做百姓，——不敢，是拿他们去做牛马，情愿自己寻草吃，只求他决定他们怎样跑。

假使真有谁能够替他们决定，定下什么奴隶规则来，自然就"皇恩浩荡"了。可惜的是往往暂时没有谁能定。举其大者，则如五胡十六国的时候，黄巢的时候，五代时候，宋末元末时候，除了老例的服役纳粮以外，都还要受意外的灾殃。张献忠的脾气更古怪了，不服役纳粮的要杀，服役纳粮的也要杀，敌他的要杀，降他的也要杀：将奴隶规则毁得粉碎。这时候，百姓就希望来一个另外的主子，较为顾及他们的奴隶规则的，无论仍旧，或者新颁，总之是有一种规则，使他们可上奴隶的轨道。

"时日曷丧，予及汝偕亡！"愤言而已，决心实行的不多见。实际上大概是群盗如麻，纷乱至极之后，就有一个较强，或较聪明，或较狡猾，或是外族的人物出来，较有秩序地收拾了天下。厘定规则：怎样服役，怎样纳粮，怎样磕头，怎样颂圣。而且这规则是不像现在那样朝三暮四的。于是便"万姓胪欢"了；用成语来说，就叫作"天下太平"。

任凭你爱排场的学者们怎样铺张，修史时候设些什么"汉族发祥时代""汉族发达时代""汉族中兴时代"的好题目，好意诚然是可感的，但措辞太绕湾子了。有更其直捷了当的说法在这里——

一、想做奴隶而不得的时代；

二、暂时做稳了奴隶的时代。

这一种循环，也就是"先儒"之所谓"一治一乱"；那些作乱人物，从后日的"臣民"看来，是给"主子"清道辟路的，所以说："为圣天子驱除云尔。"现在入了那一时代，我也不了然。但看国学家的崇奉国粹，文学家的赞叹固有文明，道学家的热心复古，可见于现状都已不满了。然而我们究竟正向着那一条路走呢？百姓是一遇到莫名其妙的战争，稍富的迁进租界，妇孺则避入教堂里去了，因为那些地方都比较的"稳"，暂不至于想做奴隶而不得。总而言之，复古的，避难的，无智愚贤不肖，似乎都已神往于三百年前的太平盛世，就是"暂时做稳了奴隶的时代"了。

但我们也就都像古人一样，永久满足于"古已有之"的时代么？都像复古家一样，不满于现在，就神往于三百年前的太平盛世么？

自然，也不满于现在的，但是，无须反顾，因为前面还有道路在。而创造这中国历史上未曾有过的第三样时代，则是现在的青年的使命！

二

但是赞颂中国固有文明的人们多起来了，加之以外国人。我常常想，凡有来到中国的，倘能疾首蹙额而憎恶中国，我敢诚意地捧献我的感谢，因为他一定是不愿意吃中国人的肉的！

鹤见祐辅氏在《北京的魅力》中，记一个白人将到中国，预定的暂住时候是一年，但五年之后，还在北京，而且不想回去了。有一天，他们两人一同吃晚饭——

"在圆的桃花心木的食桌前坐定，川流不息地献着出海的珍味，谈话就从古董，画，政治这些开头。电灯上罩着支那式的灯罩，淡淡的光洋溢于古物罗列的屋子中。什么无产阶级呀，Proletariat[①] 呀那些事，就像不过在什么地方刮风。

"我一面陶醉在支那生活的空气中，一面深思着对于外人有着'魅力'的这东西。元人也曾征服支那，而被征服于汉人种的生活美了；满人也征服支那，而被征服于汉人种的生活美了。现在西洋人也一样，嘴里虽然说着 Democracy[②] 呀，什么什么呀，而却被魅于支那人费六千年而建筑起来的生活的美。一经住过北京，就忘不掉那生活的味道。大风时候的万丈的沙尘，每三月一回的督军们的开战游戏，都不能抹去这支那生活的魅力。"

这些话我现在还无力否认他。我们的古圣先贤既给与我们保古守旧的格言，但同时也排好了用子女玉帛所做的奉献于征服者的大宴。中国人的耐劳，中国人的多子，都就是办酒的材料，到现在还为我们的爱国者所自诩的。西洋人初入中国时，被称为蛮夷，自不免个个蹙额，但是，现在则时机已至，到了我们将曾经献于北魏，献于金，献于元，献于清的盛宴，来献给他们的时候了。出则汽车，行则保护：虽遇清道，然而通行自由的；虽或被劫，然而必得赔偿的；孙美瑶[③] 掳去他们站在军前，还使官兵不敢开火。何况在华屋中享用盛宴呢？待到享受盛宴的时候，自然也就是赞颂中国固有文明的时候；但是我们的有些乐观的爱国者，也许反而欣然色喜，以为他们将要开始被中国同化了罢。古人曾以女人作苟安的城堡，美其名以自欺曰"和亲"，今人还用子女玉帛为作奴的贽敬，又美其名曰"同化"。所以倘有外国的谁，

---

① Proletariat：英语，无产阶级。
② Democracy：英语，民主。
③ 孙美瑶：当时山东抱犊崮的土匪头领。1923 年 5 月 5 日他在津浦铁路临城站劫车，掳去中外旅客 200 多人。

到了已有赴宴的资格的现在，而还替我们诅咒中国的现状者，这才是真有良心的真可佩服的人！

但我们自己是早已布置妥帖了，有贵贱，有大小，有上下。自己被人凌虐，但也可以凌虐别人；自己被人吃，但也可以吃别人。一级一级的制驭着，不能动弹，也不想动弹了。因为倘一动弹，虽或有利，然而也有弊。我们且看古人的良法美意罢——

"天有十日，人有十等。下所以事上，上所以共神也。故王臣公，公臣大夫，大夫臣士，士臣皁，皁臣舆，舆臣隶，隶臣僚，僚臣仆，仆臣台。"（《左传》昭公七年）

但是"台"没有臣，不是太苦了么？无须担心的，有比他更卑的妻，更弱的子在。而且其子也很有希望，他日长大，升而为"台"，便又有更卑更弱的妻子，供他驱使了。如此连环，各得其所，有敢非议者，其罪名曰不安分！

虽然那是古事，昭公七年离现在也太辽远了，但"复古家"尽可不必悲观的。太平的景象还在：常有兵燹，常有水旱，可有谁听到大叫唤么？打的打，革的革，可有处士来横议么？对国民如何专横，向外人如何柔媚，不犹是差等的遗风么？中国固有的精神文明，其实并未为共和二字所埋没，只有满人已经退席，和先前稍不同。

因此我们在目前，还可以亲见各式各样的筵宴，有烧烤，有翅席，有便饭，有西餐。但茅檐下也有淡饭，路傍也有残羹，野上也有饿莩；有吃烧烤的身价不资的阔人，也有饿得垂死的每斤八文的孩子 ① （见《现代评论》二十一期）。所谓中国的文明者，

---

① 每斤八文的孩子：1925 年 5 月 2 日《现代评论》第一卷第二十一期载有仲瑚的《一个四川人的通信》，叙说当时四川人民的悲惨生活，其中说："男小孩只卖八枚铜子一斤，女小孩连这个价钱也卖不了。"

其实不过是安排给阔人享用的人肉的筵宴。所谓中国者，其实不过是安排这人肉的筵宴的厨房。不知道而赞颂者是可恕的，否则，此辈当得永远的诅咒！

外国人中，不知道而赞颂者，是可恕的；占了高位，养尊处优，因此受了蛊惑，昧却灵性而赞叹者，也还可恕的。可是还有两种，其一是以中国人为劣种，只配悉照原来模样，因而故意称赞中国的旧物。其一是愿世间人各不相同以增自己旅行的兴趣，到中国看辫子，到日本看木屐，到高丽看笠子，倘若服饰一样，便索然无味了，因而来反对亚洲的欧化。这些都可憎恶。至于罗素在西湖见轿夫含笑，便赞美中国人，则也许别有意思罢。但是，轿夫如果能对坐轿的人不含笑，中国也早不是现在似的中国了。

这文明，不但使外国人陶醉，也早使中国一切人们无不陶醉而且至于含笑。因为古代传来而至今还在的许多差别，使人们各各分离，遂不能再感到别人的痛苦；并且因为自己各有奴使别人，吃掉别人的希望，便也就忘却自己同有被奴使被吃掉的将来。于是大小无数的人肉的筵宴，即从有文明以来一直排到现在，人们就在这会场中吃人，被吃，以凶人的愚妄的欢呼，将悲惨的弱者的呼号遮掩，更不消说女人和小儿。

这人肉的筵宴现在还排着，有许多人还想一直排下去。扫荡这些食人者，掀掉这筵席，毁坏这厨房，则是现在的青年的使命！

1925 年 4 月 29 日

（选自《鲁迅全集》，人民文学出版社，1981）

最低问题——狗彘食人之中国

瞿秋白

秋白离中国两年，回来本急急想把在俄研究所得以及俄国现状，与国人一谈，不料到京三天，接触的中国现实状况，令我受异常的激刺，不得不先对中国说几句"逆耳之言"。

万里之外时时惦念着故乡，音信阻隔，也只隐隐约约听见国内"红白面打架的把戏"。一进北京才有人告诉我，去年上海金银业罢工工人竟遭"洋狗"噬啮，唐山罢工工人又受印度兵的蹂躏。中国政府原来是"率兽食人"的政府，谄媚欧美帝国主义，以屠杀中国平民劳动者为己任。

我再想不到，两年之后回来见着一狗彘食人的中国！

我两年不读的中国报上，却只见什么"最高问题"，什么"阁员问题"，"巡阅使问题"，制宪问题，……都是高高在上的中国，高等人物的大心事。我不知道，威海卫的问题，片马问题，英国派兵唐山，殴辱重庆学生以至于纵犬食人等问题，究竟值得衮衮诸公的一顾否？难道这些问题太"低"？这是以为"最高问题"不解决，阁员问题不解决，就可以断送片马，断送威海卫，任命苏皖赣巡阅使就是为着巡犬起见，白纸黑字的宪法草案就足以保证中国平民不受外人强力的剥夺其生命自由劳动权利呢？可怜的五四运动竟成历史的古事，可怜的中国"民意"竟如此之消沉。唉！

　　这几天报上又见汉口的工人风潮，英商禁止工人结社，武装巡捕任意殴击逮捕工人，随便放枪。地方官对于此种丧权辱国的事情，只知道戒严，请问他防范的是谁，保护的又是谁？大概一般下等的苦力被捕挨打，算得什么事！真正只是"最低问题"，不值一顾。可是……中国的平民呵，你们不配谈最高问题，也得谈一谈最低问题呵。当年"五四"运动的精神那里去了！处于如此严酷的帝国主义的压迫之下，还只顾坐着静听人家谈最高问题制宪问题，真是死无葬身之地呵。我恐怕就是最高问题解决了，制定了一万万条的好宪法也没有用处。群众的平民，爱国的学生，有志的青年，也可以醒醒，不要再做华盛顿会议的黄粱梦了。

　　中国真正的平民的民主主义，假使不推倒世界列强的压迫，永无实现之日。世界人类的文化，被这一班"列强"弄得濒于死灭且不必说起，中国平民若还有点血气，无论如何总得保持我们汗血换来的吃饭权。全国平民应当亟亟兴起，——只有群众的热烈的奋斗，能取得真正的民主主义，只有真正的民主主义能保证中国民族不成亡国奴，切记切记！不然呢，我恐怕四万万"人"的地方，过两年就快变成英国猎狗的游猎场了。

1923 年 1 月 17 日

　　（选自《瞿秋白散文》，上海科学技术文献出版社，2013）

五月三十日的下午

茅盾

这是一个闷热的下午，这是一个暴风雨的先驱的闷热的下午！我看见穿着艳冶夏装的太太们，晃着满意的红喷喷大面孔的绅士们；我看见"太太们的乐园"依旧大开着门欢迎它的主顾；我只看见街角上有不多几个短衣人在那里切切议论。

一切都很自然，很满意，很平静——除了那边切切议论的几个短衣人。

谁肯相信半小时前就在这高耸云霄的"太太们的乐园"旁曾演过空前的悲壮热烈的活剧？有万千"争自由"的旗帜飞舞，有万千"打倒帝国主义"的呼声震荡，有多少勇敢的青年洒他们的热血要把这块灰色的土地染红！谁还记得在这里竟曾向密集的群众开放排枪！谁还记得先进的文明人曾卸下了假面具露一露他们的狠毒丑恶的本相！忘了，一切都忘了；可爱的驯良的大量的市民们绅士们体面商人们早把一切都忘了！

那边路旁不知是什么商铺的门槛旁，斜躺着几块碎玻璃片带着枪伤。我看见一个纤腰长裙金黄头发的妇人踹着那碎玻璃，姗姗地走过，嘴角上还浮出一个浅笑。我又看见一个鬓戴粉红绢花的少女倚在大肚子绅士的臂膊上也踹着那些碎玻璃走过，两人交换一个了解的微笑。

呵！可怜的碎玻璃片呀！可敬的枪弹的牺牲品呀！我向你敬

礼！你是今天争自由而死的战士以外唯一的被牺牲者么？争自由的战士呀！你们为了他们而牺牲的，也许只受到他们微微地一笑和这些碎玻璃片一样罢？微笑！恶意的微笑！卑怯的微笑！永不能忘却的微笑！我觉得我是站在荒凉的沙漠里，只有这放大的微笑在我眼前晃；我惘惘然拾取了一片碎玻璃，我吻它，迸出了一句话道："既然一切医院都拒绝我去向受伤的死的战士敬礼，我就对你——和死者伤者同命运的你，致敬礼罢！"我捧着这碎片狂吻。

忽地有极漂亮的声音在我耳边响道："他们简直疯了！他们想拼着头颅撞开地狱的铁门么？"我陡的转过身去，我看见一位翘着八字须的先生（许是什么博士罢）正斜着眼睛看我。他，好生面熟，我努力要记起他的姓名来。他又冲着我的面孔说道："我不是说地狱门不应该打开，我是觉得犯不着撞碎头颅去打开——而况即使拼了头颅未必打得开。难道我们没有别的和平的方法么？而况这很有过激化的嫌疑么？我们是爱和平的民族，总该用文明手段呀。实在最好是祈祷上苍，转移人心于冥冥之中。再不然，我们有的是东方精神文明，区区肉体上的屈辱何必计较——哈，你想不起我是谁么？"

实在抱歉，我听了这一番话，更想不起他是谁了，我只有向他鞠躬，便离开了他。

然而他那番话，还在我耳旁作怪地嗡嗡地响；我又恍惚觉得他的身体放大了，很顽强地站在我面前，挡住我的去路；又看见他幻化为数千百，在人丛里乱钻；终于我看见街上熙熙攘攘往来的，都是他的化身了，而张牙舞爪的吃人的怪兽却高踞在他们头上狞笑！突然幻象全消，现出一片真景来：那边站满"华人"的水泥行人道上，跳上一骑马，驮了一个黄发碧眼的武装的人，提着木棍不分皂白乱打。棍子碰着皮肉的回音使我听去好像是："难道我们没有别的和平的方法么？……我们有的是东方精神文明，区区肉体上的屈辱何必计较！"和平方法呀！这未尝不是一个好名词。可惜对于无条件被人打被人杀的人们不配！挨打挨杀的人们嘴里的和平方法有什么意义？人家不来同你和平,你有什么办法呢？和平方法是势力相等的办交涉时的漂亮话,出之于被打被杀者的嘴里是何等卑怯无耻呀！人家何尝把你当作平等的人。爱谈和平方法的先生们呀,你们脸是黄的,发是黑的,鼻梁是平的,人家看来你总是一个劣等民族,只有人家高兴给你和平,没有你开口要求的份儿哩！"以眼还眼,以牙还牙！"信奉这条教义的穆罕默德的子孙们现在终于又挺起身子了！这才有开口向人家讲和平办法的资格呵！像我们现在呢,也只有一个办法："以眼还眼,以牙还牙！"不甘心少,也不要多！

"以眼还眼,以牙还牙！"这两句话不断地在我脑海里回旋；我在人丛里忿怒地推挤,我想找几个人来讨论我的新信仰。忽然疏疏落落地下起雨来了,暮色已经围抱着这都市,街上行人也渐渐稀少了。我转入一条小弄,雨下得更密了。路灯在雨中放着安静的冷光。这还是一个闷热的黄昏,这使我满载着郁怒的心更加烦躁。风挟着细雨吹到我脸上,稍感着些凉快；但是随风送来的一种特别声浪忽地又使我的热血在颞颥部血管里乱跳；这是一阵歌吹声,竹牌声,哗笑声！他们离流血的地点不过百步,距流血的时间不过一小时,竟然歌吹作乐呵！我的心抖了,我开始诅咒这都市,这污秽无耻的都市,这虎狼在上而豕鹿在下的都市！我祈求热血来洗刷这一切的强横暴虐,同时也洗刷这卑贱无耻呀！

雨点更粗更密了,风力也似乎劲了些:这许就是闷热后必然有的暴风雨的先遣队罢？

1925 年 5 月 30 夜于上海

（《茅盾散文》,浙江文艺出版社,1999）

五月卅一日急雨中

叶圣陶

从车上跨下，急雨如恶魔的乱箭，立刻打湿了我的长衫。满腔的愤怒，头颅似乎戴着紧紧的铁箍。我走，我奋疾地走。

路人少极了，店铺里仿佛也很少见人影。哪里去了！哪里去了！怕听昨天那样的排枪声，怕吃昨天那样的急射弹，所以如小鼠如蜗牛般，蜷伏在家里，躲藏在柜台底下么？这有什么用！你蜷伏，你躲藏，枪声会来找你的耳朵，子弹会来找你的肉体：你看有什么用？

猛兽似的张着巨眼的汽车冲驰而过，泥水溅污我的衣服，也溅及我的项颈。我满腔的愤怒。

一口气赶到"老闸捕房"门前，我想参拜我们的伙伴的血迹，我想用舌头舔尽所有的血迹，咽入肚里。但是，没有了，一点儿也没有了！已经给仇人的水龙头冲得光光，已经给烂了心肠的人们踩得光光，更给恶魔的乱箭似的急雨洗得光光！

不要紧，我想。血曾经淌在这块地方，总有渗入这块土里的吧。那就行了。这块土是血的土，血是我们的伙伴的血。还不够是一课严重的功课么？血灌溉着，滋润着，将会看到血的花开在这里，血的果结在这里。

我注视这块土，全神地注视着，其余什么都不见了，仿佛自己整个儿躯体已经融化在里头。

抬起眼睛，那边站着两个巡捕：手枪在他们的腰间；泛红的脸上的肉，深深的颊纹刻在嘴的周围，黄色的睫毛下闪着绿光，似乎在那里狞笑。

手枪，是你么？似乎在那里狞笑，是你么？

"是的，是的，就是我，你便怎样！"——我仿佛看见无量数的手枪在点头，仿佛听见无量数的张开的大口在那里狞笑。

我舔着嘴唇咽下去，把看见的听见的一齐咽下去，如同咽一块粗糙的石头，一块烧红的铁。我满腔的愤怒。

雨越来越急，风把我的身体卷住，全身湿透了，伞全然不中用。我回转身走刚才来的路，路上有人了。三四个，六七个，显然可见是青布大褂的队伍，中间也有穿洋服的，也有穿各色衫子的短发的女子。他们有的张着伞，大部分却直任狂雨乱泼。

他们的脸使我感到惊异。我从来没有见到过这么严肃的脸，有如昆仑之嵾峙；我从来没有见到过这么郁怒的脸，有如雷电之将作。青年的清秀的颜色隐退了，换上了北地壮士的苍劲。他们的眼睛将要冒出焚烧一切的火焰，抿紧的嘴唇里藏着咬得死敌人的牙齿……

佩弦的诗道，"笑将不复在我们唇上！"用来歌咏这许多张脸正合适。他们不复笑，永远不复笑！他们有的是严肃与郁怒，永远是严肃的郁怒的脸。

青布大褂的队伍纷纷投入各家店铺，我也跟着一队跨进一家，记得是布匹庄。我听见他们开口了，差不多掏出整个的心，涌起满腔的血，真挚地热烈地讲着。他们讲到民族的命运，他们讲到群众的力量，他们讲到反抗的必要；他们不惮郑重叮咛的是"咱们是一伙儿"！我感动，我心酸，酸的痛快。

店伙的脸也比较严肃了；他们没有话说，暗暗点头。

我跨出布匹庄。"中国人不会齐心呀！如果齐心，吓，怕什么！"听到这句带有尖刺的话，我回头去看。

是一个三十左右的男子，粗布的短衫露着胸，苍黯的肤色标记他是在露天出卖劳力的。他的眼睛放射出英雄的光。

不错呀，我想。露胸的朋友，你喊出这样简要精练的话来，你伟大！你刚强！你是具有解放的优先权者！——我虔敬地向他点头。

但是，恍惚有蓝袍玄褂小髭须的影子在我眼前晃过，玩世的微笑，又仿佛鼻子里轻轻的一声"嗤"。接着又晃过一个袖手的，漂亮的嘴脸，漂亮的衣着，在那里低吟，依稀是"可怜无补费精神"！袖手的幻化了，抖抖地，显出一个瘠瘦的中年人，如鼠的觳觫的眼睛，如兔的颤动的嘴唇，含在喉际，欲吐又不敢吐的是一声"怕……"

我如受奇耻大辱，看见这种种的魔影，我诅咒你们：你们是拦路的荆棘！你们是伙伴的牵累！你们灭绝！你们消亡！永远不存一丝儿痕迹于这块土地上！

有淌在路上的血，有严肃的郁怒的脸，有露胸朋友那样的意思，"咱们一伙儿"，有救，一定有救，——岂但有救而已。

我满腔的愤怒。再有露胸朋友那样的话在路上吧？我向前走去。

依然是满街恶魔的乱箭似的急雨。

1925 年 5 月 31 日作。

（1925 年 6 月 28 日《文学周报》179 期）

白种人——上帝的骄子！

朱自清

去年暑假到上海，在一路电车的头等里，见一个大西洋人带着一个小西洋人，相并地坐着。我不能确说他俩是英国人或美国人；我只猜他们是父与子。那小西洋人，那白种的孩子，不过十一二岁的光景，看去是个可爱的小孩，引我久长的注意。他戴着平顶的硬草帽，帽沿下端正地露着长圆的小脸。白中透红的面颊，眼睛上有着金黄的长睫毛，显出和平与秀美。我向来有种癖气：见了有趣的小孩，总想和他亲热，做好同伴；若不能亲热，便随时亲近亲近也好。在高等小学时，附设的初等里，有一个养着乌黑的西发的刘君，真是依人的小鸟一般；牵着他的手问他的话时，他只静静地微仰着头，小声儿回答——我不常看见他的笑容，他的脸老是那么幽静和真诚，皮下却烧着亲热的火把。我屡次让他到我家来，他总不肯；后来两年不见，他便死了。我不能忘记他！我牵过他的小手，又摸过他的圆下巴。但若遇着蓍生的小孩，我自然不能这么做，那可有些窘了；不过也不要紧，我可用我的眼睛看他——一回，两回，十回，几十回！孩子大概不很注意人的眼睛，所以尽可自由地看，和看女人要遮遮掩掩的不同。我凝视过许多初会面的孩子，他们都不曾向我抗议；至多拉着同在的母亲的手，或倚着她的膝头，将眼看她两看罢了。所以我胆子很大。这回在电车里又发了老癖气，我两次三番地看那白种的孩子，小西洋人！

初时他不注意或者不理会我，让我自由地看他。但看了不几回，那父亲站起来了，儿子也站起来了，他们将到站了。这时意外的事来了。那小西洋人本坐在我的对面；走近我时，突然将脸尽力地伸过来了，两只蓝眼睛大大地睁着，那好看的睫毛已看不见了；两颊的红也已褪了不少了。和平，秀美的脸一变而为粗俗，凶恶的脸了！他的眼睛里有话："咄！黄种人，黄种的支那人，你——你看吧！你配看我！"他已失了天真的稚气，脸上满布着横秋的老气了！我因此宁愿称他为"小西洋人"。他伸着脸向我足有两秒钟；电车停了，这才胜利地掉过头，牵着那大西洋人的手走了。大西洋人比儿子似乎要高出一半；这时正注目窗外，不曾看见下面的事。儿子也不去告诉他，只独断独行地伸他的脸；伸了脸之后，便又若无其事的，始终不发一言——在沉默中得着胜利，凯旋而去。不用说，这在我自然是一种袭击，"出其不意，攻其不备"的袭击！

这突然的袭击使我张皇失措；我的心空虚了，四面的压迫很严重，使我呼吸不能自由。我曾在N城的一座桥上，遇见一个女人；我偶然地看她时，她却垂下了长长的黑睫毛，露出老练和鄙夷的神色。那时我也感着压迫和空虚，但比起这一次，就稀薄多了：我在那小西洋人两颗枪弹似的眼光之下，茫然地觉着有被吞食的危险，于是身子不知不觉地缩小了——大有在奇境中的阿丽思的劲儿！我木木然目送那父与子下了电车，在马路上开步走；那小西洋人竟未一回头，断然地去了。我这时有了迫切的国家之感！我做着黄种的中国人，而现在还是白种人的世界，他们的骄傲与践踏当然会来的；我所以张皇失措而觉着恐怖者，因为那骄傲我的，践踏我的，不是别人，只是一个十来岁的"白种的"孩子，竟是一个十来岁的白种的"孩子"！我向来总觉得孩子应该是世界的，不应该是一种，一国，一乡，一家的。我因此不能容忍中国的孩子叫西洋人为"洋鬼子"。但这个十来岁的白种的孩子，竟已被揿入人种与国家的两种定型里了。他已懂得凭着人种的优势和国家的强力，伸着脸袭击我了。这一次袭击实是许多次袭击的小影，他的脸上便缩印着一部中国的外交史。他之来上海，或无多日，或已长久，耳濡目染，他的父亲，亲长，先生，父执，乃至同国，同种，都以骄傲践踏对付中国人；而他的读物也推波助澜，将中国编排得一无是处，以长他自己的威风。所以他向我伸脸，决非偶然而已。

这是袭击，也是侮蔑，大大的侮蔑！我因了自尊，一面感着空虚，一面却又感着愤怒；于是有了迫切的国家之念。我要诅咒这小小的人！但我立刻恐怖起来了：这到底只是十来岁的孩子呢，却已被传统所埋葬；我们所日夜想望着的"赤子之心"，世界之世界（非某种人的世界，更非某国人的世界！）眼见得在正来的一代，还是毫无信息的！这是你的损失，我的损失，他的损失，世界的损失；虽然是怎样渺小的一个孩子！但这孩子却也有可敬的地方：他的从容，他的沉默，他的独断独行，他的一去不回头，都是力的表现，都是强者适者的表现。决不婆婆妈妈的，决不粘粘搭搭的，一针见血，一刀两断，这正是白种人之所以为白种人。

我真是一个矛盾的人。无论如何，我们最要紧的还是看看自己，看看自己的孩子！谁也是上帝之骄子；这和昔日的王侯将相一样，是没有种的！

1925 年 6 月 19 日夜

（原载 1925 年 7 月 5 日《文学周报》第 180 期）

中华民族是整个的

傅斯年

中华民族是整个的！

这一句话怎么讲呢？原来二千几百年以前，中国各地有些不同的民族，说些多少不同的方言，据有高下不齐之文化。经过殷周两代的严格政治之约束，东周数百年中经济与人文之发展，大一统思想之深入人心，在公元前二二一年，政治统一了。又凭政治的力量，"书同文，车同轨，行同伦"。自从秦汉之盛时算起，到现在二千多年，虽有时候因为外夷之侵入，南北分裂，也有时候因为奸雄之割据，列国并立，然而这都是人力强的事实，都是违背物理的事实。一旦有适当的领袖，立时合为一家。北起朔漠，南至琼崖交趾，西起流沙，东至鸡林玄菟，这是天然赐给我们中华民族的田园。我们中华民族，说一种话，写一种字，据同一的文化，行同一的伦理，俨然是一个家族。

也有凭附在这个民族上的少数民族，但我们中华民族自古有一种美德，便是无歧视小民族的偏见，而有四海一家之风度。即如汉武帝，正在打击匈奴用气力的时候，便用一个匈奴俘虏做顾命大臣；在昭帝时，金日磾竟和霍光同辅朝政。到了现在，我们对前朝之旗籍毫无歧视，汉满之旧恨，随清朝之亡而消灭。这是何等超越平凡的胸襟？所以世界上的民族，我们最大；世界上的历史，我们最长。这不是偶然，是当然。"中华民族是整个的"

一句话，是历史的事实，更是现在的事实。

有时不幸，中华民族在政治上分裂了，或裂于外族，或裂于自身。在这时候，人民感觉无限痛苦，所渴望者，只是天下一统。未统一时，梦想一统；既一统时，庆幸一统；一统受迫害时，便表示无限的愤慨。文人如此，老百姓亦复如此。居心不如此者，便是社会上之捣乱分子，视之为败类，名之曰寇贼，有力则正之以典刑，无力则加之以消极的抵抗。

中国经辛亥年的革命，由帝制进为共和，一统的江山俨然不改。只可惜政治上不得领袖，被袁世凯遗留下些冤孽恶魔。北廷则打进打出速度赛过五季，四方则率土分崩，复杂超于十国。中山先生执大义以励国民，国民赴之，如水之就下。民国十五六年以来，以北方军阀之恶贯满盈，全国居然统一；平情而论，统一后之施政，何曾全是朝气，统一后之两次大战，尤其斫丧国家之元气。中年失望，自甘于颓废，青年失望，极端的左倾。即以我个人论，也是失望已极之人，逃身于不关世务之学，以求不闻不见者。然而在如此情势之下，仍然统一，在如此施政之下，全国之善良国民，仍然拥护中央政府者，岂不因为中华民族本是一体，前者以临时的阻力，偶呈极不自然的分裂现象，一朝水到渠成，谁能御之？所以这些年以来，我们老百姓的第一愿望是统一，第一要求是统一，最大的恐惧是不统一，最大的怨恨是对于破坏统一者。

这个心理有最近的两个事实明白表示出来，段芝泉先生本是北洋耆旧，论其个人，刚性高节，本可佩服，论其政治的贡献，则师心自用，纵容群下，《春秋》责备贤者，正不必为之讳，然自其避地南归之后，无论何种政治思想者，除共产党外，无不钦佩他，他居然是无疑的民国之元勋，社会之三老。所有安福政绩，在国民心中一齐消账。至其最近"股东不同意"（见《益世报》）之表示，尤为社会上称道不已。

1916 年至 1920 年为北洋政府的实际掌权者。1924 年至 1926 年为中华民国临时执政。1926 年 3 月 18 日发生了段祺瑞政府镇压北京学生运动的三一八惨案。九一八事变后，日本人曾胁迫段祺瑞去东北组织傀儡政府，段严词拒绝。1936 年 11 月 2 日，段祺瑞逝于上海宏恩医院。

又如阎百川先生，虽在北方有最老之资格，其人之勤俭朴诚，爱惜地方，尤为国人所称道。然其见识与办法，亦有多人不以为然，且有嘲笑之者，自从他毅然决然飞到南京去，全国人都另眼相看，以为此老毕竟高人一筹，不待耕者有其田，他老先生已经有了全国人的心田！这种国民心理的转移，不是明白表示国人渴望国家不分裂吗？

然而这些天里，平津一带"空穴来风"，有所谓自治运动。若说这是民意，民在哪里？若说这是社会上的事件，请问谁是出名领导的人？若问国人的心，他们只是希望统一，以便安居乐业。雇来的苦力不足为民众，租界上住着昔曾大量剥削人民后经天然淘汰之官僚军阀，不配算领袖，满街洒的黄纸条，都是匿名帖子！天下哪里有不具名的政治运动？黑市上哪里有正人？孔子有一句现成话："将谁欺，欺天乎？"

所谓要求自治，虽然闻其声（黑路上的怪声）不见其人，而发挥其良心之主张，在平津者有教育界（宣言见上星期日《大公报》），其他各界虽未宣言，居心无二。这个宣言，初签名者数十人，到了第二天，几有千人，这才是民意的负责表示。宣言中指明这是破坏国家领土完整的阴谋，这才是有识人民的明确认识！

1935 年间，由日本特务机关幕后策划的独立于中华民国政府、投靠日本的运动，亦称"华北特殊化"。1935 年 7 月 6 日，南京政府亲日派首领何应钦与日本天津驻屯军司令梅津美治郎签订了卖国的《何梅协定》，内容主要是：取消河北境内的国民党组织，撤出河北境内的中央军，取缔一切反日团体和反日活动。之后，日本侵略者及大小汉奸开始大肆鼓噪"华北五省（河北、山东、山西、察哈尔、绥远）自治"。

我终不相信此间事情就此恶化下去了，因为此间地方最高当局宋、商二公之人格与历史是国民信赖不疑的，就宋主任说，他是西北军中最忠实的将军，从冯焕章先生经过无数艰苦，不曾弃他，这地方最足以表显其忠心的气节。忠于主帅者，自易忠于国家，何况他的捍卫国家的勋绩，虽在妇人孺子，至今称道。就商主席说，他早年便是志士，后来在北方军阀罪恶贯盈的时代，他最先在绥远举义。至其卫国之功，正与宋公伯仲。所以我深信他们决无忽然改换其自身历史，堕于大海中之理，所以在此汹汹之局，我们穷学究尚在此地安心默祝国家多福！

不过，伪造民意，扰乱人心的各种阴谋，也是可虑的。负责当局，应以国家民族的立场，把背叛国家的败类，从严防范，尽法惩治！

（原载 1935 年 12 月 15 日《独立评论》第 181 号）

爱国诗

朱自清

死去元知万事空，但悲不见九州同。

王师北定中原日，家祭无忘告乃翁！

这是南宋爱国诗人陆放翁（游）临终《示儿》的诗，直到现在还传诵着。读过法国都德的《柏林之围》的人，会想到陆放翁和那朱屋大佐分享着同样悲惨的命运；可是他们也分享着同样爱国的热诚。我说"同样"，是有特殊意义的。原来我们的爱国诗并不算少，汪静之先生的《爱国诗选》便是明证；但我们读了那些诗，大概不会想到朱屋大佐身上去。这些诗大概不外乎三个项目。一是忠于一朝，也就是忠于一姓。其次是歌咏那勇敢杀敌的将士。其次是对异族的同仇。所谓"非我族类，其心必异"。第二项可能只是一姓的忠良，也可能是"执干戈以卫社稷"的《国殇》。说"社稷"便是民重君轻，跟效忠一姓的不一样。楚辞的《国殇》所以特别教人注意，至少一半为了这个道理。第三项以民族为立场，范围便更广大。现在的选家选录爱国诗，特别注意这一种，所谓民族诗。社稷和民族两个意念凑合起来，多少近于我们现在所说的"国家"，但"理想的完整性"还不足；若说是"爱国"，"理想的完美性"更不足。顾亭林第一个说出"天下兴亡，匹夫有责"这警句，提示了一个理想的完整的国家，确是他的伟大处。放翁还不能有这样明白的意念，但他的许多诗，尤其这首《示儿》诗里，确已多少表现了"国家至上"的理想；所以我们才会想到具有近代国家意念的朱屋大佐身上去。

放翁虽做过官，他的爱国热诚却不仅为了赵家一姓。他曾在西北从军，加强了他的敌忾；为了民族，为了社稷，他永怀着恢复中原的壮志。这种壮志常常表现在他的梦里；他用诗来描画这些梦。这些梦有些也许只是昼梦，睁着眼做梦，但可见他念兹在兹，可见他怎样将满腔的爱国热诚理想化。《示儿》诗是临终之作，不说到别的，只说"北定中原"，正是他的专一处。这种诗只是对儿子说话，不是甚么遗疏遗表的，用不着装腔作势，他尽可以说些别的体己的话；可是他只说这个，他正以为这是最体己的话。诗里说"元知万事空"，万事都搁得下；"但悲不见九州同"，只这一件搁不下。他虽说"死去"，虽然"'不见'九州同"，可是相信"王师"终有"北定中原日"，所以叮嘱他儿子"家祭无忘告乃翁"！教儿子"无忘"，正见自己的念念不"忘"。这是他的爱国热诚的理想化，这理想便是我们现在说的"国家至上"的信念的雏形，在这情形下，放翁和朱屋大佐可以说是"同样"的。过去的诗人里，也许只有他才配称为爱国诗人。

辛亥革命传播了近代的国家意念，五四运动加强了这意念。可是我们跑得太快了，超越了国家，跨上世界主义的路。诗人是领着大家走的，当然更是如此。这是发现个人发现自我的时代。自我力求扩大，一面向着大自然，一面向着全人类；国家是太狭隘了，对于一个是他自己的人。于是乎新诗诉诸人道主义，诉诸泛神论，诉诸爱与死，诉诸颓废的和敏锐的感觉——只除了国家。这当然还有错综而层折的因缘，此处无法详论。但是也有例外，如康白情先生《别少年中国》，郭沫若先生《炉中煤（眷念祖国的情绪）》等诗便是的。我们愿意特别举出闻一多先生；抗战以前，他差不多是唯一有意大声歌咏爱国的诗人。他歌咏爱国的诗有十首左右；《死水》里收了四首。且先看他的《一个观念》：

> 你隽永的神秘，你美丽的谎，
> 你倔强的质问，你一道金光，
> 一点儿亲密的意义，一股火，
> 一缕缥缈的呼声，你是什么？
> 我不疑，这因缘一点也不假，
> 我知道海洋不骗他的浪花。
> 既然是节奏，就不该抱怨歌。
> 啊，横暴的威灵，你降伏了我，
> 你降伏了我！他绚缦的长虹——
> 五千多年的记忆，你不要动，
> 如今我只问怎样抱得紧你……
> 你是那样的横蛮，那样的美丽！

这里国家的观念或意念是近代的；他爱的是一个理想的完整的中国，也是一个理想的完美的中国。

这个国家意念是抽象的，作者将它形象化了。第一将它化作"你"，成了一个对面听话的。"五千多年的记忆"，这是中国的历史。"抱得紧你"就是"爱你"。怎样爱中国呢？中国"那样美丽"，"美丽"得像"谎"似的。它是"亲密的"，又是"神秘"的，怎样去爱呢？它"倔强的质问"为什么不爱它，又"缥缈的"呼喊人去爱它。我们该爱它，浪花是该爱海的；难爱也得爱，节奏是"不该抱怨歌"的。它"绚缦"得可爱，却又"横暴"得可怕；爱它，怕它，只得降了它。降了它为的爱，爱就得抱紧它。但是怎样"抱得紧"呢？作者彷徨自问：我们也都该彷徨自问的。陆放翁的《示儿》诗以"九州同"和"王师北定中原"两项具体的事件或理想为骨干。所谓"同"，指社稷，也指民族。"九州"便是二者的形象化。顾亭林说"匹夫"，也够具体的。但"一个观念"超越了社稷和民族，也统括了社稷和民族，是一个完整的意念，完整的理想；而且不但"提示"了，简直"代表"着，一个理想的完整的国家。这种抽象的国家意念，不必讳言是外来的，有了这种国家意念才有近代的国家。诗里形象化的手法也是外来的，却象征着表现着一个理想的完美的中国。可是理想上虽然完美，事实上不免破烂；所以作者彷徨自问，怎样爱它呢？真的，国民革命以来，特别是九一八以来，我们都在这般彷徨的自问着。——我们终于抗战了！

抗战以后，我们的国家意念迅速的发展而普及，对于国家的情绪达到最高潮。爱国诗大量出现。但都以具体的事件为歌咏的对象，理想的中国在诗里似乎还没有看见。当然，抗战是具体的、现实的。具体的节目太多了，现实的关系太大了，诗人们一方面俯拾即是，一方面利害切身，没工夫去孕育理想，也是真的。他们发现内地的美丽，民众的英勇，赞颂杀敌的英雄，预言最后的胜利，确是尽了最大的努力。但是我们的抗战，如我们的领导者屡次所昭示的，是坚贞的现实，也是美丽的理想。我们在抗战，同时我们在建国：这便是理想。理想是事实之母；抗战的种子便孕育在这个理想的胞胎中。我们希望这个理想不久会表现在新诗里。诗人是时代的前驱，他有义务先创造一个新中国在他的诗里。再说这也是时候了。抗战以来，第一次我们获得真正的统一；第一次我们每个国民都感觉到有一个国家——第一次我们每个人都感觉到中国是自己的。完整的理想已经变成完整的现实了，固然完美的中国还在开始建造中，还是一个理想；但我相信我们的国家意念已经发展到一个程度，我们可以借用美国一句话："我的国呵，对也罢，不对也罢，我的国呵。"（这句话可以有种种解释；这里是说，我国对也罢，不对也罢，我总不忍不爱它。）"如今我只问怎样抱得紧你……"，要"抱得紧"，得整个儿抱住，这得有整个儿理想，包孕着笼罩着片段的现实，也包孕着笼罩着整个的现实的理想。

现在我们再来看看《死水》里的《一句话》：

> 有一句话说出就是祸，
> 有一句话能点得着火。
> 别看五千年没有说破，
> 你猜得透火山的缄默？
> 说不定是突然着了魔，
> 突然青天里一个霹雳
> 爆一声
> "咱们的中国！"
>
> 这话教我今天怎么说？
> 你不信铁树开花也可，
> 那么有一句话你听着：
> 等火山忍不住了缄默，
> 不要发抖，伸舌头，顿脚，
> 等到青天里一个霹雳
> 爆一声
> "咱们的中国！"

现在，真的，铁树开了花，"火山忍不住了缄默"，那"五千年没有说破"的"一句话"，那"青天里一个霹雳"似的一声，果然"爆"出来了。火已经点着了：说是"祸"也可，但是"祸兮福所倚"，六年半的艰苦抗战奠定了最后胜利的基础。最后的胜利必然是我们的。这首诗写在十七八年前头，却像预言一般，现在开始应验了。我们现在重读这首诗，更能感觉到它的意义和力量。它还是我们的预言："咱们的中国！"这一句话正是我们人人心里的一句话，现实的，也是理想的。

1943 年

（《朱自清全集》，江苏教育出版社，1996）

我是中国人

闻一多

我是中国人，我是支那人，
我是黄帝的神明血胤；
我是地球上最高处来的，
帕米尔便是我的原籍。

我的种族是一条大河，
我们流下了昆仑山坡，
我们流过了亚洲大陆，
我们流出了优美的风俗。

伟大的民族！伟大的民族！
五岳一般的庄严正肃，
广漠的太平洋底度量，
春云底柔和，秋风底豪放。

我们的历史可以歌唱，
他是尧时老人敲着木壤，
敲出来的太平的音乐，——
我们的历史是一节民歌。

我们的历史是一只金罍，
盛着帝王祀天的芳醴，——
我们敬人，我们顺天，
我们是乐天安命的神仙。

我们的历史是一掬清泪，
孔子哀悼死麒麟的泪；
我们的历史是一阵狂笑，
庄周、淳于髡、东方朔的笑。

我是中国人，我是支那人，
我的心里有尧舜底心，
我的血是荆轲聂政底血，
我是神农黄帝底遗孽。

我的智慧来得真离奇，
他是河马献来的馈礼；
我这歌声中的节奏，
原是九苞凤凰底传授。

我心头充满戈壁底沉默，
脸上有黄河波涛底颜色；
泰山底石溜滴成我的忍耐，
峥嵘的剑阁撑出我的胸怀。

我没有睡着！我没有睡着！

我心中的灵火还在燃烧；
我的火焰他越烧越燃，
我为我的祖国烧得发颤。

我的记忆还是一根麻绳，
绳上束满了无数的结梗；
一个结子是一桩史事——
我便是五千年底历史。

我是过去五千年底历史，
我是将来五千年底历史。
我要修葺这历史底舞台，
预备排演历史底将来。

我们将来的历史是一首歌，
还歌着海晏河清底音乐。
我们将来的历史是一杯酒，
又在金罍里给皇天献寿。

我们将来的历史是一滴泪，
我的泪洗尽人类的悲哀。
我们将来的历史是一声笑，
我的笑驱尽宇宙底烦恼。

我们是一条河，一条天河，
一派浑浑噩噩的光波——

我们是四万万不灭的明星；
我们的位置永远注定。

伟大的民族！伟大的民族！
我是东方文化的鼻祖，
我的生命是世界底生命。
我是中国人，我是支那人！

（原载 1925 年 7 月《大江季刊》第 1 卷第 1 期）

祈　祷

闻一多

请告诉我谁是中国人，
启示我，如何把记忆抱紧；
请告诉我这民族的伟大，
轻轻的告诉我，不要喧哗！

请告诉我谁是中国人，
谁的心里有尧舜的心，
谁的血是荆轲聂政的血，
谁是神农黄帝的遗孽。

告诉我那智慧来得离奇，
说是河马献来的馈礼；
还告诉我这歌声的节奏，
原是九苞凤凰的传授。

请告诉我戈壁的沉默，
和五岳的庄严？又告诉我，
泰山的石霤还滴着忍耐，
大江黄河又流着和谐？

再告诉我，那一滴清泪，
是孔子吊唁死麟的伤悲？
那狂笑也得告诉我才好，——
庄周，淳于髡，东方朔的笑。

请告诉我谁是中国人，
启示我，如何把记忆抱紧；
请告诉我这民族的伟大，
轻轻的告诉我，不要喧哗！

（选自《红烛　死水》，人民文学出版社，2020）

一句话

闻一多

有一句话说出就是祸，

有一句话能点得着火。

别看五千年没有说破，

你猜得透火山的缄默？

说不定是突然着了魔，

突然青天里一个霹雳

爆一声：

　"咱们的中国！"

这话教我今天怎么说？

你不信铁树开花也可，

那么有一句话你听着：

等火山忍不住了缄默，

不要发抖，伸舌头，顿脚，

等到青天里一个霹雳

爆一声：

　"咱们的中国！"

（选自《红烛 死水》，人民文学出版社，2020）

离　别

郑振铎

一

别了，我爱的中国，我全心爱着的中国。当我倚在高高的船栏上，见着船渐渐的离岸了，船与岸间的水面渐渐的阔了，见着许多亲友挥着白巾，挥着帽子，挥着手，说着 Adieu，adieu！[①]听着鞭炮劈劈啪啪的响着，水兵们高呼着向岸上的同伴告别时，我的眼眶是润湿了，我自知我的泪点已经滴在眼镜面了，镜面是模糊了，我有一种说不出的感动！

船慢慢的向前驶着，沿途见了停着的好几只灰色的白色的军舰。不，那不是悬着我们国旗的，它们的旗帜是"红日"，是"蓝白红"，是"红蓝条交叉着"的联合旗，是有"星点红条"的旗！

两岸是黄土和青草，再过去是两条的青痕，再过去是地平上的几座小岛山，海水满盈盈的照在夕阳之下，浪涛如顽皮的小童似的跳跃不定。水面上现出一片的金光。

别了，我爱的中国，我全心爱着的中国！

我不忍离了中国而去，更不忍在这大时代中放弃每人应做的

---

① 法语："再会，再会！"

工作而去，抛弃了许多亲爱的勇士们在后面，他们是正用他们的血建造着新的中国，正在以纯挚的热诚，争斗着，奋击着。我这样不负责任的离开了中国，我真是一个罪人！

然而我终将在这大时代中工作着的，我终将为中国而努力，而呈献了我的身，我的心；我别了中国，为的是求更好的经验，求更好的奋斗的工具。暂别了，暂别了。在各方面争斗着的勇士们，我不久即将以更勇猛的力量加入你们当中了。

当我归来时，我希望这些悬着"红日"的，"蓝白红"的，有"星点红条"的，"红蓝条交叉着"的一切旗帜的白色灰色的军舰都已不见了，代替它们的是我们的可喜爱的悬着我们的旗帜的伟大舰队。

如果它们那时还没有退去中国海，还没有为我们所消灭，那末，来，勇士们！我将加入你们的队中，以更勇猛的力量，去压迫它们，去毁灭它们！

这是我的誓言！

别了，我爱的中国，我全心爱着的中国！

二

别了，我最爱的祖母、母亲、妹妹以及一切亲友们！我没有想到我动身得那么匆促。我决定动身，是在行期前的七天；跑去告诉祖母和许多亲友们，是在行期前的五天。我想我们的别离至多不过是两年，三年，然而我心里总有一种离愁堆积着。两三年的时光，在上海住着是如燕子疾飞似的匆匆滑过去了，然而在孤身栖止于海外的游子看来，是如何漫长的一个时间呀！在倚间而望游子归来的祖母、母亲们和数年来终日聚首的爱友们看来，又是如何漫长的一个时期呀！祖母在半年来，身体又渐渐的回复康健了，精神也很好，所以我敢于安心远游。要在半年前，我真的不忍与她相别呢！然而当她听见我要远别的消息时，她口里不说什么，还很高兴的鼓励着我，要我保重自己的身体，在外不像在家，没有人细心照应了，饮食要小心，被服要盖得好些，落在床下是不会有人来抬起了；又再三叮嘱着我，能够早回，便早些回来。她这些话是安舒的慈爱的说着的，然而在她慢缓的语声中，在她微蹙的眉尖上，我已看出她是满孕着难告的苦闷与别意。不忍与她的孩子离别，而又不忍阻挡他的前进，这其间是如何的踌躇苦恼，不安！人非铁石，谁不觉此！第二天，第三天，她的筋痛的旧病，便又微微的发作了。这是谁的罪过！行期前一天的晚上，我去向她告别；勉强装出高兴的样子，要逗引开她的忧怀别绪；她也勉强装着并不难过的样子，这还不是她也怕我伤心么？在强装的笑容间，我看出万难遮盖的伤别的阴影。她强忍着呢！以全力忍着呢！母亲也是如此，假定她们是哭了，我一定要弃了我离国的决心！一定的！这夜临别时，我告诉她们说，第二天还要来一次。但是，不，第二天，我决不敢再去向她们告别了。我真怕摇动了我的离国的决心，我宁愿负一次说谎的罪，我宁愿负一次不去拜别的罪！

　　岳父是真希望我有所成就的，他对于我的离国，用全力来赞助。他老人家仆仆的在路上跑，为了我的事，不知有几次了！托人，找人帮忙，换钱……都是他在忙着。我不知将如何说感谢的话好！然而临别时，他也不免有戚意。我看他扶着篱，在太阳光中，忙乱的码头上站着，挥着手，我真的感动得说不出话来。

　　许多朋友，亲戚……他们都给我以在我预想以上之帮忙与亲切的感觉，这使我更不忍于离别了！

果然如此的轻于言离别，而又在外游荡着，一无成就，将如何的伤了祖母、母亲、岳父以及一切亲友的心呢！

别了，我最爱的祖母以及一切亲友们！

三

当我与岳父同车到商务去时，我首先告诉他我将于二十一日动身了。归家时，我将这话第二次告诉给篪，她还以为我是与她开开玩笑的。

"哪里的话！真的要这么快动身么？"

"哪一个骗你，自然是真的，因为有同伴。"

她还不信，摇摇头道："等爸爸回来问他看。你的话不能信。"

岳父回家，她真的去问了。

"哪里会假的；振铎一定要动身了，只有六七天工夫。快去预备行装！"他微笑的说着。

篪有些愕然了："爸爸也骗我！"

"并没有骗你，是一点不假的事。"他正经的说道。

她不响了，显然的心上罩了一层殷浓的苦闷。

"铎，你为什么这么快动身？再等几时，八月间再走不好么？"篪的话有些生涩，不如刚才的轻快了。

一天天的过去，我们俩除同出去置办行装外，相聚的时候很少，我每天还去办公，因为有许多事要结束。

每个黄昏，每个清晨，她都以同一的凄声向我说道："铎，不要走了吧！"

"等到八月间再走不好么？"

我踌躇着，我不能下一个决心，我真的时时刻刻想不走。去年我们俩一天的相离，已经不可忍受了，何况如今是两三年的相别呢？

我真的不想走！

"泪眼相见，觉无语幽咽。"在别前的三四天已经是如此了。每天的早餐，我都咽不下去，心上似有千百重的铅块压着，说不出的难过。当护照没有签好字时，箴暗暗的希望着英法领事拒绝签字，于是我可以不走了。我也竟是如此的暗暗的希望着。

当许多朋友请我们饯别宴上，我曾笑对他们说道："假定我不走呢，吃了这一顿饭要不要奉还？"这不是一句笑话，我是真的这样想呢。即在整理行装时，我还时时的这样暗念着："姑且整理整理，也许去不成。"

然而护照终于签了字，终于要于第二天动身了。

只有动身的那一天早晨，我们俩是始终的聚首着。我们同倚在沙发上。有千万语要说，却一句也都说不出，只是默默的相对。

箴呜咽的哭了，我眼眶中也装满了热泪。谁能吃得下午饭呢！

码头上，握了手后，我便上船了。船上催送客者回去的铃声已经丁丁的摇着了。我倚在船栏上，她站在岳父身边，暗暗的在拭泪。中间隔的是几丈的空间，竟不能再一握手，再一谈话。此情此景，将何以堪！最后，岳父怕她太伤心了，便领了她先走。那临别的一瞬，她已经不能再有所表示了，连手也不能挥动，只慢慢的走出码头，她的手握着白巾，在眼眶边不停的拭着。我看着她的黄色衣服，她的背影，渐渐的远了，消失在过道中了！

"黯然魂销者惟别而已矣！"

Adieu！ Adieu！

希望几个月之后——不敢望几天或几十天，在国外再有一次"不速之客"的经历。

"别离"，那真不是容易说的！

（原载 1927 年 6 月 12 日《文学周报》第 271 期）

血盟救国军[①] 军歌

孙铭武　孙铭宸　张显铭

起来,

不愿当亡国奴的人们,

用我们的血肉去唤醒全国民众,

中华民族到了最危险的时候。

我们不能坐以待毙,必须起而杀敌,

起来,起来,

我们要团结全国民众,

去战斗! 战斗! 战斗!

---

① 血盟救国军是 1931 年九一八事变后,孙铭武、孙铭宸、张显铭等爱国志士在辽宁清原组建的辽东地区第一支义勇军。队伍存在一年多,人数最多时达 1000 多人,给日伪军沉重打击。后孙铭武、张显铭、孙铭宸相继殉国。1935 年 5 月发表的《义勇军进行曲》与创作于 1931 年冬天的《血盟救国军军歌》有相似之处。

船上的民族意识

邹韬奋

　　记者前天上午写《到新加坡》那篇通讯时，不是一开始就说了一段风平浪静的境界吗！昨天起开始渡过印度洋，风浪大起来了，船身好像一蹲一纵地向前迈进，坐在吸烟室里就好像天翻地覆似的，忍不住了，跑到甲板上躺在藤椅里不敢动，一上一下地好像腾云驾雾，头部脑部都在作怪，昨天全日只吃了面包半块，做了一天的废人，苦不堪言。今天上午风浪仍大，中午好了一些，我勉强吃了一部分的中餐，下午吸烟室里仍不能坐。写此文的时候，是靠在甲板上的藤椅里，把皮包放在腿上当桌子用，在狂涛怒浪中缓缓地写着，因明日到科伦坡待寄，而且听说地中海的风浪还要大，也许到那时，通讯不得不暂搁一下。

　　船自新加坡开行后，搭客中的中国人就只剩了七个。黑色的朋友上来了十几个（印度人），他们里面的妇女们手上戴了许多金镯，身上挂了不少金链，还要在鼻孔外面的凹处嵌上一粒金制的装饰品。此外都是黄毛的碧眼儿。有一个嫁给中国人的荷兰女子，对于中国人表示特别好感，特别喜欢和中国人攀谈。

　　同行中有一位李君自己带有一个帆布的靠椅，预备在甲板上自己用的，椅上用墨写明了他的中西文的姓名以作标志。前天下午他好端端地、舒舒服服地躺在上面，忽然来个大块头外国老太婆，一定要把他赶开，说这个椅是她的。李君把椅上写明的姓名给她看，她不肯服，说他偷了她的椅子，有意写上自己的姓名！于是引起几个中国人的公愤。我们里面有位甲君（代用的）尤其愤激，说："中国人都是做贼的吗？这样的欺侮中国人，我们都不必在国外做人了！这还了得！"我看他那一副握拳擦掌切齿怒目的神气，好像就要打人似的。还有一位乙君持极端相反的意见，他说："中国人出门就准备着吃亏的。"又说："自己不行（指中国），有何话说！"他主张不必认真计较。当时我刚在吸烟室里写文章，他们都仓皇地跑进来告诉我，我说老太婆如不讲理，可将情形告诉船上的管事人，倘若她自己也带了一张椅子，因找不到而误认的话，可叫管事人替她找出来，便明白了。后来果然找到了她自己的椅子，对李君道歉，而且觉得很难为情。听说她原有几分神经病，甲君仍怒不可遏，说不管有没有神经病，总是欺侮中国人，于是他仍就狠狠地热血沸腾地对着这个老太婆加了一番教训，并在背后愤愤地大说乙君的闲话。

中国人到国外易于被人凌辱，却是一件无可为讳的事实。理由很简单，无非是国内军阀官僚们闹得太不像样，国际上处处给人轻视，不但大事吃亏，就是关于在国外的个人的琐屑小事，也不免受到影响。例如船上备有浴室，如遇着是中国人正在里面洗浴，来了一个也要洗浴的西人，往往打门很急，逼着速让。那种无理取闹的举动，虽限于少数的"死硬"派，无非含有轻视中国人的意味。

不过有的时候也有自己错了而出于神经过敏的地方。此次同行中有一位"同胞"（赴外国经商的）说话的声音特别的响亮，极平常的话，他都要于大庭广众前大声疾呼。除登台演说外，和一两人或少数人谈话原不必那样卖力，但是这位仁兄不知怎样成了习惯，不开口则已，一开口就非雷鸣不可。这当然易于惹人厌恶，我曾于无人处很和婉地提醒他，请他注意，他"愿安承教"了。但过了一天，故态复萌，有一夜他在房里又哗拉哗拉起来，被对房睡了觉爬起来的一个德国人跑过来办交涉。他事后愤然的说，在自己房里说说话有什么犯法，他觉得这又是选定中国人欺侮了！

自九一八中国暴露了许多逃官逃将以来，虽有马占山部及十九路军的昙花一现的暂时的振作，西报上遇有关于中国的漫画，不是画着一个颠顶大汉匍匐呻吟于雄赳赳的日军阀枪刺之下，便是画着前面有一个拖着辫子的中国人拼命狂奔，后面一个日本兵拿着枪大踏步赶着，这样的印象，怎能引起什么人的敬重？至于外国人中的"死硬"派，那更不消说了。这都是"和外"的妙策遗下的好现象！

到国外每遇着侨胞谈话，他们深痛于祖国的不振作，在外随时随地受着他族的凌辱蹂躏，呼吁无门，所表示的民族意识也特别的坚强，就是屡在国外旅行的雷宾南先生，此次在船上的时候和记者长谈，也对此点再三的注意，可见他所受到的刺激也是很深刻的。我说各殖民地的民族革命，也是促成帝国主义加速崩溃的一件事，不过一个民族中的帝国主义的附属物不铲除，为虎作伥者肆无忌惮，民族解放又何从说起呢？这却成为一个先决问题了。

民国二十二，七，二十三，佛尔第号船上，自科伦坡发。

（选自《萍踪寄语》，上海生活书店，1934年版）

南开的目的与南开的精神

张伯苓

各位同事，各位学生：

今天是南开大学第十七学年开始的日子。南开的历史，不从大学起，而从中学起。从中学起现在已有三十年，10月17日就是三十周年纪念日。这三十年来，南开各部，连续地发展，我的感想甚多，特来和各位谈谈。

三十年前，中学正式成立，彼时还在严范孙先生家里。在这以前，还有六年的历史，也在严宅，那是个家塾，后来才成为正式的中学。中学成立之后，添设大学，又添女中，又添小学。所以南开的历史可说三十年，也可以说三十六年。无论三十或三十六吧，在此三十或三十六年中，翻看或回想中国历史的人，一定觉得变化真多。学校的历史，也恰恰在这变改极多时期。学校之所以成立，确有它的目的。这目的，旧同事和老学生大概知道，其余的人，或者不知道。

天津有个有名的学者严范孙先生。他读的是旧书，是中国书，但是他的见解，却不限于中国的旧学。他把时局看得极清楚，他以为中国非改弦更张不可。他做贵州学政的时候，所考的是八股，而所教的是新学。现在在本校贵州学生的父或祖，就许是严先生的门生。严先生倡改科举，改取士的方法，触了彼时朝廷——西太后——之怒，便不做官，回到天津来。戊戌年，个人万幸，遇到严先生。自己本来是学海军的，甲午之后，在海军里实习，彼时年纪二十三四岁，就看中国上下多争利，地大物博、人民众多，而不会利用。彼时自己的国家观念很强，眼看列强要瓜分中国，于是立志要救中国，也可以说自不量力。本着匹夫有责之意，要救国，救法是教育。救国须改造中国，改造中国先改造人。这是总方针，方法与组织可以随时变更，方针是不变的。中国人的道德坏、智识陋、身体弱，以这样的民族，处这样的时局，如何能存在？这样的民族，受人欺凌，是应当的。再想，自己是这族人中之一个，于是离开海军，想从教育入手。真万幸，遇到严先生，让我去教家塾。严先生之清与明，给我极大的教训。严先生做事勇，而又不慌不忙。有人说，旁人读书读到手上来了，能写能做，或是读到嘴上来了，能背能说，而严先生读书，真能见诸实行。我们称赞人往往说某某是今之古人，严先生可以说是今之圣人。他那道德之高，而不露痕迹，未尝以为自是好人，总把自己当学生。可惜身体弱——也难怪，书房的环境，身体如何能好——七十岁便故去了。死前也有几年步履不灵，然而心之热，是真热，对国家对教育都热心。我们学校真幸会由严先生发起，我个人真万幸，在严先生指导下做事。

发起是如此发起，目的是要救国，方法是以教育来改造中国。改造什么？改造它的道德，改造它的知识，改造它的体魄。如此做法，已有三十年。这三十年，时时继续努力，除非有战事，是不停学的。如辛亥革命，局面太乱，停顿几月。记得那是过了旧历九月七日——学校历来的纪念日，后来才改为阳历10月17日——纪念日过了不久，就停学，下年正月才能开学，以后便未这样长期地停顿。如直皖之战，李景林与张之江在天津附近打仗，奉直之战，不得已停几天，但凡可以，就开学。在座的旧同学旧同事，都还记得，两次津变，不得已停学，不几天又开课，开课就要求进步！

今年的进步，从物质方面说，有中学的新礼堂，女中的新宿舍，小学也有暗置，大学也新添教员住宅和化工系的试验室。有人说，华北的局面危险如此，你们疯了，我盖七万四千多块钱的房子。我说，要做，这时候就做，要怕，这三十年就做不成一件事。有人说，南开应该在内地预备退身的地方，我引《左传》上的回答问："我能往，寇亦能往。"

不错，盖了些房子，然而房子算什么？书籍算什么？设备算什么？如果你们有真精神，到哪里都可以建设起来。学校发达，国难也深，比以前深得多。不怕，所怕者，教育不好、不当，不能教育青年得着这种精神。人们也要这样，不把物质放在眼中。物质是精神造的，精神用的。在这一年以内，增加许多设备，人家看来，一则以为糊涂，二则惊讶。钱从哪里来的？想法去弄的。只要精神专注，样样事都可以成功。前星期有个朋友曾仰丰来看我，他是我第一次到美国的一个同船。他说他未到过中学，我便陪他去看，看见那里的建筑，他问，哪儿来的钱？我说，变戏法来的。反正不是抢来的，要是抢来的，现在早已犯案了。他问我学校一共有多少产业。我算了算，房子有一百多万元，地皮七八十万元，再连书籍设备，有两三百万元。我也不知钱是怎么来的，我也不计算，我就知道向前进，我绝不望一望自己说："成了，可以乐一乐了。"做完一件事，再往前进。赌博的人不是风头顺就下大注么？我也如此。往前进，能如此的秘诀是什么？公、诚，未有别的。用绕弯方法不成，骗人还会骗几十年？谁有这样大的本领？事情本来是容易，都让人给弄难了。曾先生听我的话点点头，我又说："我一人要有这样大的产业，我身旁就有些保镖了，还能坐辆破洋车满处跑?"

这并不是我好。我只是说，如果公，如果诚，事就能成功。我的成就太小太小，你们的成就一定比我的大得多。成就的要诀，我告诉你，先把你自己打倒。当初我受了刺激，留下的疤很大，难道你们受了伤，不起疤么? 受了刺激，不要嚷，咬牙，放在心里，干! 南开的目的是对的，公与诚是有力的，干! 近来全国渐觉以往的浮气无用，渐要在实地下功夫，要硬干，要苦干。我们的道理，可以说是应时了。我看见国人这样的觉悟，我就死了也喜欢。我受了刺激，我不恨外国人，我恨我自己为什么不争气。近来国人也知道自责了，所谓新生活运动，就是回头看看自己的做法，孔子教人"失诸正鹄，反求诸己"。射箭射得不好，不要怨靶子不正，怨自己! 我给你们说个笑话，当初武考讲究弓、刀、步、马、剑。有一次县考，一个生员射箭，本事不好，一射射到一个卖面的人的大腿上去了，县官大怒，要罚考生。卖面的说，大老爷请您不要动怒，这算小的腿站错了地方，如果小的腿正站在靶子那儿，这位爷不就不会射上了。

前些年，国人太浮，嚷嚷打倒"帝国主义"，嚷什么? 这么大的国，还受人欺负，是自己太没出息。好了，现在也不嚷嚷了。当初领着学生们嚷嚷的人，也做官了。全国人的态度转变，与我们所见的相同，不责旁人责自己，近来新生活运动的规律，同旧日中学镜子上的话很相同。当初中学的大门口，有一面穿衣镜，为的是让学生出入的时候，自己照照自己。镜子上刻着几句话:"面必净，发必理，纽必结，胸容宽，肩容平……"我还常教学生，站不正的时候，把胳臂肘向外，就立刻站直了。此外，烟酒绝禁，嫖赌一查出就革除。我以为发挥我们的旧章，认真执行，就是新生活。近来看着全国有觉悟，看到自己不行自己改。凡是一个人，除了死囚之外，都有机会改自己，都有希望。现在中国要脚踏实地，我认为这真是最重要的觉悟，最大的进步。全国的趋势如此，我们也不落人后，发挥南开旧有的精神，认真实行。

再说，你们的先生，我的同事，真不容易请来。钱少，工作重，这是大家都知道的。别的学校用大薪水来请，也请不去。这种精神，是旁处少有的，实在可以做青年的榜样。新来的学生，也知道这里的功课紧，学费重，然而为什么来？不是要得点什么嘛。近来的大学生毕业之后，就有职业慌；而我们今年的毕业生，七十几人，十成里有九成以上都是找着事了。为什么？不是因为他们肯干么？先生热心，学生肯干，我们正好要求长进，以后要想侥幸，是未有的事，托个人，串个门子，不成，未有真本事不成。

今天是开学之始，又近三十周年纪念日。我们学校已进了一个新阶段，还做，再做。前三十年的进步太少了，此后要求更大的进步。人常说，学生们是国家的主人翁，主人翁是享福的吗？主人翁是受罪的。我说过不知多少次，奴隶容易当，主人难当。做奴隶的，听主人的调度，自己不要操心；做主人就要独立，要自主，要负责任，然而有思想的人，宁可身体不安逸，也要精神自己。你们都是主人翁，就得操心，就得受罪，你趁早把这一项打在你的预算里头吧。

我们国难日深，然而还有机会，还有希望，就怕自己不发良心，不努力。我快六十岁了，我还干，一直到死，就决不留一点气力在我死的时候后悔："哎哟，我还有一点气力未用。"我希望你们人人如此，中国人人人如此。学校三十周年，而国难日深，所可幸者，国人已知回头，向我们这边来了。都要苦干，穷干，硬干。我们看国人这样，一则以喜，一则以惧。喜的是志同道合，惧的是坚持不久，不管别人，我们自己还是咬定牙根去做。

这次天津的学生，到韩柳墅去受军事训练，我以为很好。中国人向来松懒，乱七八糟，受军事训练，使他们紧张。我常说中国人的大病在自私，近来又加上一种外国的病——自由。你也自由，我也自由。不自由，毋宁死。我有个比喻，一边三个人，一边五个人，两边拉绳子，如果五个人的一边，五个人向各方面拉，三个人那一边，三个向一面拉，三个人的那一边必定得胜。这是我教人团结、教人合作的老比喻。中国人的病，就是各拉各的，拉不动了，还怨别人为什么不往他那一边拉。自私，打倒你自己。说什么自由，汉奸也要自由，自由去做汉奸。孙中山先生的遗嘱说："余致力国民革命，其目的，在求中国之自由平等。"是要中国自由，现在中国动都动不得，你还讲什么个人自由？求团体的自由！不要个人的自由！从今日起，你说"我要这样"不行，一个学校如此说，也不行，要求整个国家的自由，个人未有自由，小团体未有自由。我们从外国又学来一种毛病——批评，人家的社会已入轨道，怕它硬化，所以要时常批评。我们全国的建设什么都未有，要什么批评？要批评，等做出些事来了再批评，要批评，先批评自己，最要紧的批评是批评自己。现在有许多人，在那里希望日本和苏俄快开战，愿意它们两国拼一下。你呢？你不干就会好了么？孔子的话是真好，颜渊是孔子的大弟子，颜渊所问，孔子还不将全副本事教他。颜渊问仁——孔子答问："克己复礼。"好个克己！你最大的仇敌，是你们自己。中国人，私、偏、虚、空，非将这些毛病克了不可。孔子答子张的话也好，"先事后得"。做你的事，不管别的。现在的人还未做事，先打算盘。吁！你把你自己撇开。你们要做新人，我们要为民族找出路，这是我们的最后的机会了。再不争气，唯有灭亡。我们学校，今年要发挥旧有的精神，更加努力，先生肯牺牲，学生不怕难。你们不要空来，要得点精神，要振作精神，打倒自己，你一定行。参加军事训练的学生，先觉难受，后来也行了，行也行，不行也行，也就行了。逼你自己做事，你对自己一定有许多新发现。日本人就是这样去干，他们的方法，总是置之死地而后生。我总想中国人的筋肉太松，我恨不得打什么针，教他紧张起来，本来就松，又讲什么浪漫，愈不成话。

前者有学生的家长，赞成军事训练，并且以为女生也应该学看护，这见解是对的。女生也要救国，救国不专是男子的责任，我以上的话，也不专是对男生说的。好，我们大家努力起来，全国在振作精神，我们不能落后，好容易他们入了正路，我们更当做国民的前驱。

1934 年

（本文是张伯苓 1934 年在南开大学秋季始业式上的演讲）

可爱的中国

方志敏

这是一间囚室。

这间囚室，四壁都用白纸裱糊过，虽过时已久，裱纸变了黯黄色，有几处漏雨的地方，并起了大块的黑色斑点；但有日光照射进来，或是强光的电灯亮了，这室内仍显得洁白耀目。对天空开了两道玻璃窗，光线空气都不算坏。对准窗子，在室中靠石壁放着一张黑漆色长方书桌，桌上摆了几本厚书和墨盒茶盅。桌边放着一把锯短了脚的矮竹椅；接着竹椅背后，就是一张铁床；床上铺着灰色军毯，一床粗布棉被，折叠了三层，整齐地摆在床的里沿。在这室的里面一角，有一只未漆的未盖的白木箱摆着，木箱里另有一只马桶躲藏在里面，日夜张开着口，承受这室内囚人每日排泄下来的秽物。在白木箱前面的靠壁处，放着一只蓝磁的痰盂，它像与马桶比赛似的，也是日夜张开着口，承受室内囚人吐出来的痰涕与丢下去的橘皮蔗渣和纸屑。骤然跑进这间房来，若不是看到那只刺目的很不雅观的白方木箱，以及坐在桌边那个钉着铁镣一望而知为囚人的祥松①，或者你会认为这不是一间囚室，而是一间书室了。

的确，就是关在这室内的祥松，也认为比他十年前在省城读书时所住的学舍的房间要好一些。

---

① 祥松即方志敏。

这是看守所优待号的一间房。这看守所分为两部，一部是优待号，另一部是普通号。优待号是优待那些在政治上有地位或是有资产的人们。他们因各种原因，犯了各种的罪，也要受到法律上的处罚；而他们平日过的生活以及他们的身体，都是不能耐住那普通号一样的待遇；把他们也关到普通号里去，不要一天两天，说不定都要生病或生病而死，那是万要不得之事。故特辟优待号让他们住着，无非是期望着他们趁早悔改的意思。所以与其说优待号是监狱，或者不如说是休养所较为恰切些，不过是不能自由出入罢了。比较那潮湿污秽的普通号来，那是大大的不同。在普通号吃苦生病的囚人，突然看到优待号的清洁宽敞，心里总不免要发生一个是天堂，一个是天〔地〕狱之感。

因为祥松是一个重要的政治犯，官厅为着要迅速改变他原来的主义信仰，才将他从普通号搬到优待号来。

祥松前在普通号，有三个同伴同住，谈谈讲讲，也颇觉容易过日。现在是孤零一人，镇日坐在这囚室内，未免深感寂寞了。他不会抽烟，也不会喝酒，想借烟来散闷，酒来解愁，也是做不到的。而能使他忘怀一切的，只是读书。他从同号的难友处借了不少的书来，他原是爱读书的人，一有足够的书给他读读看看，就是他脚上钉着的十斤重的铁镣也不觉得它怎样沉重压脚了。尤其在现在，书好像是医生手里止痛的吗啡针，他一看起书来，看到津津有味处，把他精神上的愁闷与肉体上的苦痛，都麻痹地忘却了。

到底他的脑力有限，接连看了几个钟头的书，头就会一阵一阵地胀痛起来，他将一双肘节放在桌上，用两掌抱住胀痛的头，还是照原看下去，一面咬紧牙关自语："尽你痛！痛！再痛！脑溢血，晕死去罢！"直到脑痛十分厉害，不能再耐的时候，他才丢下书本，在桌边站立起来。或是向铁床上一倒，四肢摊开伸直，闭上眼睛养养神；或是在室内从里面走到外面，又从外面走到里面的踱着步；再或者站在窗口望着窗外那么一小块沉闷的雨天出神；也顺利望望围墙外那株一半枯枝，一半绿叶的柳树。他一看到那一簇浓绿的柳叶，他就猜想出遍大地的树木，大概都在和暖的春风吹嘘中，长出艳绿的嫩叶来了——他从这里似乎得到一点儿春意。

他每天都是这般不变样地生活着。

今天在换班的看守兵推开门来望望他——换班交代最重要的一个囚人——的时候，却看到祥松没有看书，也没有踱步，他坐在桌边，用左手撑住头，右手执着笔在纸上边写边想。祥松今天似乎有点什么感触，要把它写出来。他在写些什么呢？啊！他在写着一封给朋友们的信。

亲爱的朋友们：

我终于被俘入狱了。

关于我被俘入狱的情形，你们在报纸上可以看到，知道大概，我不必说了。我在被俘以后，经过绳子的绑缚，经过钉上粗重的脚镣，经过无数次的拍照，经过装甲车的押解，经过几次群众会上活的示众，以至关入笼子里，这些都像放电影一般，一幕一幕地过去！我不愿再去回忆那些过去的事情，回忆，只能增加我不堪的羞愧和苦恼！我也不愿将我在狱中的生活告诉你们。朋友，无论谁入了狱，都得感到愁苦和屈辱，我当然更甚，所以不能告诉你们一点什么好的新闻。我今天想告诉你们的却是另外一个比较紧要的问题，即是关于爱护中国、拯救中国的问题，你们或者高兴听一听我讲这个问题罢。

　　我自入狱后，有许多人来看我：他们为什么来看我，大概是怀着到动物园里去看一只新奇的动物一样的好奇心罢？他们背后怎样评论我，我不能知道，而且也不必一定要知道。就他们当面对我讲的话，他们都承认我是一个革命者；不过他们认为我只顾到工农阶级的利益，忽视了民族的利益，好像我并不是热心爱中国爱民族的人。朋友，这是真实的话吗？工农阶级的利益，会是与民族的利益冲突吗？不，绝不是的，真正为工农阶级谋解放的人，才正是为民族谋解放的人，说我不爱中国不爱民族，那简直是对我一个天大的冤枉了。

　　我很小的时候，在乡村私塾中读书，无知无识，不知道什么是帝国主义，也不知道帝国主义如何侵略中国，自然，不知道爱国为何事。以后进了高等小学读书，知识渐开，渐渐懂得爱护中国的道理。一九一八年爱国运动波及到我们高小时，我们学生也开起大会来了。

　　在会场中，我们几百个小学生，都怀着一肚子的愤恨，一方面痛恨日本帝国主义无餍的侵略，另一方面更痛恨曹、章等卖国贼的狗肺狼心！就是那些年青的教师们（年老的教师们，对于爱国运动，表示不甚关心的样子），也和学生一样，十分激愤。宣布开会之后，一个青年教师跑上讲堂，将日本帝国主义提出的灭亡中国的二十一条，一条一条地边念边讲。他的声音由低而高，渐渐地吼叫起来，脸色涨红，渐而发青，颈子胀大得像要爆炸的样子，满头的汗珠子，满嘴唇的白沫，拳头在讲桌上捶得碰碰响。听讲的我们，在这位教师如此激昂慷慨的鼓动之下，哪一个不是鼓起嘴巴，睁大着眼睛——每对透亮的小眼睛，都是红红的像要冒出火来；有几个学生竟流泪哭起来了。朋友，确实的，在这个时候，如果真有一个日本强盗或是曹、章等卖国贼的那一个站在我们的面前，哪会被我们一下打成肉饼！会中，通过抵制日货，先要将各人身边的日货销毁去，再进行检查商店的日货，并出发对民众讲演，唤起他们来爱国。会散之后，各寝室内扯抽屉声，开箱笼声，响得很热闹，大家都在急忙忙地清查日货呢。

"这是日货，打了去！"一个玻璃瓶的日本牙粉扔出来了，扔在阶石上，立即打碎了，淡红色的牙粉，飞洒满地。

"这也是日货，踩了去！"一只日货的洋磁脸盆，被一个学生倒仆在地上，猛地几脚踩凹下去，磁片一片片地剥落下来，一脚踢出，磁盆就像含冤无诉地滚到墙角里去了。

"你们大家看看，这床席子大概不是日本货吧?"一个学生双手捧着一床东洋席子，表现很不能舍去的样子。

大家走上去一看，看见席头上印了"日本制造"四个字，立刻同声叫起来：

"你的眼睛瞎了，不认得字？你舍不得这床席子，想做亡国奴！?"不由分说，大家伸出手来一撕，那床东洋席，就被撕成碎条了。

我本是一个苦学生，从乡间跑到城市里来读书，所带的铺盖用品都是土里土气的，好不容易弄到几个钱，买了日本牙刷，金刚石牙粉，东洋脸盆，并也有一床东洋席子。我明知销毁这些东西，以后就难得钱再买，但我为爱国心所激动，也就毫无顾惜地销毁了。我并向同学们宣言，以后生病，就是会病死了，也决不买日本的仁丹和清快丸。

从此以后，在我幼稚的脑筋中，作〔做〕了不少的可笑的幻梦：我想在高小毕业后，即去投考陆军学校，以后一级一级地升上去，带几千兵或几万兵，打到日本去，踏平三岛！我又想，在高小毕业后，就去从事实业，苦做苦积，哪怕不会积到几百万几千万的家私，一齐拿出来，练海陆军，去打东洋。读西洋史，一心想做拿破仑；读中国史，一心又想做岳武穆。这些混杂不清的思想，现在讲出来，是会惹人笑痛肚皮！但在当时我却认为这些思想是了不起的真理，愈想愈觉得津津有味，有时竟想到几夜失眠。

一个青年学生的爱国，真有如一个青年姑娘初恋时那样的真纯入迷。

朋友，你们知道吗？我在高小毕业后，既未去投考陆军学校，也未从事什么实业，我却到 N 城来读书了。N 城①到底是省城，比县城大不相同。在 N 城，我看到了许多洋人，遇到了许多难堪的事情，我讲一两件给你们听，可以吗？

只要你到街上去走一转，你就可以碰着几个洋人。当然我们并不是排外主义者，洋人之中，有不少有学问有道德的人，他们同情于中国民族的解放运动，反对帝国主义对中国的压迫和侵略，他们是我们的朋友。只是那些到中国来赚钱，来享福，来散播精神的鸦片——传教的洋人，却是有十分的可恶的。他们自认为文明人，认我们为野蛮人，他们是优种，我们却是劣种；他们昂头阔步，带着一种藐视中国人、不屑与中国人为伍的神气，总引起我心里的愤愤不平。我常想："中国人真是一个劣等民族吗？真该受他们的藐视吗？我不服的，决不服的。"

有一天，我在街上低头走着，忽听得"站开！站开！"的

---

① N 城：指南昌。

喝道声。我抬头一望，就看到四个绿衣邮差，提着四个长方扁灯笼，灯笼上写着"邮政管理局长"几个红扁字，四人成双行走，向前喝道；接着是四个徒手的绿衣邮差；接着是一顶绿衣大轿，四个绿衣轿夫抬着；轿的两旁，各有两个绿衣邮差扶住轿杠护着走；轿后又是四个绿衣邮差跟着。我再低头向轿内一望，轿内危坐着一个碧眼黄发高鼻子的洋人，口里衔着一支大雪茄，脸上露出十足的傲慢自得的表情。"啊！好威风呀！"我不禁脱口说出这一句。邮政并不是什么深奥巧妙的事情，难道一定要洋人才办得好吗？中国的邮政，为什么要给外人管理去呢？

随后，我到 K 埠①读书，情形更不同了。在 K 埠有了所谓租界上，我们简直不能乱动一下，否则就要遭打或捉。在中国的地方，建起外人的租界，服从外人的统治，这种现象不会有点使我难受吗？

有时，我站在江边望望，就看见很多外国兵舰和轮船在长江内行驶和停泊，中国的内河，也容许外国兵舰和轮船自由行驶吗？中国有兵舰和轮船在外国内河行驶吗？如果没有的话，外国人不是明明白白欺负中国吗？中国人难道就能够低下头来活受他们的欺负不成？

就在我们读书的教会学校里，他们口口声声传那"平等博爱"的基督教；同是教员，又同是基督信徒，照理总应该平等待遇；但西人教员，都是二三百元一月的薪水，中国教员只有几十元一月的薪水；教国文的更可怜，简直不如去讨饭，他们只有二十余元一月的薪水。朋友，基督国里，就是如此平等

---

① K 埠：指九江。

法吗？难道西人就真是上帝宠爱的骄子，中国人就真是上帝抛弃的下流的瘪三？！

朋友，想想看，只要你不是一个断了气的死人，或是一个甘心亡国的懦夫，天天碰着这些恼人的问题，谁能按下你不挺身而起，为积弱的中国奋斗呢？何况我正是一个血性自负的青年！

朋友，我因无钱读书，就漂流到吸尽中国血液的唧筒——上海来了。最使我难堪的，是我在上海游法国公园的那一次。我去上海原是梦想着找个半工半读的事情做做，哪知上海是人浮于事，找事难于登天，跑了几处，都毫无头绪，正在纳闷着，有几个穷朋友，邀我去游法国公园散散闷。一走到公园门口就看到一块刺目的牌子，牌子上写着"华人与狗不准进园"几个字。这几个字射入我的眼中时，全身突然一阵烧热，脸上都烧红了。这是我感觉着从来没有受过的耻辱！在中国的上海地方让他们造公园来，反而禁止华人入园，反而将华人与狗并列。这样无理地侮辱华人，岂是所谓"文明国"的人们所应该做出来的吗？华人在这世界上还有立足的余地吗？还能生存下去吗？我想至此也无心游园了，拔起脚就转回自己的寓所了。

朋友，我后来听说因为许多爱国文学家著文的攻击，那块侮辱华人的牌子已经取去了。真的取去了没有？还没有取去？朋友，我们要知道，无论这块牌子取去或没有取去，那些以主子自居的混蛋的洋人，以畜生看待华人的观念，是至今没有改变的。

朋友，在上海最好是埋头躲在鸽子笼里不出去，倒还可以静一静心！如果你喜欢向外跑，喜欢在"国中之国"的租界上去转转，那你不仅可以遇着"华人与狗"一类的难堪的事情，你到处可以看到高傲的洋大人的手杖，在黄包车夫和苦力的身上飞舞；到处可以看到饮得烂醉的水兵，沿街寻人殴打；到处可以看到巡捕手上的哭丧棒，不时在那些不幸的人们身上乱揍；假若你再走到所谓"西牢"旁边听一听，你定可以听到从里面传出来的包探捕头拳打脚踢毒刑毕用之下的同胞们一声声呼痛的哀音，这是他们利用治外法权来惩治反抗他们的志士！半殖民地民众悲惨的命运呵！中国民族悲惨的命运呵！

朋友，我在上海混不出什么名堂，仍转回 K 省^① 来了。

我搭上一只 J 国^②轮船。在上船之前，送行的朋友告诉我在 J 国轮船，确要小心谨慎，否则船上人不讲理的。我将他们的忠告，谨记在心。我在狭小拥挤、汗臭屁臭、蒸热闷人的统舱里，买了一个铺位。朋友，你们是知道的，那时，我已患着很厉害的肺病，这统舱里的空气，是极不适宜于我的；但是，一个贫苦学生，能够买起一张统舱票，能够在统舱里占上一个铺位，已经就算是很幸事了。我躺在铺位上，头在发昏晕！等查票人过去了，正要昏迷迷地睡去，忽听到从货舱里发出可怕的打人声及喊救声。我立起身来问茶房什么事，茶房说，不要去理它，还不是打那些不买票的穷蛋。我不听茶房的话，拖着鞋向那货舱走去，想一看究竟。我走到货舱门口，就看见有三个衣服褴褛的人，在那堆叠着的白粮包上蹲伏着。一个是兵士，二十多岁，身体健壮，穿着一件旧军服。一个像工人模样，四十余岁，很瘦，似有暗病。另一个是个二十余岁的妇

---

① K 省：指江西。
② J 国：指日本。

人，面色粗黑，头上扎一块青布包头，似是从乡下逃荒出来的样子。三人都用手抱住头，生怕头挨到鞭子，好像手上挨几下并不要紧的样子。三人的身体，都在战栗着。他们都在极力将身体紧缩着，好像想缩小成一小团子或一小点子，那鞭子就打不着哪一处了。三人挤在一个舱角里，看他们的眼睛，偷偷地东张西张的神气，似乎他们在希望着就在屁股底下能够找出一个洞来，以便躲进去避一避这无情的鞭打，如果真有一个洞，就是洞内满是屎尿，我想他们也是会钻进去的。在他们对面，站着七个人，靠后一点，站着一个较矮的穿西装的人，身本肥胖的很，肚皮膨大，满脸油光，鼻孔下蓄了一小绺短须。两手叉在裤袋里，脸上浮露一种毒恶的微笑，一望就知道他是这场鞭打的指挥者。其余六个人，都是水手茶房的模样，手里拿着藤条或竹片，听取指挥者的话，在鞭打那三个未买票偷乘船的人们。

"还要打！谁叫你不买票！"那肥人说。

他话尚未说断，那六个人手里的藤条和竹片，就一齐打下。"还要打！"肥人又说。藤条竹片又是一齐打下。每次打下去，接着藤条竹片的着肉声，就是一阵"痛哟！"令人酸鼻的哀叫！这种哀叫，并不能感动那肥人和几个打手的慈心，他们反而哈哈的笑起来了。

"叫得好听，有趣，多打几下！"那肥人在笑后命令地说。

那藤条和竹片，就不分下数地打下，"痛哟！痛哟！饶命呵！"的哀叫声，就更加尖锐刺耳了！

"停住！去拿绳子来！"那肥人说。

那几个打手，好像耍熟了把戏的猴子一样，只听到这句话，就晓得要做什么。马上就有一个跑去拿了一捆中粗绳子来。

"将他绑起来，抛到江里去喂鱼！"肥人指着那个兵士说。

那些打手一齐上前，七手八脚地将那兵士从糖包上拖下来，按倒在舱面上，绑手的绑手，绑脚的绑脚，一刻儿就把那兵士绑起来了。绳子很长，除缚结外，还各有一长段拖着。

那兵士似乎入于昏迷状态了。

那工人和那妇人还是用双手抱住头，蹲在糖包上发抖战，那妇人的嘴唇都吓得变成紫黑色了。

船上的乘客，来看发生什么事体的，渐来渐多，货舱门口都站满了，大家脸上似乎都有一点不平服的表情。

那兵士渐渐地清醒过来，用不大的声音抗议似地说：

"我只是无钱买船票，我没有死罪！"

拍的一声，兵士的面上挨了一巨掌！这是打手中一个很高大的人打的。他吼道："你还讲什么？像你这样的狗东西，别说死一个，死十个百个又算什么！"

于是他们将他搬到舱沿边，先将他手上和脚上两条拖着的绳子，缚在船沿的铁栏杆上，然后将他抬过栏杆向江内吊下去。人并没有浸入水内，离水面还有一尺多高，只是仰吊在那里。被轮船激起的江水溅沫，急雨般打到他面上来。

那兵士手脚被吊得彻心彻骨的痛，大声哀叫。

那几个魔鬼似的人们，听到了哀叫，只是"好玩！好玩！"地叫着跳着作乐。

约莫吊了五六分钟，才把他拉上船来，向舱板上一摔，解开绳子，同时你一句我一句地说着："味道尝够了吗？""坐白船没有那么便宜的！""下次你还买不买票？""下次你还要不要来尝这辣味儿？""你想错了，不买票来偷搭外国船！"那兵士直硬硬地躺在那里，闭上眼睛，一句话也不答，只是左右手交换地去摸抚那被绳子嵌成一条深槽的伤痕，两只脚也在那吊伤处交互揩擦。

"把他也绑起来吊一下！"肥人又指着那工人说。

那工人赶紧从糖包上爬下来，跪在舱板上，哀恳地说："求求你们不要绑我，不要吊我，我自己爬到江里去投水好了。像我这样连一张船票都买不起的苦命，还要它做什么！"他说完就往船沿爬去。

"不行不行，照样地吊！"肥人说。

那些打手，立即将那工人拖住，照样把他绑起，照样将绳子缚在铁栏杆上，照样把他抬过铁栏杆吊下去，照样地被吊在那里受着江水激沫的溅洒，照样他在难忍地痛苦下哀叫，也是吊了五六分钟，又照样把他吊上来，摔在舱板上替他解缚。但那工人并不去摸抚他手上和脚上的伤痕，只是眼泪如泉涌地流出来，尽在抽噎地哭，那半老人看来是很伤心的了！

"那妇人怎样耍她一下呢？"打手中一个矮瘦的流氓样子的人向肥人问。

"……"肥人微笑着不作声。

"不吊她，摸一摸她底下的毛，也是有趣的呀！"

肥人点一点头。

那人就赶上前去，扯那妇人的裤腰。那妇人双脚打文字式地绞起，一双手用力遮住那小肚子下的地方，脸上红得发青了，用尖声喊叫："嬲不得呀！嬲不得呀！"

那人用死力将手伸进她的腿胯里，摸了几摸，然后把手拿出来，笑着说："没有毛的，光板子！光板子！"

"哈，哈，哈哈……"大家哄然大笑起来了。

"打！"我气愤不过，喊了一声。

"谁喊打？"肥人圆睁着那凶眼望着我们威吓地喝。

"打！"几十个人的声音，从站着观看的乘客中吼了出来。

那肥人有点惊慌了，赶快移动脚步，挺起大肚子走开，一面急忙地说：

"饶了他们三个人的船钱，到前面码头赶下船去！"

那几个打手齐声答应"是"，也即跟着肥人走去了。

"真是灭绝天理良心的人，那样的虐待穷人！""狗养的好凶恶！""那个肥大头可杀！""那几个当狗的打手更坏！""咳，没有捶那班狗养的一顿！"在观看的乘客中，发生过一阵嘈杂的愤激的议论之后，都渐次散去，各回自己的舱位去了。

我也走回统舱里，向我的铺位上倒下去，我的头像发热病似地胀痛，我几乎要放声痛哭出来。

朋友，这是我永不能忘记的一幕悲剧！那肥人指挥着鞭打，不仅是鞭打那三个同胞，而是鞭打我中国民族，痛在他们身上，耻在我们脸上！啊！啊！朋友，中国人难道真比一个畜生都不如了吗？你们听到这个故事，不也很难过吗？

朋友，以后我还遇着不少的像这一类或者比这一类更难堪的事情，要说，几天也说不完，我也不忍多说了。总之，半殖民地的中国，处处都是吃亏受苦，有口无处诉。但是，朋友，我却因每一次受到的刺激，就更加坚定为中国民族解放奋斗的决心。我是常常这样想着，假使能使中国民族得到解放，那我又何惜于我这一条蚁命！

朋友！中国是生育我们的母亲。你们觉得这位母亲可爱吗？我想你们是和我一样的见解，都觉得这位母亲是蛮可爱蛮可爱的。以言气候，中国处于温带，不十分热，也不十分冷，好像我们母亲的体温，不高不低，最适宜于孩儿们的偎依。以言国土，中国土地广大，纵横万数千里，好像我们的母亲是一个身体魁大、胸宽背阔的妇人，不像日本姑娘那样苗条瘦小。中国许多有名的崇山大岭，长江巨河，以及大小湖泊，岂不象征着我们母亲丰满坚实的肥肤上之健美的肉纹和肉窝？中国土地的生产力是无限的；地底蕴藏着未开发的宝藏也是无限的；废置而未曾利用起来的天然力，更是无限的，这又岂不象征着我们的母亲，保有着无穷的乳汁，无穷的力量，以养育她四万万的孩儿？我想世界上再没有比她养得更多的孩子的母亲吧。至于说到中国天然风景的美丽，我可以说，不但是雄巍的峨嵋，妩媚的西湖，幽雅的雁荡，与夫"秀丽甲天下"的桂林山水，可以傲睨一世，令人称羡；其实中国是无地不美，到处皆景，自城市以至乡村，一山一水，一丘一壑，只要稍加修饰和培植，都可以成流连难舍的胜景；这好像我们的母亲，她是一个天姿玉质的美人，她的身体的每一部分，都有令人爱慕之美。中国海岸线之长而且弯曲，照现代艺术家说来，这象征我们母亲富有曲线美吧。咳！母亲！美丽的母亲，可爱的母亲，只因你受着人家的压榨和剥削，弄成贫穷已极；不但不能买一件新的好看的衣服，把你自己装饰起来；甚至不能买块香皂将你全身洗擦洗擦，以致现出怪难看的一种憔悴褴褛和污秽不洁的形容来！啊！我们的母亲太可怜了，一个天生的丽人，现在却变成叫化的婆子！站在欧洲、美洲各位华贵的太太面前，固然是深愧不如，就是站在那日本小姑娘面前，也自惭形秽得很呢！

听着！朋友！母亲躲到一边去哭泣了，哭得伤心得很呀！她似乎在骂着："难道我四万万的孩子，都是白生了吗？难道他们真像着了魔的狮子，一天到晚地睡着不醒吗？难道他们不知道自己的伟大的团结力量，去与残害母亲、剥削母亲的敌人斗争吗？难道他们不想将母亲从敌人手里救出来，把母亲也装饰起来，成为世界上一个最出色、最美丽、最令人尊敬的母亲吗？"朋友，听到母亲哀痛的哭吗？是的，是的，母亲骂得对，十分对！我们不能怪母亲好哭，只怪得我们之中出了败类，自己压制自己，眼睁睁地望着我们这位挺慈祥美丽的母亲，受着许多无谓的屈辱，和残暴的蹂躏！这真是我们做孩子们的不是了，简直连一位母亲都爱护不住了！

朋友，看呀！看呀！那名叫"帝国主义"的恶魔的面貌是多么难看呀！在中国许多神怪小说上，也寻不出一个妖精鬼怪的面貌，会有这些恶魔那样的狞恶可怕！满脸满身都是毛，好像他们并不是人，而是人类中会吃人的猩猩！他们的血口，张开起来，好似无底的深洞，几千几万几千万的人类，都会被它吞下去！他们的牙齿，尤其是那伸出口外的獠牙，十分锐利，发出可怕的白光！他们的手，不，不是手呀，而是僵硬硬的铁爪！那么难看的恶魔，那么狞狞可怕的恶魔！一、二、三、四、五，朋友，五个可怕的恶魔，正在包围着我们的母亲呀！朋友，看呀，看到了没有？呸！那些恶魔将母亲搂住呢！用他们的血口，去亲她的嘴，她的脸，用他们的铁爪，去抓破她的乳头，她的可爱的肌肤！呀，看呀！那个戴着粉白的假面具的恶魔，在做什么？他弯身伏在母亲的胸前，用一支锐利的金管子，刺进，呀！刺进母亲的心口，他的血口，套到这金管子上，拼命地吸母亲的血液！母亲多么痛呵，痛得嘴唇都成白色了。噫，其他的恶魔也照样做吗？看！他们都拿出各种金的、铁的或橡皮的管子，套住在母亲身上被他们铁爪抓破流血的地方，都拼命吸起血液来了！母亲，你有多少血液，不要一下子就被他们吸干了吗？

嘎！那矮矮的恶魔，拿出一把屠刀来了！做什么？呸！恶魔！你敢割我们母亲的肉？你想杀死她？咳哟！不好了！一刀！啪的一刀！好大胆的恶魔，居然向我们母亲的左肩上砍下去！母亲的左肩，连着耳朵到颈，直到胸膛，都被砍下来了！砍下了身体的那么一大块——五分之一的那么一大块！母亲的血在涌流出来，她不能哭出声来，她的嘴唇只是在那里一张一张地动，她的眼泪和血在竞着涌流！朋友们！兄弟们！救救母亲呀！母亲快要死去了！

啊！那矮的恶魔怎么那样凶恶，竟将母亲那么一大块身体，就一口生吞下去，还在那里眈眈地望着，像一只饿虎向着驯羊一样地望着！恶魔！你还想砍，还想割，还想把我们的母亲整个吞下去？！兄弟们，无论如何不能与它干休！它砍下而且生吞下去母亲的那么一大块身体！母亲现在还像一个人吗，缺了五分之一的身体？美丽的母亲，变成一个血迹模糊肢体残缺的人了。兄弟们，无论如何，不能与它干休，大家冲上去，捉住那只恶魔，用铁拳痛痛地捶它，捶得它张开口来，吐出那块被生吞下去的母亲身体，才算，决不能让它在恶魔的肚子里消化了去，成了它的滋养料！我们一定要回来一个完整的母亲，绝对不能让她的肢体残缺呀！

呸！那是什么人？他们也是中国人，也是母亲的孩子？那么为什么去帮助恶魔来杀害自己的母亲呢？你们看！他们在恶魔持刀向母亲身上砍的时候，很快的就把砍下来的那块身体，双手捧到恶魔血口中去！他们用手拍拍恶魔的喉咙，使它快吞下去；现在又用手去摸摸恶魔的肚皮，增进它的胃之消化力，好让快点消化下去。他们都是所谓高贵的华人，怎样会那么恭顺地秉承恶魔的意旨行事？委曲求欢，丑态百出！可耻，可耻！傀儡，卖国贼！狗彘不食的东西！狗彘不食的东西！你们帮助恶魔来杀害自己的母亲，来杀害自己的兄弟，到底会得到什么好处？！我想你们这些无耻的人们呵！你们当傀儡、当汉奸、当走狗的代价，至多只能伏在恶魔的肛门边或小便上，去吸取它把母亲的肉，母亲的血消化完了排泄出来的一点粪渣和尿滴！那是多么可鄙弃的人生呵！

朋友，看！其余的恶魔，也都拔出刀来，馋涎欲滴地望着母亲的身体，难道也像矮的恶魔一样来分割母亲吗？啊！不得了，他们如果都来操刀而割，母亲还能活命吗？她还不会立即死去吗？那时，我们不要变成了无母亲的孩子吗？咳！亡了母亲的孩子，不是到处更受人欺负和侮辱吗？朋友们，兄弟们，赶快起来，救救母亲呀！无论如何，不能让母亲死亡的呵！

朋友，你们以为我在说梦呓吗？不是的，不是的，我在呼喊着大家去救母亲呵！再迟些时候，她就要死去了。

朋友，从崩溃毁灭中，救出中国来，从帝国主义恶魔生吞活剥下，救出我们垂死的母亲来，这是刻不容缓的了。但是，到底怎样去救呢？是不是由我们同胞中，选出几个最会做文章的人，写上一篇十分娓娓动听的文告或书信，去劝告那些恶魔停止侵略呢？还是挑选几个最会演说、最长于外交辞令的人，去向他们游说，说动他们的良心，自动地放下屠刀不再宰割中国呢？抑或挑选一些顶善哭泣的人，组成哭泣团，到他们面前去，长跪不起，哭个七日七夜，哭动他们的慈心，从中国撒手回去呢？再或者……我想不讲了，这些都不会丝毫有效的。哀求帝国主义不侵略和灭亡中国，那岂不等于哀求老虎不吃肉？那是再可笑也没有了。我想，欲求中国民族的独立解放，决不是哀告、跪求哭泣所能济事，而是唤起全国民众起来斗争，都手执武器，去与帝国主义进行神圣的民族革命战争，将他们打出中国去，这才是中国唯一的出路，也是我们救母亲的唯一方法，朋友，你们说对不对呢？

因为中国对外战争的几次失利，真像倒霉的人一样，弄得自己不想信自己起来了。有些人简直没有一点民族自信心，认为中国是沉沦于万丈之深渊，永不能自拔，在帝国主义面前，中国渺小到像一个初出世的婴孩！我在三个月前，就会到一位先生，他的身体瘦弱，皮肤白皙，头上的发梳得很光亮，态度文雅，他大概是在军队中任个秘书之职，似乎是一个伤心国事的人。他特地来与我作了下列的谈话：

他："咳！中国真是危急极了！"

我："是的，危急已极，再如此下去，难免要亡国了。"

"唔，亡国，是的，中国迟早是要亡掉的。中国不会有办法，我想是无办法的。"他摇头地说，表示十分丧气的样子。

"先生为什么说出这样的话来？哪里就会无办法。"我诘问他。

"中国无力量呀！你想帝国主义多么厉害呵！几百几千架飞机，炸弹和人一样高；还有毒瓦斯，一放起来，无论多少人，都要死光。你想中国拿什么东西去抵抗它？"他说时，现出恐惧的样子。

"帝国主义固然厉害，但全中国民众团结起来的斗争力量也是不可侮的啦！并且，还有……"我尚未说完，他抢着说：

"不行不行，民众的力量，抵不住帝国主义的飞机大炮，中国不行，无办法，无办法的啦。"

"那照先生所说，我们只有坐在这里等着做亡国奴了！你不觉得那是可耻的懦夫思想吗？"我实在忍不住，有点气愤了。他睁大眼睛，呆望着我，很难为情地不作答声。

这位先生，很可怜地代表一部分鄙怯人们的思想，他们只看到帝国主义的飞机大炮，忘却自己民族伟大的斗争力量。照他的思想，中国似乎是命中注定地要走印度、朝鲜的道路了，那还了得？！

中国真是无力自救吗？我绝不是那样想的，我认为中国是有自救的力量的。最近十几年来，中国民族，不是表示过它的斗争力量之不可侮吗？弥漫全国的"五卅"运动，是着实地教训了帝国主义，中国人也是人，不是猪和狗，不是可以随便屠杀的。省港罢工，在当时革命政权扶助之下，使香港变成了臭港，就是最老牌的帝国主义，也要屈服下来。以后北伐军到了湖北和江西，汉口和九江的租界，不是由我们自动收回了吗？在那时帝国主义在中国的威权，不是一落千丈吗？朋友，我现在又要来讲个故事了。就在北伐军到江西的时候，我在江西做工作，因有事去汉口，在九江又搭上一只J国轮船，而且十分凑巧，这只轮船，就是我那次由上海回来所搭乘的轮船。使我十分奇怪的，就是轮船上下管事人对乘客们的态度，显然是两样的了——从前是横蛮的无理，现在是和气多了。我走到货舱去看一下，货舱依然是装满了糖包，但糖包上没有蹲着什么人。再走到统舱去看看，只见两边走栏的甲板上，躺着好几十个人。有些像是做工的，多数是像从乡间来

的,有一位茶房正在开饭给他们吃呢。我为了好奇心,走到那茶房面前向他打了一个招呼,与他谈话:

我:"请问,这些人都是买了票吗?"

茶房:"他们哪里买票,都是些穷人。"

我:"不买票也可以坐船吗?"

茶房:"马马虎虎地过去,不买票的人多呢!你看统舱里那些士兵,哪个买了票的?"他用手向统舱里一指,我随着他指的方向望去,果就看见有十几个革命军兵士,围在一个茶房的木箱四旁,箱盖上摆着花生米,皮蛋,酱豆干等下酒菜,几个洋磁碗盛着酒,大家正在高兴地喝酒谈话呢。

我:"他们真都没有买票吗?"

茶房:"哪里还会假的,北伐军一到汉口,他们就坐船不买票了。"

"从前的时候,不买票也行坐船吗?"我故意地问。

茶房:"那还了得,从前不买票,不但打得要命,还要抛到江里去!"

"抛到江里去?那岂不是要浸死人吃人命?"我又故意地问。

茶房笑说:"不是真抛到江里去浸死,而是将他吊一吊,吓一吓。不过这一吊也是一碗辣椒汤,不好尝的。"

我:"那么现在你们的船老板,为什么不那样做呢?"

茶房:"现在不敢那样做了,革命势力大了。"

我:"我不懂那是怎样说的,请说清楚!"

茶房:"那还不清楚吗?打了或吊了中国人,激动了公愤,工人罢下工来,他的轮船就会停住走不动了。那损失不比几个人不买票的损失更大吗?"

我："依你所说，那外国人也有点怕中国人了？"

茶房："不能说怕，也不能说不怕，唔，照近来情形看，似乎有点怕中国人了。哈哈！"茶房笑起来了。

我与他再点点头道别，我暗自欢喜地走进来。我心里想，今天可惜不遇着那肥大头，如遇着，至少也要奚落他几句。

我走到官舱的饭厅上去看看，四壁上除挂了一些字画外，却挂了一块木板布告。布告上的字很大，远处都可以看清楚。

第 号

国民革命军总司令布告

为布告事。照得近来有军人及民众搭乘外国轮船不买票，实属非是！

特出布告，仰该军民人等，以后搭乘轮船，均须照章买票，不得有违！

切切此布。

啊啊，外国轮船，也有挂中国布告之一天，在中国民众与兵、工奋斗之下，藤条、竹片和绳子，也都失去从前的威力了。

朋友，不幸得很，从此以后，中国又走了厄运，环境又一天天恶劣起来了。经过"五三"的济南惨案，直到"九一八"，日本帝国主义公然出兵占领了中国东北四省，就是我在上面所说那矮的恶魔，一刀砍下并生吞下我母亲五分之一的身体。这是由于中国民族革命运动，受了挫折，对于中国进攻采取了"不抵抗主义"，没有积极唤起国人自救所致！但是，朋友，接着这一不幸的事件而起的，却来了全国汹涌的抗日救国运动，东北四省前仆后继的义勇军的抗战，以及"一·二八"有名的上海战争。这些是给了骄横一世的日本军阀一个严重的教训，并在全世界人类面前宣告，中国的人民和兵士，不是生番，不是野人，而是有爱国心的，而是能够战斗的，能够为保卫中国而牺牲的。谁要想将有四千年历史与四万万人口的中国民族吞噬下去，我们是会与他们拼命战斗到最后的一人！

朋友，虽然在我们之中，有汉奸，有傀儡，有卖国贼，他们认仇作父，为虎作伥；但他们那班可耻的人，终竟是少数，他们已经受到国人的抨击和唾弃，而渐趋于可鄙的结局。大多数的中国人，有良心有民族热情的中国人，仍然是热心爱护自己的国家的。现在不是有成千成万的人在那里决死战斗吗？他们决不让中国被帝国主义所灭亡，决不让自己和子孙们做亡国奴。朋友，我相信中国民族必能从战斗中获救，这岂是我们的自欺自誉吗？

不错，目前的中国，固然是江山破碎，国弊民穷，但谁能断言，中国没有一个光明的前途呢？不，决不会的，我们相信，中国一定有个可赞美的光明前途。中国民族在很早以前，就造起了一座万里长城和开凿了几千里的运河，这就证明中国民族伟大无比的创造力？中国在战斗之中一旦斩去了帝国主义的锁链，肃清自己阵线内的汉奸卖国贼，得到了自由与解放，这种创造力，将会无限地发挥出来。到那时，中国的面貌将会被我们改造一新。所有贫穷和灾荒，混乱和仇杀，饥饿和寒冷，疾病和瘟疫，迷信和愚昧，以及那慢性的杀灭中国民族的鸦片毒物，这些等等都是帝国主义带给我们可憎的赠品，将来也要随着帝国主义的赶走而离去中国了。朋友，我相信，到那时，到处都是活跃的创造，到处都是日新月异的进步，欢歌将代替了悲叹，笑脸将代替了哭脸，富裕将代替了贫穷，康健将代替了疾病，智慧将代替了愚昧，友爱将代替了仇恨，生之快乐将代替了死之忧伤，明媚的花园，将代替了凄凉的荒地！这时，我们民族就可以无愧色地立在人类的面前，而生育我们的母亲，也会最美丽地装饰起来，与世界上各位母亲平等地携手了。

这么光荣的一天，决不在辽远的将来，而在很近的将来，我们可以这样相信的，朋友！

朋友，我的话说得太啰嗦厌听了吧！好，我只说下面几句了。我老实地告诉你们，我爱护中国之热诚，还是如小学生时代一样的真诚无伪；我要打倒帝国主义为中国民族解放之心还是火一般的炽烈。不过，现在我是一个待决之囚呀！我没有机会为中国民族尽力了，我今日写这封信，是我为民族热情所感，用文字来作一次为垂危的中国的呼喊，虽然我的呼喊，声音十分微弱，有如一只将死之鸟的哀鸣。

啊！我虽然不能实际地为中国奋斗，为中国民族奋斗，但我的心总是日夜祷祝着中国民族在帝国主义羁绊之下解放出来之早日成功！假如我还能生存，那我生存一天就要为中国呼喊一天；假如我不能生存——死了，我流血的地方，或者我瘗骨的地方，或许会长出一朵可爱的花来，这朵花你们就看作是我的精诚的寄托吧！在微风的吹拂中，如果那朵花是上下点头，那就可视为我对于为中国民族解放奋斗的爱国志士们在致以热诚的敬礼；如果那朵花是左右摇摆，那就可视为我在提劲儿唱着革命之歌，鼓励战士们前进啦！

亲爱的朋友们，不要悲观，不要畏馁，要奋斗！要持久地艰苦地奋斗！要各人所有智慧才能，都提供于民族的拯救吧！无论如何，我们决不能让伟大的可爱的中国，灭亡于帝国主义的肮脏的手里！

你们挚诚的祥松
五月二日写于囚室

囚人祥松将上信写好了，又从头到尾仔细修改了一次，自以为没有什么大毛病了，将它折好，套入一个大信封里。信封上写着："寄送不知其名的朋友们均启"。这封信，他知道是无法寄递的，他扯开书桌的抽屉，将信放在里面。然后拖起那双戴了铁镣的脚，钉铛钉铛走到他的铁床边就倒下去睡了。

他往日的睡，总是做着许多恶梦，今晚他或者能安睡一夜吧！我们盼望他能够安睡，不做一点梦，或者只做个甜蜜的梦。

1935 年 5 月 2 日

附：

这篇像小说又不像小说的东西，乃是在看管我们的官人们监视之下写的。所以只能比较含糊其辞地写。这是说明一个 ××× 员，是爱护国家的，而且比谁都不落后以打破那些武断者诬蔑的谰言！

（选自《方志敏全集》，人民出版社，2012）

大连丸上

萧军

朋友 W，送我们到船上他就走了，还不等待我们和他告一声别！

船的名字是"大连丸"。

还不等我们习惯习惯这舱底的气味，他们便围拢了来。

我和妻正准备摊开自己的行李。

"你们到哪里去？"这是一个矮胖胖的人，他问我。他的背后另外还有四个人，一半是穿警察制服和挂着手枪；一半是平常的衣服。

"到青岛去——"我心脏的跳动不平均了，虽然这检查早知道是不可避免的，可是一想到海的那岸就是可爱的祖国，一到了祖国便什么全得了救，只要这检查不要太烦难、太……那就好了。

他们和狗用嗅觉一样，用手和眼，在开始去接触我们的行李和我的周身。

妻的脸色白白地，病后的眼睛更显得扩大和不安。我们这好像开始在什么魔鬼的嘴里赌命运。

"你们从什么地方来的？"

"哈尔滨。"我的血流强制着安定了一些。

"在哈尔滨你们干什么职业？"

"×××部里作办事员。"作办事员的只是一个朋友，现在我竟冒起他的职业了，我早就是个无职业的人。

"××部的'司令'姓什么？名字叫什么？号叫什么？他多大年岁？……"

我的血流又开始不受约束了，它似乎要迸出血管那样狂暴地流走着……

"他姓×，名字叫×××，号叫××，今年……他……大概是五十岁！"

"怎么是'大概'呢？"他的眼睛一向是细着的，现在圆起来了。脸上的肉一向是皱折着的，现在是铅一般地平展开；他身后的人们也同样睁好他们不同形的眼睛——我还看到了挂着枪的，用手去抚摸他们的枪；手里有棍棒的，也颠动了两颠动……

妻的眼睛更扩大了……

"他去年是五十岁，今年该是五十一。"我说。

"怎么，连你长官的年岁全忘了吗？你为什么要到青岛去？那个女人她是你什么人？"

"女人是我的妻子——到青岛是回家。"

"怎么？你是山东人吗？你的口音？……"

"不，我是'满洲'人——"我又开始平静。

"你，你为什么到山东去回家？"

"我的父亲在那里。——"

"你父亲在那里做什么？"

"开买卖。"

"什么买卖？"

"钱庄——"

"什么字号？"

"×××——"

"×××！什么路？"

"××路——"

"你为什么要回家？"

他的问话又折了回来。

"我们是新婚——要回家去看看老人。"

"新婚？"他瞟瞟我的脸和妻的脸——我不知道我们当时是否真像一对度蜜月的人呢？

"你请长假，还是短假？"

"长假——"

"拿你的名片和假单给我验看验看。"

他的手伸在我的眼前了。——那是一只肥厚的、有点凶残意味的手。

"没有——"

"什么也没有吗？"他的手重新投入裤袋里。

"没有——"

沉默了，全船的人声沉默了，微微听到海水激荡着船底的声音。末春的阳光和着风，愉快地从舷板上的圆孔窗投到舱内的席子上。

"这些对于我没有必要吧？我并没有穿着官吏的衣服——似乎不必用它来证明我的身份。"

"不——我看你不像正经好人——"他从我的脸一直看到我的脚；又从我的脚反回来，恰好我们的视线遇到一起了。

"就冲你的眼睛，也不像好人，好人没有这样的眼睛——跟我来——"

我知道我的眼睛顶撞了他。

在那面我被问讯了近一个钟头。最终他要带我到岸上去问——记得当时我已经什么全绝望了，只要他把我带到"水上警察署"，只要橡皮鞭子抽到我的身上，只要那煤油或辣椒水一注入我的鼻孔……便什么全完了！人在知道了完全绝望的时候，他反而是平静的、勇敢的，当时我是很爽快的走在他的面前——在还没有走出舱门，他又止住了我：

"不要——这边来——"于是我又随了他的手势到这边来，我想出这许把妻也一同带了去，这样也好哪！死，死在一起，坐监，监在一起……

妻这面询问的人已经走开，她正在扒着舷板的圆窗，样子像在看海！我端详她病后的脊背，胸里微微感到了刺痛！

"把你的东西全拿过来，我要检查——"他简直在命令。

我搬过了我们所有在身边的东西——一只中型的帆布箱和一只柳条篮。挂枪的，和提着棍棒的人又转过来……

矮胖胖的人，检视我每件衬衫和袜子，他相同一个买故衣者，又相同一个典当业的店员那样仔细。不相同的只是我们没在论着价钱。

把一页页雪白的信纸，全是面了阳光看了又看。当时我真佩服这是一条忠实而仔细的狗！

什么全检查完了，他看我吃起苹果来了，他们说：

"你倒很开心哪！"

在临走出舱门，他们在频频回着头，好像迷恋着我一般地说：

"我总看他不像好人——"

钢链铰咬着的声音发出来了，我们知道这是在起锚。

海是多么美丽和广茫！我们的心和整个的身，却始终是狭窄的，被什么封锁了一样。

妻望望我，我望望她，谁也不说什么，只是看着海，无边无际的海……想着海的那一岸。

"明天什么时候能到啊？"

夜了，甲板上再也看不到第三个人，妻才倚近我的身边，颤着声音问我。

"大约十或是十二点钟。"我说。

她的手抚摸到我的手，我的手死死捉着船甲板的栏杆，我说：

"如果！……"

我们全回过脸去——甲板上也还是没有第三个人。

"如……果……再来麻烦我……我是要投他到海里去……叫这些狗骨头去喂鱼！"

妻的脸色在星光中似乎又增白了。

"你——你胡说什么？"

我知道她又感到了不安。

夜间波浪击打船身的声音，显得急躁，风也不再温暖。回到舱里，妻睡过来，我听着海叫的声音——在我们统一席面上，一个老妖样的婆婆，正在悄静地吸着鸦片烟。

第二天当我们第一眼看到青岛青青的山角时，我们的心才又从冻结里蠕活过来……

"啊！祖国！"

我们梦一般的这样叫了！

一九三五，五，二，上海

（选自《绿叶的故事》，上海文化生活出版社，1936 年版）

海上——自传之八

郁达夫

　　大暴风雨过后，小波涛的一起一伏，自然要继续些时。民国元年二月十二，满清的末代皇帝宣统下了退位之诏，中国的种族革命，总算告了一个段落。百姓剪去了辫发，皇帝改作了总统。天下骚然，政府惶惑，官制组织，尽行换上了招牌，新兴权贵，也都改穿了洋服。为改订司法制度之故，民国二年（一九一三）的秋天，我那位在北京供职的哥哥，就拜了被派赴日本考察之命，于是我的将来的修学行程，也自然而然的附带着决定了。

　　眼看着革命过后，余波到了小县城里所惹起的是是非非，一半也抱了希望，一半却拥着怀疑，在家里的小楼上闷过了两个夏天，到了这一年的秋季，实在再也忍耐不住了，即使没有我那位哥哥的带我出去，恐怕也得自己上道，到外边来寻找出路。

　　几阵秋雨一落，残暑退尽了，在一天晴空浩荡的九月下旬的早晨，我只带了几册线装的旧籍，穿了一身半新的夹服，跟着我那位哥哥离开了乡井。

　　上海街路树的洋梧桐叶，已略现了黄苍，在日暮的街头，那些租界上的熙攘的居民，似乎也森岑地感到了秋意。我一个人呆立在一品香朝西的露台栏里，才第一次受到了大都会之夜的威胁。

　　远近的灯火楼台，街下的马龙车水，上海原说是不夜之城，销金之窟，然而国家呢？像这样的昏天黑地般过生活，难道是人生的目的么？金钱的争夺，犯罪的公行，精神的浪费，肉欲的横流，天虽则不会掉下来，地虽则也不会陷落去，可是像这样的过去，是可以的么？在仅仅阅世十七年多一点的当时我那幼稚的脑里，对于帝国主义的险毒，物质文明的糜烂，世界现状的危机，与夫国计民生的大略等明确的观念，原是什么也没有，不过无论如何，我想社会的归宿，做人的正道，总还不在这里。

正在对了这魔都的夜景，感到不安与疑惑的中间，背后房里的几位哥哥的朋友，却谈到了天蟾舞台的迷人的戏剧；晚餐吃后，有人做东道主请去看戏，我自然也做了花楼包厢里的观众的一人。

这时候梅博士还没有出名，而社会人士的绝望胡行，色情倒错，也没有像现在那么的彻底，所以全国上下，只有上海的一角，在那里为男扮女装的旦角而颠倒；那一晚天蟾舞台的压台名剧，是贾璧云的全本《棒打薄情郎》，是这一位色艺双绝的小旦的拿手风头戏；我们于九点多钟，到戏院的时候，楼上楼下观众已经是满坑满谷，实实在在的到了更无立锥之地的样子了。四围的珠玑粉黛，鬓影衣香，几乎把我这一个初到上海的乡下青年，窒塞到回不过气来；我感到了眩惑，感到了昏迷。

最后的一出贾璧云的名剧上台的时候，舞台灯光加了一层光亮，台下的观众也起了动摇。而从脚灯里照出来的这一位旦角的身材，容貌，举止与服装，也的确是美，的确足以挑动台下男女的柔情。在几个钟头之前，那样的对上海的颓废空气，感到不满的我这不自觉的精神主义者，到此也有点固持不住了。这一夜回到旅馆之后，精神兴奋，直到了早晨的三点，方才睡去，并且在熟睡的中间，也曾做了色情的迷梦。性的启发，灵肉的交哄，在这次上海的几日短短逗留之中，早已在我心里，起了发酵的作用。

为购买船票杂物等件，忙了几日；更为了应酬来往，也着实费去了许多精力与时间，终于在一天侵早，我们同去者三四人坐了马车向杨树浦的汇山码头出发了，这时候马路上还没有行人，太阳也只出来了一线。自从这一次的离去祖国以后，海外飘泊，前后约莫有十余年的光景，一直到现在为止，我在精神上，还觉得是一个无祖国无故乡的游民。

太阳升高了，船慢慢地驶出了黄浦，冲入了大海；故国的陆地，缩成了线，缩成了点，终于被地平的空虚吞没了下去；但是奇怪得很，我鹄立在船舱的后部，西望着祖国的天空，却一点儿离乡去国的悲感都没有。比到三四年前，初去杭州时的那种伤感的情怀，这一回仿佛是在回国的途中。大约因为生活沉闷，两年来的蛰伏，已经把我的恋乡之情，完全割断了。

海上的生活开始了，我终日立在船楼上，饱吸了几天天空海阔的自由的空气。傍晚的时候，曾看了伟大的海中的落日；夜半醒来，又上甲板去看了天幕上的秋星。船出黄海，驶入了明蓝到底的日本海的时候，我又深深地深深地感受到了海天一碧，与白鸥水鸟为伴时的被解放的情趣。我的喜欢大海，喜欢登高以望远，喜欢遗世而独处，怀恋大自然而嫌人的倾向，虽则一半也由于天性，但是正当青春的盛日，在四面是海的这日本孤岛上过去的几年生活，大约总也发生了不可磨灭的绝大的影响无疑。

船到了长崎港口，在小岛纵横，山青水碧的日本西部这通商海岸，我才初次见到了日本的文化，日本的习俗与民风。后来读到了法国罗底的记载这海港的美文，更令我对这位海洋作家，起了十二分的敬意。嗣后每次回国经过长崎，心里总要跳跃半天，仿佛是遇见了初恋的情人，或重翻到了几十年前写过的情书。长崎现在虽则已经衰落了，但在我的回忆里，它却总保有着那种活泼天真，像处女似地清丽的印象。

半天停泊，船又起锚了，当天晚上，就走到了四周如画，明媚到了无以复加的濑户内海。日本艺术的清淡多趣，日本民族的刻苦耐劳，就是从这一路上的风景，以及四周海上的果园垦植地看来，也大致可以明白。蓬莱仙岛，所指的不知是否就在这一块地方，可是你若从中国东游，一过濑户内海，看看两岸的山光水色，与夫岸上的渔户农村，即使你不是秦朝的徐福，总也要生出神仙窟宅的幻想来，何况我在当时，正值多情多感，中国岁是十八岁的青春期哩！

由神户到大坂，去京都，去名古屋，一路上且玩且行，到东京小石川区一处高台上租屋住下，已经是十月将终，寒风有点儿可怕起来了。改变了环境，改变了生活起居的方式，言语不通，经济行动，又受了监督，没有自由，我到东京住下的两三个月里，觉得是入了一所没有枷锁的牢狱，静静儿的回想起来，方才感到了离家去国之悲，发生了不可遏止的怀乡之病。

在这郁闷的当中，左思右想，唯一的出路，是在日本语的早日的谙熟，与自己独立的经济的来源。多谢我们国家文化的落后，日本与中国，曾有国立五校，开放收受中国留学生的约定。中国的日本留学生，只教能考上这五校的入学试验，以后一直到毕业为止，每月的衣食零用，就有官费可以领得；我于绝望之余，就于这一年的十一月，入了学日本文的夜校，与补习中学功课的正则预备班。

早晨五点钟起床，先到附近的一所神社的草地里去高声朗诵着"上野的樱花已经开了"，"我有着许多的朋友"等日文初步的课文，一到八点，就嚼着面包，步行三里多路，走到神田的正则学校去补课。以二角大洋的日用，在牛奶店里吃过午餐与夜饭，晚上就是三个钟头的日本文的夜课。

天气一日一日的冷起来了，这中间自然也少不了北风的雨雪。因为日日步行的终果，皮鞋前开了口，后穿了孔。一套在上海做的夹呢学生装，穿在身上，仍同裸着的一样；幸亏有了几年前一位在日本曾入过陆军士官学校的同乡，送给了我一件陆军的制服，总算在晴日当作了外套，雨日当作了雨衣，御了一个冬天的寒。这半年中的苦学，我在身体上，虽则种下了致命的呼吸器的病根，但在知识上，却比在中国所受的十余年的教育，还有一程的进境。

第二年的夏季招考期近了，我为决定要考入官费的五校去起见，更对我的功课与日语，加紧了速力。本来是每晚于十一点就寝的习惯，到了三月以后，也一天天的改过了；有时候与教科书本莹莹相对，竟会到了附近的炮兵工厂的汽笛，早晨放五点钟的夜工时，还没有入睡。

必死的努力，总算得到了相当的酬报，这一年的夏季，我居然在东京第一高等学校的入学考试里占取了一席。到了秋季始业的时候，哥哥因为一年的考察期将满，准备回国来复命，我也从他们的家里，迁到了学校附近的宿店。于八月底边，送他们上了归国的火车，领到了第一次的自己的官费，我就和家庭，和戚属，永久地断绝了连络。从此野马缰弛，风筝线断，一生中潦倒飘浮，变成了一只没有舵楫的孤舟，计算起时日来，大约与第一次世界大战的开始，差不多是在同一的时候。

（原载 1935 年 7 月 5 日《人间世》半月刊第三十一期）

关于使用国货

郁达夫

　　说起来很惭愧，鄙人自小到现在，就不大有购用外国货的金钱上的余裕。从小学到中学，穿的是青粗布长衫，毛布底鞋子，吃的是粗茶淡饭，用的是当时南洋公学印行或学部审定的教科书。当时的教科书，用的是一面有光，一面粗糙的洋纸；这，当然是外国货无疑，但是没有国货代替品的时侯，我们当然也只能从俗。后来去日本读书，前后共十余年，这中间却是我平生受刺激最多的一段生活，从饮食品起，一直到使用的草纸等件为止，没有一件不是友邦的粗制滥造的廉价农工业产品；在这一个外国大洪水里游泳挣扎着的我这意志薄弱的青年，却终于深深地，深深地固持保有着了两件东西，没有被周围的环境所征服，那就是：一个过去曾有四千年历史传统在背后的大汉民族的头脑，和一颗鲜血淋漓地在脉动着的中国人的心。

　　回国以后，一直到现在十三四年，东飘西泊，也走尽了中华几万重的地面，一半原为了经济关系，一半也因便利之故，我从没有穿过一次洋服。与朋友们谈起来，大家的意见，仿佛也和我的一样，他们对于饮食起居以及日用品之类，都抱着这一个主义：有中国代替品的时候，总以国货为第一义；没有中国代替品的时候，先硬着索性不用什么，到了万不得已的最后，才吃一点痛，后愿多出些钱，尽先去买西洋的好货来用。我个人对于外国货的最大漏卮，是外国的书报，以及文房具的购买；约计一年用在买外国书报上面的钱总有六七百元，买文房具的钱也有百元内外，最近开始在利用毛笔与中国本厂纸，大约年把之后，文房具项内的一笔开销，总可以省下来了。

看关税上面的统计，中国每年畅销的外货，光是化装一项，数目也很可观，这理由我却总不能够了解。因为自小就受了中国礼教的遗毒，每看见一般男子的用香水雪花膏的人，心里就会起一种愤怒，以为这些简直不是男子的行为。现在当这统一功成的二十五年国庆纪念的大节，却突然接到了一封福建省妇女提倡国货委员会的征文来信，使我对于那些喜欢使用外国化装品的男子，才双重的感到了不满，因为妇女们尚且在那里提倡国货，我们男子岂能够落在妇女们的后面？纵不想比妇女们更进一步，但是至少至少，堂堂男子汉也应该做到不为妇女们所轮笑的地步才对。

二十五年双十节

（原载 1936 年 10 月 10 日福州《妇女与国货》第二卷第四期）

救国谈话

马相伯

什么叫国家？国家就是民众所有的。古话说：人为万物之灵。这就是因为人能合群，合群才能抵抗一切。国家就是合土地、人民、政治三者而成的。国家先有土地，有土地然后人民才有饭吃，所以土地是第一，第二才是人民。所谓政治，就是引导人民，利用土地。人民自己绝不愿失掉土地，政治更不能丧失掉一寸土地；政治不能引导人民以利用土地，反把土地丧失了，那还能算政治吗？阿里士多德的时候，那时的国家，以国土为无上之权，然而现在中国的国家，却以土事敌。还有比这个再坏的国家么？这次有人从四川回来说起内地真有人吃人的事，怎么会把中国弄成人吃人的国家呢？

从前，冯玉祥在察哈尔起兵打热河，我并不以为冯玉祥一定此能打胜日本的。不过冯玉祥这样做，东北的人民、东北的义勇军就会起来，绝不像现在那样苦了。东北的义勇军已经很有组织，他们说中国人不打中国人，所以站在前面的中国人都散开，我们的枪子就可以打倒日本人了。

阿比西尼亚只有一千万人，只抵得上意大利的五分之一，意大利以五千万的人民，打一千万的人民，这一千万的人民，竟出头来抵抗，也抵抗了七个月。日本只有八千万人，而中国有四万万人，日本只有中国的五分之一，五倍大的中国，碰到只有自己五分之一的日本侵略，竟不敢出来抵抗，这叫作"缩头乌龟"。可是缩头做乌龟的，是政府而不是人民。人民要出头抵抗，政府还要压迫呢！

日本人在天津已经直接压迫人民的爱国运动，我们政府也继续替日本人帮忙，压迫爱国运动。这样的政府，我们没有旁的话可以形容，我们中国政府实在是"帮凶"。

胡展堂没有死之前，写信给我商行止，我告诉他：你要上南京，不如匍匐上东京，否则，就在广东领导人民，实行抗日。

我气量太小了。看到政府尽管不抵抗，就不自禁地说了这许多话。孟子说："君有大过，则谏；反复之而不听，则易位。"这是一定的结果。

中央就好比会长，终身委员长，就是皇帝。委员长做了这许多年，失地也失得不少了，难道委他的人民不应该有所表示么？

"家必自毁而后人毁之，国必自伐而后人伐之。"一定我们有可伐之道，然后人家才会来伐。孟子说，国家是土地、人民、政治三者而成，而现在的政治却领导人民去丧失土地，这就是没有政治，就是不成国家了。而政府还喧嚷着预备，预备到几时？阿比西尼亚人民并没有预备已起来抵抗了。我们人民决不能再等待，只有起来抵抗。

1936 年

（选自《中国近代思想家文库·马相伯卷》，中国人民大学出版社，2014）

造成伟大民族的条件

许地山

有一天，我到天桥去，看那班"活广告"在那里夸赞自己的货色。最感动我的是有一家剃刀铺的徒弟在嚷着"你瞧，你瞧，这是真钢！常言道：要买真钢一条线，不买废铁一大片"。真钢一条线强过废铁一大片，这话使我联想到民族的问题。民族的伟大与渺小是在质，而不在量。人多，若都像废铁，打也打不得，铸也铸不得，不成材，不成器，那有什么用呢？反之，人少，哪怕个个像一线的钢丝，分有分的用处，合有合的用处。但是真钢和废铁在本质上本来没有多少区别，真钢若不磨硬、锻炼也可以变为废铁。废铁若经过改造也可以变为真钢。若是连一点也炼不出来，那只可称为锈，连名叫废铁也有点够不上。一个民族的存在，也像铁一样，不怕锈，只怕锈到底。锈到底的民族是没有希望的。可是要怎样才能使一个民族的铁不锈，或者进一步说，怎能使它永远有用、永远犀利呢？民族的存在，也像"逆水行舟，不进则退"，退到极点，便是灭亡。所以这是个民族生存的问题。

民族，可以分为两种，就是自然民族与文化民族。自然民族是"不识不知，顺帝之则"的。这种民族像蕴藏在矿床里的自然铁，无所谓成钢，也无所谓生锈。若不与外界接触，也许可以永远保存着原形。文化民族是离开矿床的铁，和族外有不断的交通。在这种情形底下，可以走向两条极端的道路。若是能够依民族自

己的生活理想与经验来保持他的生命，又能采取他民族的长处来
改进化的生活，那就是有作为、能向上的。这样的民族的特点是
自觉的、自给的、自卫的。若不这样，一与他民族接触，便把自
己的一切毁灭掉，忘掉自己，轻侮自己，结果便会走到灭亡的命
运。我们知道自古到今，可以够得上称为文化民族的有十个。

第一，苏摩亚甲民族（Sumerian Akkadian）。这民族文化发
展的最高点是从西纪前三千二百年到一千八百年。

第二，埃及民族（Egyptian）。发展的顶点是从西纪前二千八百
年到一千二百年。

第三，赫代亚述民族（Hittite Assyrian）。起自小亚细亚中
部，最后造成大利乌王（Darius）的伊兰帝国。发展的顶点是从
西纪前一千八百年到八百年。

第四，中华民族。发展的顶点是从周到汉，就是西纪前
一千一百二十六年到西纪二百二十年。

第五，印度民族。发展的时代也和中华民族差不多，但是降
落得早一点。

第六，希腊罗马民族。这两民族文化是一线相连的，所以可
以当作一个文化集团看。发展的顶点是从西纪前约一千二百年起
于爱琴海岸直到罗马帝国的末运，西纪二百九十五年。

第七，犹太天方民族。这民族的文化从西纪前六百年起于犹
太直到回教建立以后几百年间。

第八，摩耶民族（Maya）。发生于美洲中部，时间或者在西
纪前六百年，到新大陆被发现后，西班牙人把这民族和文化一
齐毁火掉。

第九，西欧民族。包括日耳曼、高卢、盎格鲁撒逊诸民族。
发展的顶点从西纪九百年直到现在。

第十，斯拉夫民族。这民族的文化以俄罗斯为主，产生于欧战后，时间离现在太近，还不能定出发展的倾向来。

我们看这十个文化民族，有些已经消灭，有些正在衰落，有些在苟延残喘，有些还可以勉强支持，有些正在发生。在这十个民族以外，当然还有文化民族，像日本民族、斯干地那维安民族、北美民族等都是。但严格地说起来，维新以前的日本文化不过是中华文化的附庸，维新后又是属于西欧的。所以大和的文化或者还在孕育的时期吧。同样，北美和北欧的民族也是承受西欧的统系，还没有建立为特殊的文化；美利坚虽然也在创造新文化的行程上走，但时间仍是太短，未能如斯拉夫民族那么积极和明显。此地并不是要讨论谁是文化民族和谁不是，只是要指出所举的民族文化发荣时期好像都在一千几百年间，他们的兴衰好像都有一定的条件。若合乎兴盛的条件，那民族便可以保存，不然，便渐次趋到衰灭。所以一种文化能被维持得越久长，传播越广远，就够得上称为伟大。伟大的和优越的文化存在于伟大的民族中间。所谓伟大是能够包容一切美善的事物的意思。所谓优越是凡事有进步，不落后的意思。包容的范围有广狭，进步的程度有迟速，在这里，文化民族间的优劣就显出来了。进步得慢，包容得狭，还可以维持，怕的不能包容而且事事停顿。停顿就是退步，就容易被高文化的民族，甚至于野蛮民族所征服。然则要怎样才能使文化不停顿呢？不停顿的文化是造成伟大民族的要素。所以我们可以换一句话来问，要具什么条件才能造成伟大的民族？现在且分列在下面。

一、凡伟大的民族必拥有永久性的典籍和艺术

典籍与艺术是连续文化的线。线有脆韧，这两样也有久暂。所谓永久性是说在一个民族里，从他的世界观与人生观所产出的典籍多寓"恒久之至道，不刊之鸿教"（《文心雕龙·宗经》）；艺术作品无论在什么时代都能"奋至德之光，动四气之和，以著万物之理"，乃至能使人间"耳目聪明，血气和平，移风易俗，天下皆宁"（《礼记·乐记》）。典籍和艺术虽然本身含有永久性，也得依赖民族自己的信仰、了解和爱护才能留存。古往今来，多少民族丢了他们宝贵的文化产品，都由于不知爱惜，轻易舍弃。我们知道一个民族的礼教和风俗是从自有的典籍和艺术的田地发育而成的。外来的理想和信仰只可当作辅成的材料，切不可轻易地舍己随人。民族灭亡的一个内因，是先舍弃自己的典籍和艺术，由此，自己的礼俗也随着丧失。这样一代一代自行摧残，民族的特性与特色也逐渐消灭，至终连自己的生存也陷入危险的境地，所以永久性是相对的，一个民族当先有民族意识然后能保持他的文化的遗产。

二、凡伟大的民族必不断地有重要的发明与发现

学者每说"需要是发明之母"，但是人间也有很需要而发明不出来的事实。好像汽力和电力、飞天和遁地的器具，在各民族间不能说没需要。汽力和电力所以代身体的劳力，既然会用牛马，便知人有寻求代劳事物的需要，但人间有了很久的生活经验，却不会很早地梦想到利用它们。飞天和遁地的玄想早已

存在，却要到晚近才实现。可见在需要之外，应当还有别的条件。我权且说这是"求知欲"与"求全欲"。人对于宇宙间的物与则当先有欲知的意志；由知而后求透彻的理解，由理解而后求完全的利用。要如此发明与发现才可以办到。凡能利用物与则去创物，既创成又能时刻改进，到完美地步都是求知与求全的欲望所驱使的。中华民族的发明与发现能力并不微弱，只是短少了求全的欲望，因此对于所创的物、所说的物，每为盲目的自满自足。一样物品或一条道理被知道以后，再也没有进前往深追究的人。乃至凡有所说，都是推磨式的，转来转去，还是回到原来那一点上。血液循环的原理在中国早已被发现，但"运行血气"的看法于医学上和解剖学上没有多少贡献。木鸢飞天和飞车行空的事情，自古有其说，最多只能被认为世界最初会放风筝的民族，我们却没有发展到飞机的制造。木牛流马没有发展到铁轨车，火药没用来开山流河，种种等等，并非不需要，乃因想不到。想不到便是求知与求全的欲望不具备的结果。想不到便是不能继续地发明与发现的原因。

然则，要怎样才能想得到呢？现代的发现与发明，我想是多用手的缘故。人之所以为人，能用手是主要的条件之一。由手与脑联络便产生实际的知识。古代文明与现代文明的区分，只是偏重脑与偏重手的关系。古人以手作为贱役，所以说劳力者是役于人的。他们所注重的是思想，偏重于为人间立法立道，使人有文有礼，故此哲学文学艺术都有相当的成就。现代人不以手做劳动为贱役，他们一面用手，一面用心，心手相应的结果便产出纯正的科学。不用手去着实做，只用脑来空想，绝不会产生近代的科学。没有科学，发明与发现也就难有了。我们可以说旧文化是属于劳心不劳力的有闲者所产，而新文化是属心手俱劳的劳动者的。而在两者当中，偶一不慎便会落到一个也不忙、也不闲、庸庸碌碌、混混沌沌的窠臼里。在这样的境地里，人做什么他便跟着做什么，人说什么他便随着说什么。我们没有好名称送给这样的民族文化，只可说是"嘴唇文化""傀儡文化"或"鹦鹉禅的文化"。有这样文化的民族，虽然可以享受别人所创的事物，归到根底，他便会萎靡不振，乃至于灭亡，岂但弱小而已！

三、凡伟大的民族必具有充足的能力足以自卫卫人

一个伟大的民族是强健的、威武的，为维持正义与和平当具有充足的能力。民族的能力最浅显而具体的是武备，所以说，"兵者，国之大事，死生之地，存亡之道，不可不察也"。（《孙子·始计》）伟大民族的武备并不是率禽兽食人或损人肥己的设施。吴起说兵的名有五种："一曰义兵，二曰强兵，三曰刚兵，四曰暴兵，五曰逆兵。禁暴救乱曰义；恃众以伐曰强；因怒兴师曰刚；弃礼贪利曰暴；国乱人疲，举事动众曰逆。"（《吴子·图国》）战争是人类还没离禽兽生活的行为，但在距离大同时代这样道阻且长的情形底下，人不能不戒备，所以兵是不可少的。禁暴救乱是伟大民族的义务。他不能容忍人类受任何非理的摧残，无论族内族外，对于刚强暴逆诸兵，不恤舍弃自己去救护。要达到这个地步，民族自己的修养是不可缺乏的。他要先能了解自己，教训自己，使自己的立脚处稳固，明白自己所负的责任，知道排难解纷并不是由于恚怒和贪欲，乃是为正义上的利人利己。我们可以借佛家的教训来说明自护护他的意义。"若自护者，即是护他；若护他者，便成自护。云何自护即是护他？自能修习。多修

习故，有所证悟。由斯自护，即是护他。云何护他便成自护？不恼不恚，无怨害心，常起慈悲，愍念于物。是名护他变成自护。"（《有部毗奈耶下十八》）能具有这种精神才配有武备。兵可以为义战而备，但不一定要战，能够按兵不动，用道理来折服人，乃是最高的理想。孙子说："百战百胜，非善之善者也；不战而屈人之兵，善之善者也。"（《谋攻》）这话可以重新地解说。我们生在这有武力才能讲道义的时代，更当建立较高的理想，但要能够自护才可以进前做。如果自己失掉卫护自己的能力，那就完了。摩耶民族的文化被人毁灭，未必是因为当时的欧洲人的道德高尚或理想优越，主要原因还是自卫的能力低微罢了。

四、凡伟大的民族须有多量的生活必需品

物质生活是生物绝对的需要。所以天产的丰敛与民族生产力的强弱，也是决定民族命运的权衡。我们可以说凡伟大的民族都是自给的，不但自给，并且可以供给别人。反过来说，如果事事物物仰给于人，那民族就像笼中鸟、池里鱼，连生命都受统制，还配讲什么伟大？假如天赐的土地不十分肥沃，能进取的民族必要用心手去创造，不达到补天开物的功效不肯罢休。就拿粮食来说吧，"民以食为天"，没的粮食是变乱和战争的一个根源。若是粮食不足，老向外族求来，那是最危险不过的事。正当的办法是尽地力，尽天工，尽人事。能使土地生产量增加是尽地力，能发现和改善无用的植物使它们成为农作物是尽天工，能在工厂里用方法使一块黏土在很短的期间变成像面粉一样可以吃得的东西是尽人事。中华古代的社会政策在物质生活方面最主要的是足食

主义。"国无九年之蓄曰不足；无六年之蓄曰急；无三年之蓄曰国非其国也。"(《礼记·王制》)无三年之蓄即不能成国，何况连一日之蓄都没有呢？在理想上，应有九年之蓄，然后可以将生产品去供给别人，不然，便会陷入困难的境地，民族的发展力也就减少了。

五、凡伟大的民族必有生活向上的正当理想，不耽于物质的享受

物质生活虽然重要，但不能无节制地享用。沉湎于物质享受的民族是不会有高尚的理想的。一衣一食，只求其充足和有益，爱惜物力，寸护性情，深思远虑，才能体会他和宇宙的关系。人类的命运是被限定的，但在这被限定的范围里当有向上的意志。所谓向上是求全知全能的意向，能否得到且不管它，只是人应当努力去追求。为有利于人群，而不教自己或他人堕落与颓废的物质享受是可以有的。我们也可说伟大的民族没有无益的嗜好，时时能以天地之心为心。古人所谓"明明德，止至善"，便是这个意思。我信人可以做到与天同体、与地合德的地步，那只会享受不乐思维的民族对于这事却不配梦想。

六、凡伟大的民族必能保持人生的康乐

人生的目的在人人能够得到安居乐业。人对于他的事业有兴趣才会进步，强迫的劳作或为衣食而生活是民族还没达到伟大的

境地以前所有的事情，所谓康乐并不是感官的愉快，乃是性情的满足，由勤劳而感到生活的兴趣，能这样才是真幸福。在这样的社会里，虽然免不了情感上的与理智上的痛苦，而体质上的缺陷却很少见。到这境地人们的情感丰富，理智清晰，生无责求，死无怨怼，他们没有像池边的鹭鸶或街旁的瘦狗那样地生活。

以上六条便是造成伟大民族的条件。现存的民族能够全备这些条件的，恐怕还没有。可是这理想已经存在各文化民族意识里，所以应有具备的一天。我们也不能落后，应当常存着像《礼记·杂记》中所记的"三患"和"五耻"的心，使我们的文化不致失坠。更应当从精神上与体质上求健全，并且要用犀利的眼、警觉的心去提防、克服别人所给的障碍。如果你觉得受人欺负而一时没力量做什么，便大声疾呼要"卧薪尝胆"，你得提防敌人也会在你所卧的薪上放火，在所尝的胆里下毒药。所以要达到伟大的地步，先得时刻警醒，不要把精力闲用掉，那就有希望了。

（本文是 1937 年许地山对北京大学学生所做的演讲）

我爱这土地

艾青

假如我是一只鸟，

我也应该用嘶哑的喉咙歌唱：

这被暴风雨所打击着的土地，

这永远汹涌着我们的悲愤的河流，

这无止息地吹刮着的激怒的风，

和那来自林间的无比温柔的黎明……

——然后我死了，

连羽毛也腐烂在土地里面。

为什么我的眼里常含泪水？

因为我对这土地爱得深沉……

（选自《艾青诗选》，艾青著，作家出版社，2018）

给母亲的信

冼星海

妈妈：

上海"八一三"的炮声使整个中华民族有血气的民众觉悟了！团结了！从此以后国土四周围都布满着敌人的火焰，每一个中国人都免不掉危险。六年前的三千万流民的印象，当我还没有忘记的时候，如今又遭遇到更大的浩劫，更残忍的屠杀了。在这关头，我们每一个中华民族的国民再没有第二句话，"只有保卫国土来参加这伟大而神圣的战争！"我们并不赞颂战争，可是没有战争，或许就不能发现人类的真理，没有战争，就失掉自由和独立的存在。

亲爱的妈妈：我是在上海开火后五天离开那素称安逸的上海的。沿一条弯曲的苏州河向前进。一路上也都是四处炮声，头上也都是敌机盘旋。同行十四人一样地不顾一切向前，为着踏上一条大路，竟没有顾到目前所坐的是一只拖粪小船的臭味，和肚里的饥饿。但，妈妈：你得明白我们并不是逃难，我们十四人都是救亡的勇士，虽然还没有实现我们预期的愿望，可是我们每一个人都明了自己对国家应负的责任。从出发到今天已经是整整四个多月了，一百多天的旅程，一百多天的过去，国土又不知沦陷多少，同胞又不知被屠杀多少？！但我们并不悲观，也许我们失去了的土地会被炸成一片焦土，但到最后胜利在我们手里的时候，我们还可以收复已失的土地，更可以重建一切新的建筑、新的社会。伟大的先驱告诉我们："没有破坏便没有建设。"只有赶走了敌人才是我们唯一的出路！

现在我已到武汉了，并且不久又快去重庆。在这无一定的飘流生活，虽然也为着国家宣传救亡工作，但遇到像今天晚上的漫漫的黑夜，那凄凉冰冷的四周，我好像耳边有无数的失去了儿子的母亲，和失去了母亲的儿子的哀诉。那不能告诉人的，潜伏般的音乐，很沉重地打我，使我不能不又想起了我唯一的你——妈妈。我想在每一个母亲也想念着她自己的儿子出发为国宣劳的时候，或许会更恳切些吧！是的，或许会更恳切的！因此我半夜没有酣睡。但想念着国家的前途和自己应负的责任，我又好像不得不要暂时忘记你了，忘记一切留恋，但我并不是忘记了你伟大的慈爱和过去五十多年的飘零生活，我更不是忍心地来抛弃你去走千百万里的长程。可是我明了我自己的责任，明了中华民族谋自由、独立、解放的急切。我是一个音乐工作者，我愿意担起音乐在抗战中伟大的任务，希望着用宏亮的歌声震动那被压迫的民族，慰藉那负伤的英勇战士，团结起那一切苦难的人们。但，妈妈，我常感到自己能力的薄弱和自己实际生活的缺乏，虽然有时站立在整千整万的民众面前，领导着他们高歌，但有时我总有战栗，因为我往往不能克服自己的情绪又想到遥远的妈妈了！可是当我每到一个地方的时候我都被那民众歌咏的情感克服我，令我不特忘记了自己，忘记了你，而且又更加紧我的工作。和他们更接近，更使我感觉自己的情绪已移向到民众了。我不时都在妈妈面前说过，我不是一个自私自利、自高自大的音乐家，我要做个生在社会当中的一个救亡伙伴，而且永远地要从社会的底层学习。过去二十多年的流浪生活，就告诉我实际生活的经验是超越了学校的功课的。我常常感到民众的力量最伟大，民众对音乐的需要，尤其在战时，那使我不能不忍痛地离开你而站立在民众当中。他们热烈地爱着我，而我也爱护他们。

自我离开上海后，妈妈必定感到很寂寞，因为并没有亲近的人在你身旁。连可靠的亲友也逃避到香港去了。但我很希望妈妈放心，这次抗战是必定得到胜利的，只要能长期抵抗下去。但在英勇的抗战当中，我们得要忍耐，把最伟大的爱来贡献国家，把最宝贵的时光和精神都要花在民族的斗争里！然后国家才能战胜。所以在争取民族解放的国家当中，我们更需要伟大的母性的爱来培植许许多多的爱国男儿——上前线去，或在后方担任工作。这样才能够发展每个人对国家的爱。妈妈！我更有一件事情可以安慰你的，就是现在我已经开始写《中国兵》了。这作品是继续《民族交响乐》之后的，是纯用音乐来描写中国士兵抗战的英勇，保卫国土的决心。那伟大士兵的抗战精神，已打动每一个父母的心。在《中国兵》作品当中，我们可以听每一个不怕死的士兵向前冲。每一个做妈妈的都能够忍痛地抛弃私爱来贡献她们唯一的儿子出征。《中国兵》的写作就是根据爱的立场，偏重爱民族的伟大任务。我也曾和伤兵们谈话，我也听过很多士兵冲锋和游击军的故事。可是我也得亲历其境，并且要参加作战，才能更明了《中国兵》的伟大。我除写作之外，我还想走遍各后方作救亡歌咏宣传运动。

在武汉七天后，我们预备去重庆各处担任后方宣传工作。我想在这长程的旅途中，我可以受很多社会的启示，得许多作曲的材料。我虽然时常地要想起妈妈，但理智会克服我，而且我自己知道在这动乱的大时代里，没有一个被侵略的人民不是存着至死不屈的精神。如果将来中国打胜仗以后，那一切的母亲们和儿子们都能有团叙的一天。国家如果被敌人亡了的话，即使侥幸保存性命，但在偷生怕死的生活中和不纯洁的灵魂的痛苦，比一切肉体的痛苦更甚了。为着中华民族的生存，我希望一切的母亲们和儿子们都勇敢地向前，中华民族解放的胜利，就是要每一个国民贡献他们的纯洁的爱国心。同心合力在民族斗争里产生一个新中国。

别了，亲爱的妈妈，祖国的孩子们正在争取不愿做没有祖国的孩子的耻辱，让那青春的战斗的力量支持那有数千年文化的祖国。我们在祖国养育之下正如在母胎哺养下一样恩赐，为着要生存，我们就得一起努力，去保卫那比自己母亲更伟大的祖国。

妈妈，看了这封信以后，我想，在您的皱纹的脸上也许会漾出一丝安慰的微笑吧。

再见了，孩子在征途中永远祝福着您！

星海

1937 年 12 月 31 日

（选自《新文化史料》1995 年 3 期）

轰　炸

老舍

　　不打退日本暴寇，我们的头上便老顶着炸弹。这是大中华空前的劫难，连天空也被敌人污辱了。我们相信的公道的青天只静静的不语，我们怎样呢？空前的劫难，空前的奋斗，这二者针锋相对；打吧，有什么别的可说呢？！只有我们的拳头会替我们说话，青天是不管事的哑巴。

　　去年在青岛，我就看见了敌机，那时还并未开仗。我们抗议，敌人不理。揍他，对疯狗据理抗议不是白费话么？

　　到济南，不但看见了敌机，而且看见它们投弹，看见我们受伤的人。到我快离开济南的那天，自早七时至下午四点，完全在警报中。三架来了，投弹，飞去；另三架又来了……如是往还，安然自在，飞得低，投弹时更须下降，如蜻蜓点水；一低一斜地，就震颤了。它们来，它们轰炸，它们走，大家听着，看着、闭口无言。及至要说话了，总会听到："有主席在这儿，城里总不至于……"对，炸的是黄河的各渡口呀。渡口是在城外。更可怕的是这样的话，要是和轰炸比起来。轰炸是敌人的狂暴，这种话是我们表示不会愤怒。是的，我们不会愤怒，济南的陷落是命定的了，看着几里外的敌机施威，而爬在地上为城里祷告，济南就在祷告中换了国旗。

　　离开济南，准知道是顶着炸弹走；自济南到徐州沿途轰炸，已有一两月的惨史了。我走的那天，半夜里阴起天来。次晨开始落雨。幸而落了雨，假若天气晴好，敌机来轰炸，我真不晓得车上的人怎能跑下去。门、窗已完全被器物堵住，绝对没有留一个缝子，谁的东西呢？什么东西呢？军人的东西；用不着说，当然是枪与其他的军用品了。这就很奇怪，难道军人就没有一些常识？没想到过轰炸这件事么？我不明白。也许他们是看好了天文，准知落雨。也许是更明白地理，急欲退到大炮所不及的地方，中途冒点险也就无所不可。他们的领袖是干青天啊！

到武昌，在去年岁暮，只看见了人多，街上乱，又像太平，又像大患来临。首都失陷前后，武汉是无疑的杂乱无章，谁也不知怎样才好。那时候，我几乎以为武汉也要变成济南，也要在惊疑祈祷中失去一切。不过，我可看见了处处掘建防空壕，这一点使我的心平静了些，因为武汉的防空壕是分建在各处，而济南的却只在官所里，武汉保民，济南保官，而官员们到了时候是连防空壕也不信任的，他们更相信逃走。

可是武汉的防空壕并不十分坚固，也不够用的。这似乎又是吃了官办的亏，只求应有尽有，而不管实际上该怎样。假若官民合办，多征求一些意见，多算计一番居民的数目，或者可以减少些备而"无"用的毛病吧。

武汉三次空战大捷！我看见了敌机狼狈逃窜，看见了敌机被我围住动不了身，还看见了敌机拉着火尾急奔，而终于头朝下的翻落。那时节，谁顾得隐藏起来呢，全立在比较空旷的地方，看着那翅上的太阳失了光彩，落奔尘土去。只顾得鼓掌、欢呼、跳跃，谁还管命。我们的空军没有惜命的，自一开仗到如今，我们的空军是民族复兴的象征。看，结队上飞了，多么轻便、多么高、多么英勇。飞、飞、飞，像燕子般，俯瞰着武汉三镇，看谁有胆子敢来！笨重的敌机到了，我们的空军自上而下，压下来，带着新中国的力量，打碎了暴敌的铁翼，坚定了全民族抗战必胜的信念。翻上翻下，左旋右转，全城静寂，只听空中忽忽的响、噢噢的响、拍拍的响，响着响着，敌机发出临死的哀鸣，落下来了！我英勇的空军该是怎样的快活呢？地上的人全乐疯了！这时节谁还管防空壕的好歹呢，我们有长城建在头上啊！我们的青天上有铁壁啊！拳头的力量，在这时候，变为翅的力量，用翅翼扫清了民族的耻辱，用机关枪猎取侵略的怪鸟。

武汉的人有福了，有空军保卫他们，亲自看见敌机的毁灭。可是，在武汉的人都在抗战服务上尽了个人的力量没有，我不晓得。我可是看见了舞场、剧馆、茶楼、饭铺的热闹奢华，我看见了轮渡上街市中男女的漂亮衣装。是呀，一个人去吃大菜，去玩麻雀，也不见得就不准为伤兵难民捐钱。但是，一个人只拿出几个钱，便算尽了抗战的责任，便可以任情欢乐享受，似乎是缺乏着同情。况且，玩乐的金钱就不能再用在救亡的事业上，亦至显明！至于只愿享受完全忘记了国难，恐怕也不是没有的。在这一方面，实在使人难以相信"有钱的出钱"一语已有了相当的实效。在另一方面，开赴前方的将士，与负伤归来的好男儿，的确作到了"有力的出力"。抗战胜利，非钱与力相配合不能成功；伟大的空军已出了卫国卫民的最大的力量，可是有钱的人是否也有同样的伟大，献金购买飞机呢？很大的一个疑问。

武汉疏散。一面疏散，一面补充，难民源源而来；走一万，来一万多，武汉始终是拥挤不堪。那真正一去不复返的，来得快走得更快的，还是那批阔老。武汉稳定，他们说声："汉口也还不坏！"表明出吃喝玩乐的在行，以"汉口还不错"减削了"到底还是上海高明"那点惋惜。及至武汉将要受到威胁，他们有能通神的金钱，自然会老早的凌空而去，飞到安全而"还不错"的地方去。这几天武汉的大轰炸，他们或者连听也没听到！看报纸是麻烦的事，狂炸武汉是意料中的事，有钱的人自有先见之明，更有先走的能力与决断，即使他们不嫌麻烦，在沙发上看看报纸，恐怕他们也只会为自己庆幸吧。他们不会愤怒，本来连炸弹声响都没听到一声，干么愤怒呢？

武汉的防空壕露出来的弱点，我知道一处埋葬了六十人，另一处闷死二十多；自然还有我不知道的地方。敌人的残暴，加上我们自己的疏忽，才铸成了大错。我们必须复仇，必须咬牙抵抗，但是我们也应更留神，更细心，更合作，不应当以我们的粗心大意，苟且敷衍，使杀人的恶魔有意外的收获。

七月十二日的狂炸，我是在一处防空洞里，先听见忽忽的响，渐变为嗡嗡的响，敌机已窜入武昌市空。高射炮响了，咚咚的响成一片。机声炮声加在一处，使人兴奋、使人胆寒、使人愤恨、使人渺茫，许多的情感集在一处，每一个感情都是那么不清楚，飘忽，仿佛最大的危险与最大的希望在相互争夺着这条生命，使人不能自主。这就是日本侵略者所给我们送来的消息：活着吧，你须不怕死；死去吧，你可是很想活。一会儿，防空壕的门动了，来了一阵风，紧跟着地里边响了，墙像要走。咚，咚，咚，像地里有什么巨兽在翻身，咚一声，颤几颤。天上响，地下响，一切都在震颤，你无处可逃，只能听着，不知道自己是在哪里，也忘了一切是在哪里。你只觉得灾患从上下左右袭来，自己不死，别人也会死的。你盼着那响声离你远一些，可是你准知道这是自私。在这地动墙摇的时候，你听不到被炸地方的塌倒声，呼号声，即使离你很近，因为一切声音都被机声、弹声、炮声所掩。你知道弹落必炸，必毁了房屋，伤了性命。心中一红一红的在想象中看到东一片血，西一片火光，你心中看见一座速成的地狱。当你稍能透过一口气来，你的脸立刻由白而红，你恨敌人，你小看自己，你为同胞们发怒。

机声远了，你极愿由洞里出来，而又懒得动。你知道什么在外面等着你呢：最晴明的天日，与最凄惨的景象，阳光射在尸与血上，晴着天的地狱。

在我所在的洞外，急速的成功了好几座地狱。民房、铺户、防空壕，都在那巨响中被魔手击碎。瓦飞了、砖碎了、器物成了烟尘；这还都不要紧，假若那瓦上、砖上、与器物的碎屑残片上没有粘着人的骨，洒着人的血。啊！电线折断，上面挂着条小孩的发辫，和所有的器物，都在那一堆里，什么都有，什么也没有。这是轰炸。这只教你有一口气便当恨日本，去打日本。民族间的仇恨，用刀与血结起，还当以刀与血解开。这教训打到你的心的最深处，你的眼前便是地狱。

为什么我们截不住敌机呢？那富人们听到了那些惨事而略微带着一点感情说。是呀，富人们，为什么呢？假若你的钱老在身边，我们的飞机是不会生下几架小机来的像胎生动物那样。明白吗？

七月十九这天来得更凶。十二号那天，两弹距我有四丈远。我在洞里，所以只觉震动；比我远两丈的大水缸却被一寸长的一块炸片打成了两半。十九日，我躲在院外，前有土坡，后有豆架，或者比在洞里更安全些。弹落之处，最近的也距我十丈。可是，落弹时那种吱忽吱忽的呼啸，是我生平所听见过的声音中最难听的。没有听见过鬼叫，这大概就很相似了，它不能不是鬼音，因为呼召着人魂，那天死伤过千！当这种呼啸在空中乱叫的时候，机声炮声都似乎失去了威风。整个的空中仿佛紧张愤怒到极度，而到底无法抵抗住那些黑棒子的下落。那些黑棒子像溅了水花的几吨红铁的精华，挟着魔鬼的毒咒，吱忽吱忽的狂叫、奔落、粉碎，达到破坏的使命。炸弹的爆烈，重炮的怒吼，都有它们的宏壮威严；而这吱忽吱忽的响声却是奸狡轻狂，是鬼的狂笑，自天空一直笑到地上，引起无限的哭声！

吱忽吱忽，咚咚咚天上叫完，地紧跟着就翻了。这一天，七月十九的响动，比哪一回都剧烈。我是在土坡旁的豆田上。一切都是静的，绿的豆叶、长的豆角、各色的豆花，小风吹来，绿叶的微动并无声音。可是它自己响起来，土自己震颤。不久，地镇定了，天上的敌机已走远，像中了咒诅似的那么急奔。两处起了火，一远一近。猛然的想起血肉横飞的光景，朋友们的安全，被难同胞的苦痛，眼前的土坡，身旁的豆田，还是那么静默安闲；离十丈远，可就有妇女在狂嚎；丈夫儿女已被那吱吱的鬼叫呼摄了去，有的连块骨也没剩。

什么能打鬼呢？几乎没有别的灵验法术，而只有加强我们空军这一条实际的办法。战争是最现实的，胆大并逃不出死伤，赤手不能拨开炸弹，哀悼伤亡的同胞并不能保险自己不死。出钱出力，把全民族的拳变为铁的，把我们的呼号变为飞机的与炸弹的响声，打退贼兵，追到三岛。这才是最有效的方法。这才是在牺牲中获得了最有益的教训。怕么？没一点用。不怕呢？一句空话。怕吧，不怕吧，你总得这么着：出钱或出力！除了这种实际的办法，你的情绪生活便只有恐惧，你的自私将毁灭了你自己与你的国。

轰炸完了，救护队队员的每一滴汗都是金子，他们的汗把袜子都湿透。同时，烫着飞机式——在空袭警报到租界细细烫成的——头发的女郎，与用绸手绢轻拭香汗的少年男子，又在娱乐场中以享受去救亡了。

（原载 1938 年 8 月《文艺月刊》第二卷第一期）

寄东北流亡者

萧红

沦落在异地的东北同胞们:

当每个秋天的月亮快圆的时候,你们的心总被悲哀装满。想起高粱油绿的叶子,想起白发的母亲或幼年的亲眷。

你们的希望曾随着秋天的满月,在幻想中赊取了七次,而每次都是月亮如期的圆了,而你们的希望却随着高粱叶子萎落。但是自从"八一三"之后,上海的炮火响了,中国政府积极抗战揭开,"九一八"的成了习惯的暗淡与愁惨却在炮火的交响里换成了激动、兴奋和感激。这时,你们一定也流泪了。这是感激的泪,兴奋的泪,激动的泪。

记得抗战以后,第一个"九一八"是怎样纪念的呢?

中国飞行员在这天做了突击的工作,他们对于出云舰的袭击做了出色的功绩。

那夜里,日本神经质的高射炮手,浪费的用红色的绿色的淡蓝色的炮弹把天空染红了。但是我们的飞行员仍然以精确的技巧和沉毅的态度来攻击这催毁文化、摧毁和平的法西斯魔手。几百万市民都仰起头来寻觅,其实他们是什么也看不见的,但是他们一定要看。在那黑黢黢的天空里仿佛什么都找不到,而这里就隐藏着我们抗战的活动的每个角度。

第一个煽惑起东北同胞的思想的是:"我们就要回家去了!"

是的，家是可以回去的，而且家也是好的，土地是宽阔的，米粮是富足的。

是的，人类是何等的对着故乡寄注了强烈的怀念呵！黑人对着迪斯的痛苦的响往，爱尔兰的诗人夏芝想回到那有"蜂房一窠，菜畦九畴"的茵尼斯，做过水手的约翰·曼殊斐儿狂热的愿意回到海上。

但是等待了七年的同胞们，单纯的心急是没用的，感情的焦躁不但无价值，而常常是理智的降低。要把急切的心情放在工作的表现上才对。我们的位置就是永远站在别人的前边的那个位置。我们是应该第一个打开了门而是最末走进去的人。

抗战到现在已经遭遇到最艰苦的阶段，而且也就是最后胜利接近的阶段。在美国贾克·伦敦所写的一篇短篇小说上，描写两个拳师在冲击的斗争里，祇系于最后的一拳。而那个可怜的（老拳师）所以失败的原因，也只在少吃了一块"牛扒"。假若事先他能在肚里装进一块"牛扒"，胜利一定属于他的。

东北流亡同胞们，我们的地大物博，决定我们的沉着毅勇，正与敌人的急功切进相反，所以最后的一拳一定是谁最沉着的就是谁打得最有力。我们应该献身给祖国做前卫的工作，就如我们应该把失地收复一样。这是无可怀疑的。

东北流亡的同胞们，为了失去的土地上的高粱、谷子，努力吧；为了失去的土地上年老的母亲，努力吧；为了失去的地面上的痛心的一切的记忆，努力吧！

而且我们要竭力克服残存的那种"小地主"意识和官僚主义的余毒，赶快的加入到生产的机构里，因为"九一八"以后的社会变更，已经使你们失去了大片土地的依存，要还是固守从前的生活方式，坐吃山空，那样你们的资产只剩了哀愁和苦闷。做个商人去，做个工人去，做一个能生产的人比做一个在幻想上满足自己的流浪人，要对国家有利得多。

幻想不能泛滥，现实在残酷地抨击你的时候，逃避只会得到更坏的暗袭。

时值流亡在异乡的故友们，敬希珍重，拥护这个抗战和加强这个抗战，向前走去。

（原载 1938 年 9 月 18 日汉口《大公报》副刊《战线》第 191 期）

异国秋思

庐隐

  自从我们搬到郊外以来，天气渐渐清凉了。那短篱边牵延着的毛豆叶子，已露出枯黄的颜色来，白色的小野菊，一丛丛由草堆里钻出头来，还有小朵的黄花在凉劲的秋风中抖颤。这一些景象，最容易勾起人们的秋思，况且身在异国呢！低声吟着"帘卷西风，人比黄花瘦"之句，这个小小的灵宫，是弥漫了怅惘的情绪。

  书房里格外显得清寂，那窗外蔚蓝如碧海似的青天，和淡金色的阳光。还有挟着桂花香的阵风，都含了极强烈的，挑拨人类心弦的力量，在这种刺激之下，我们不能继续那死板的读书工作了。在那一天午饭后，波便提议到附近吉祥寺去看秋景，三点多钟我们乘了市外电车前去，——这路程太近了，我们的身体刚刚坐稳便到了。走出长甬道的车站，绕过火车轨道，就看见一座高耸的木牌坊，在横额上有几个汉字写着"井之头恩赐公园"。我们走进牌坊，便见马路两旁树木葱笼，绿荫匝地，一种幽妙的意趣，萦缭脑际，我们怔怔地站在树影下，好像身入深山古林了。在那枝柯掩映中，一道金黄色的柔光正荡漾着。使我想象到一个披着金绿柔发的仙女，正赤着足，踏着白云，从这里经过的情景。再向西方看，一抹彩霞，正横在那叠翠的峰峦上，如黑点的飞鸦，穿林翩翩，我一缕的愁心真不知如何安派，我要吩咐征鸿把它带回故国吧！无奈它是那样不着迹的去了。

我们徘徊在这浓绿深翠的帷幔下，竟忘记前进了。一个身穿和服的中年男人，脚上穿着木屐，提塔提塔的来了。他向我们打量着，我们为避免他的觑视，只好加快脚步走向前去。经过这一带森林，前面有一条鹅卵石堆成的斜坡路，两旁种着整齐的冬青树，只有肩膀高，一阵阵的青草香，从微风里荡过来，我们慢步的走着，陡觉神气清爽，一尘不染。下了斜坡，面前立着一所小巧的东洋式的茶馆，里面设了几张小矮几和坐褥，两旁列着柜台，红的蜜橘，青的苹果，五色的杂糖，错杂地罗列着。

"呀！好眼熟的地方！"我不禁失声地喊了出来。于是潜藏在心底的印象，陡然一幕幕地重映出来，唉！我的心有些抖颤了，我是被一种感怀已往的情绪所激动，我的双眼怔住，胸膈间充塞着悲凉，心弦凄紧地搏动着。自然是回忆到那些曾被流年蹂躏过的往事：

"唉！往事，只是不堪回首的往事呢！"我悄悄地独自叹息着。但是我目前仍然有一副逼真的图画再现出来……

一群骄傲于幸福的少女们，她们孕育着玫瑰色的希望，当她们将由学校毕业的那一年，曾随了她们德高望重的教师，带着欢乐的心情，渡过日本海来访蓬莱的名胜。在她们登岸的时候，正是暮春三月樱花乱飞的天气。那些缀锦点翠的花树，都是使她们乐游忘倦。她们从天色才黎明，便由东京的旅舍出发；先到上野公园看过樱花的残装后；又换车到井之头公园来。这时疲倦袭击着她们，非立刻找个地点休息不可。最后她们发现了这个位置清幽的茶馆；便立刻决定进去吃些东西。大家团团围着矮凳坐下，点了两壶龙井茶，和一些奇甜的东洋点心，她们吃着喝着，高声谈笑着，她们真像是才出谷的雏莺；只觉眼前的东西，件件新鲜。处处都富有生趣。当然她们是被搂在幸福之神的怀抱里了。青春的爱娇，活泼快乐的心情，她们是多么可艳羡的人生呢！

但是流年把一切都毁坏了！谁能相信今天在这里低徊追怀往事的我，也正是当年幸福者之一呢！哦！流年，残刻的流年呵！它带走了人间的爱娇，它蹂躏了英雄的壮志，使我站在这似曾相识的树下，只有咽泪，我有什么方法，使年光倒流呢！

唉！这仅是九年后的今天。呀，这短短的九年中，我走的是崎岖的世路，我攀缘过陡峭的崖壁，我由死的绝谷里逃命，使我尝着忍受由心头淌血的痛苦，命运要我喝干自己的血汁，如同喝玫瑰酒一般……

唉！这一切的刺心回忆，我忍不住流下辛酸的泪滴，连忙离开这容易激动感情的地方吧！我们便向前面野草漫径的小路上走去，忽然听见一阵悲恻的唏嘘声，我仿佛看见张着灰色翅翼的秋神，正躲在那厚密的枝叶背后。立时那些枝叶都息息索索地颤抖起来。草底下的秋虫，发出连续的唧唧声，我的心感到一阵阵的凄冷；不敢向前去，找到路旁一张长木凳坐下。我用滞呆的眼光，向那一片阴阴森森的丛林里眐视，当微风分开枝柯时，我望见那小河里的潺湲碧水了。水上绉起一层波纹，一只小划子，从波纹上溜过。两个少女摇着桨，低声唱着歌儿。我看到这里，又无端感触起来，觉得喉头梗塞，不知不觉叹道："故国不堪回首"，同时那北海的红漪清波浮现眼前，那些手携情侣的男男女女，恐怕也正摇着划桨，指点着眼前清丽秋景，低语款款吧！况且又是菊茂蟹肥时候，料想长安市上，车水马龙，正不少欢乐的宴聚，这飘泊异国，秋思凄凉的我们当然是无人想起的。不过，我们却深深地眷怀着祖国，渴望得些好消息呢！况且我们又是神经过敏的，揣想到树叶凋落的北平，凄风吹着，冷雨洒着的这些穷苦的同胞，也许正向茫茫的苍天悲诉呢！唉，破碎紊乱的祖国呵！北海的风光不能粉饰你的寒伧！来今雨轩的灯红酒绿，不能安慰忧患的人生，深深眷着念祖国的我们，这一颗因热望而颤抖的心，最后是被秋风吹冷了。

（选自《东京小品》，北新书局，1937 年版）

保卫南京

吴奔星

南京，堂皇的京城，
"四百兆"人民，一条心，
咿唉呀！保卫"南京"！

南京，美丽的盛京，
远则宋、齐、梁、陈，
近则民国之诞生；
一草一木，一沙一石，
都染有我祖先的血腥；
我们要守卫，守卫南京，
莫辜负了缔造之艰辛！

扬子江的浩浩荡荡，
紫金山的阴阴森森，
玄武湖的桨声，
秦淮河的歌音，
还有"二三百万人"的熙来攘往，
看看将染海岛之气氛；
任你铁石为心，也应速起干城！

听！阵阵轰隆声，

看！群群大和兵，

汹汹涌涌，将毁灭我们这"都城"！

紫金山上白杨萧萧，

隐隐约约，地下发出一片呻吟：

"四百兆"子孙，

起！起！起！死守"南京"！

南京，堂堂的京城，

"四百兆"人民，一条心，

咿呀唉！保卫"南京"！

十一月廿五日上午写于南郊

（原载 1937 年 12 月 2 日《火线下三日刊》第七号）

假使我们不去打仗

田间

假使我们不去打仗，

敌人用刺刀

杀死了我们，

还要用手指着我们骨头说：

"看，

这是奴隶！"

（选自《田间诗歌精选》，田间著，青海人民出版社，2020）

中国就像棵大树

丰子恺

得《见闻》第二期，读憾庐先生所作《摧残不了的生命》，又看了文末所附照相版插图，心中有感，率尔捉笔，随记如下。

为的是我与憾庐先生有同样的所见，和同样的感想。春间在汉口，偶赴武昌乡间闲步，看见野中有一大树，被人斩伐过半，只剩一干。而春来干上怒抽枝条，绿叶成荫。新生的枝条长得异常的高，有几枝超过其他的大树的顶，仿佛为被斩去的"同根枝"争气复仇似的。我一看就注目，认为这是中华民国的象征。我徘徊不忍去，抚树干而盘桓。附近走来两个孩子，一男一女，似是姐弟。他们站在大树前，口说指点，似乎也在欣赏这中华民国的象征。我走近去同他们谈话。

我说："小朋友，这棵树好看么？"

小朋友们最初有些戒严，退了一步。这也许是我的胡须的关系，小孩子看见胡须大都有些怕的。但后来他们看见我的态度仁善，恐惧之心就打消了，那姐姐回答我说："很好看！"我们就谈话起来。

我说："你家住在什么地方？"

女孩说："就在那边，湖边上。这棵树是我们村子里某人家的。"

男孩说："我们门前有一株杨树，树枝剪光了，也会生出新的来。生的很多很多，比这棵树还要多。"

女孩说："我们那个桥边有一株松树，被人烧去了半株，只剩半株，也不会死。上面很多的枝条和叶子，把桥完全遮住。夏天我们常在桥上乘凉。"

我说："你们的村庄真好，有这许多大树！这些树真好，它们不怕灾难，受了伤害，自己能生出来补救。好比一个人被斩去了一只臂膊，能再生出一只来。"

女孩子抢着说："人斩了臂，也会生出来的？"

我说："人不行，但国就可以。譬如现在，前线上许多兵士被日本鬼子打死了，我们后方能新生出更多的兵士来，上前线去继续抵抗。前线上死一百人，后方新生出一千人，反比本来多了。日本鬼子打中国，只见中国兵越打越多。他们终于打不过我们。现在我们虽然失了许多地方，但增了许多兵士，所以失去的地方将来一定可以收回。中国就好比这一棵树，虽被斩伐了许多枝条，但是新生出来的比原有的更多，将来成为比原来更大的大树。中国将来也能成为比原来更强的强国。"

女孩子说："前回日本飞机在那江边丢炸弹，炸死了许多人。某甲的爸爸也被炸死。某甲同他的兄弟就去当兵，他们说要杀完了日本鬼子才回家来。"

男孩子也说："某乙的妈妈也被炸死。某乙有一枝枪，很长的，他会打鸟。现在说不打鸟了，要拿这枪去打日本鬼子。"

我说："你们这儿有这许多人去打日本鬼子，很好。别的地方的人也是这样。大家痛恨日本鬼子，大家愿意去当兵。所以中国的兵越打越多。正同这棵树的枝叶越斩越多一样。我们中国就像棵树。你们看看，像不像？"

两个孩子看看大树，都笑起来。男孩子忽然离开他的姐姐，跑到大树边，张开两臂抱住树干，仰起头来喊了些什么话。随即跟着他的姐姐去了。

我目送两孩去远了，告别大树，回到汉口的寓中，心有所感，就提起笔来把当日所见的情景用画记录。画好之后，先拿给一个少年看。少年看了，叫道："唉！这棵树真奇怪，斩去了半株，怎么还会生出这许多枝叶来？"他再看一会，又说道："对了！因为树大的缘故。树大了，根柢深，斩去一点不要紧。他能无限地生长出来，不久又是一棵大树了。"我接着说："对啦！我们中国就同这棵树一样。"少年听了这话频频点头，表示感动。随即问我要这幅画。我说没有题字，答允他今晚题了字，明天送他。

晚上，我在这画上题了一首五言诗："大树被斩伐，生机并不绝。春来怒抽条，气象何蓬勃！"又另描了同样的一幅，当晚送给这位少年。过了几天我去看这少年，他已将画纳在镜框中，挂在书室里，并且告诉我说：他每逢在报上看到我军失利的消息，失地中日军虐杀同胞的消息，愤懑得透不过气来。这时候他就去看这幅画，可以得到一种慰藉和勉励。所以他很爱护这画，并且感谢我。我听了这番话，感动甚深。我赞佩这少年的天真的爱国热忱。他正是大树的一根新枝条。

因有这段故事，我读了《见闻》所载《摧残不了的生命》，看了文末的附图，颇思立刻飞到广州去，拉住了憾庐先生，对他说："我也有和你同样的所见和所感呢！"但没有实行，只是写了这些感想寄给他。他把他所见的大树当作几方面的象征：（一）中华民族的生命，是永远摧残不了的。无论现在如何危难，他定要继续生存。（二）现在我们的民族的确已经在"自力更生"中了，而此后要更繁荣更有力地生活下去。（三）宇宙风社不受威胁，虽经广州的狂炸，依旧继续出刊。（四）《见闻》于狂炸中筹办创刊，正如新萌的茅儿。第一二两点，我所见与他全同。

第三四两点,自然使我赞佩。但我所赞佩的不止于此。抗战中一切不屈不挠的精神的表现,例如粤汉路屡炸屡修,迅速通车,各种机关屡炸屡迁,照常办公,无数同胞家被人亡(出亡也),绝不消沉,越加努力抗日,都是我所赞佩的,都是大树所象征的。这大树真可说是今日的中国的全体的象征。

1938 年

(选自《缘缘堂随笔》,浙江文艺出版社,1983)

爱护同胞

丰子恺

  我们中华民族，现在虽受暴敌的残害，但内部因此而发生一种从来未有的好现象，就是同胞的愈加亲爱。这可使我们欣慰而且勉励。这好现象的制造者，大都是热情的少年。我现在就把我所亲见的两桩事告诉全国的少年们：

  我于故乡失守的前一天，带了家族老幼十人和亲戚三人（自三岁至七十岁），离开浙江石门湾。转徙流离，备尝艰苦。三个多月之后，三月十二日，幸而平安的到了湖南的湘潭。本地并没有我的朋友。长沙的朋友代我在湘潭乡下觅得一间房子。所以我来到湘潭，预备把家眷在这房子里暂时安顿的。我到了湘潭，先住在一所小旅馆里。次晨冒着雪，步行到乡下去接洽那间房子。我以前没有到过湘潭，路头完全不懂。好容易走出市梢，肚子饿起来，就在一所小店里吃一碗面。面店里的人听我的口音不是本地人，同我攀谈起来。我一面吃面，一面把流离的经过和下乡的目的告诉他们。我的桌子旁边围集了许多人，对我发许多质问和许多叹息。最后知道我下乡不懂得路，大家指手划脚地教我。内中有一位十三四岁的少年，身穿制服，似是学生，一向目不转睛地静听我讲，这时忽然立起来，对我说："我陪你去！"旁的大人们都欢喜赞善。于是我就得了一位小向导，两人一同下乡去。

  冒雪走了约半小时，小向导指着一所大屋对我说："前面就是你接洽房屋的地方，你自己去找人吧！"我谢了他，请他先回。他点点头，但不回身，站在雪中看我去敲门。

我走进屋子，找到长沙友人所介绍的友人，才知道所定的房屋，已于前几天被兵士占据，而附近再没有空的房子可给我住。那位朋友说："现在湘潭有人满之患，房屋很不易找，你须得在旅馆里住上十天八天，才有希望呢，一下子是找不到的。"言下十分惋惜，但是爱莫能助。我们又谈了些闲话，大约坐了半小时，我方告别。走出门，心中很焦灼。另找房屋，我没有本地的朋友可托，即使有之，我们十余人住在旅馆里等，每天要花八九块钱（每人每日连伙食六角），十天八天是开销不起的。不住旅馆，这一大群老幼怎么办呢？正在进退两难，踌躇满志的时候，抬起头来，看见我的小向导还是站在雪中，扬声问道："房子找到么？"原来他替我担心，要等了回音才可安心回去。我只得对他直说。他连声说"怎么办呢？怎么办呢？"但也是爱莫能助。我十分感激他的爱护同胞的诚意，想安慰他，假意说道："我城里还有朋友，可以再托他们到别处去找，谢谢你的好意！我们一同回去吧。"这位少年始终替我担心。直到分别，他的眉头没有展开。后来我终于无法在湘潭找屋，当日乘轮赴长沙。轮船离开湘潭的时候，匆忙中还想起这位爱护同胞的少年，在心中郑重地向他告别。

还有一桩事，是在长沙所见的。初到长沙这几天，我在街上四处漫跑，藉以认识这城市的面目。有一个下雨的下午，我跑到轮船埠附近，看见前面聚着一簇人，似乎发生什么事件。挤进去一看，但见许多人围着一个孩子，在那里谈论。探听一下，才知道这孩子是从上海附近的昆山逃出来的难民，今年才九岁。原来跟着父母同走，半途上父母都被敌人炸死，只剩他一个。幸有同乡人收领,带他到湘潭。但这同乡人自己的生活也很困难,最近而且生病了。这孩子自知难于久留,向同乡借了几毛钱,独自来长沙,做乞丐度日。他身上非常褴褛。一件夹袄经过数月的流离,已经破碎不堪。脚上的鞋子两头都已开花,脚趾都看见了。春寒料峭,他站在微雨中浑身发抖。周围都是湖南人。你一句,我一声地盘问他。在他多半听不懂,不能回答。我两方面的话都懂得,就站出来当翻译。因此旁人得知其详,大家摸出铜板或角票来送他。我也送了他两毛钱。群众渐渐散去,我替他合计一下已得布施二元三角和数十铜板。九岁的孩子,言语不通,叫他怎样处置这钱呢?我正为他担忧,最后散去的四位少年就来替他设法。他们都是十四五至十六七岁的人,本来混在群众里观看,曾经出过钱,现在又出来替他处置这钱。有一位少年说:"他自己不会买物,我们替他代买吧。"另一位说:"先替他买一件棉袄。"又一位少年说,"再替他买一双鞋子。"又一位少年说:"一双球鞋就行。晴天雨天都可穿。"于是大家替他打算价钱,商量买的地方。更进一步,为他设法住的地方。有的说送他进难民收容所,有的说送他到某人家里。随后,四位少年就带他同走。我正惭愧无法帮忙,少年们举手对我告别,说道:"你老人家回去吧,我们会给他想法子的!"我目送这五个人转了弯,不见了,然后独自回寓。我以前曾给《爱的教育》画插图。今天所见的,真像是《爱的教育》中的插图之一。

　　上述的两桩事,可以证明我们中国人因了暴敌的侵凌,而内部愈加亲爱,愈加团结起来。我从浙江石门湾跑到长沙,走了三千里路。当初预想,此去离乡背井,举目无亲,一定不堪流离失所之苦。岂知不但一路平安无事,而且处处受到老百姓的同情,和兵士的帮助。使我在离乡三千里外,毫无"异乡"之感。原来今日的中国，已无乡土之别，四百兆都是一家人了。我们本来分居各省，对于他省地理不甚熟悉。为了抗战，在报纸上习见各省的地名，常闻各地的情状，对于本国地理就很熟悉，视全国如一大厦，视各省如各房室了。我们本来各操土音，对于他省的方言不甚理解。为了流离，各地人民杂处，各种方言就互相混杂。浙江白迁就湖南白，湖南白迁就浙江白，到后来也不分彼此，互相理解了。况且同是受暴敌的侵凌，相逢何必曾相识？所以我国民族观念之深和团结力之强，于现今为最烈！这是很可庆慰的事，也是应该更加勉励的事。少年们富有热情，且出于天真，故其言行最易动人。希望大家利用这国难的机会，努力爱护同胞，团结内部。古语云："众志成城。"我们四百兆人团结所成的城，是任何种炮火所不得攻破的！

1938 年

（原载 1938 年 4 月 20 日《少年先锋》5 集）

告缘缘堂在天之灵

丰子恺

去年十一月中，我被暴寇所逼，和你分手，离石门湾，经杭州，到桐庐小住。后来暴寇逼杭州，我又离桐庐经衢州、常山、上饶、南昌，到萍乡小住。其间两个多月，一直不得你的消息。我非常挂念。直到今天二月九日，上海裘梦痕写信来，说新闻报上登着：石门湾缘缘堂于一月初全部被毁。噩耗传来，全家为你悼惜。我已写了一篇《还我缘缘堂》为你伸冤（登在《文艺阵地》上），现在离开你的忌辰已有百日，相你死后，一定有知。故今晨虔具清香一支，为尔祷祝，并为些文告你在天之灵。

你本来是灵的存在。中华民国十五年，我同弘一法师住在江湾永义里的租房子里，有一天我在小方纸上写许多我所喜欢而可以互相搭配的字，团成许多小纸球，撒在释迦牟尼画像前的供桌上，拿两次阄，拿起来的都是"缘"字，就给你命名曰"缘缘堂"。当即请弘一法师给你写一横额，付九华堂装裱，挂在江湾的租屋里。这是你的灵的存在的开始，后来我迁居嘉兴，又迁居上海，你都跟着我走，犹似形影相随，至于八年之久。

到了中华民国廿二年春，我方才给你赋形，在我的故乡石门湾的梅纱弄里，吾家老屋的后面，建造高楼三楹，于是你就堕地。弘一法师所写的横额太小，我另请马一浮先生为你题名。马先生给你写三个大字，并在后面题一首偈：

能缘所缘本一体，收入鸿蒙入双眦。

画师观此悟无生，架屋安名聊寄耳。

一色一香尽中道，即此××非动止。

不妨彩笔绘虚空，妙用皆从如幻起。

　　第一句把我给你的无意的命名加了很有意义的解释，我很欢喜，就给你装饰；我办一块数十年陈旧的银杏板，请雕工把字镌上，制成一匾。堂成的一天，我在这匾上挂了彩球，把它高高地悬在你的中央。这时候想你一定比我更加欢喜。后来我又请弘一法师把《大智度论·十喻赞》写成一堂大屏，托杭州翰墨林装裱了，挂在你的两旁。匾额下面，挂着吴昌硕绘的老梅中堂。中堂旁边，又是弘一法师写的一副大对联，文为《华严经》句："欲为诸法本，心如工画师。"大对联的旁边又挂上我自己写的小对联，用杜诗句："暂止飞乌才数子，频来语燕定新巢。"中央间内，就用以上这几种壁饰，此外毫无别的流俗的琐碎的挂物，堂堂庄严，落落大方，与你的性格很是调和。东面间里，挂的都是沈子培的墨迹，和几幅古画。西面一间是我的书房，四壁图书之外，风琴上又挂着弘一法师写的长对，文曰："真观清净观，广大智慧观，梵音海潮音，胜彼世间音。"最近对面又接着我自己写的小对，用王荆公之妹长安县君的诗句："草草杯盘供语笑，昏昏灯火话平生。"因为我家不装电灯（因为电灯十一时即熄，且无火表），用火油灯。我的亲戚老友常到我家闲谈平生，清茶之外，佐以小酌，直至上灯不散。油灯的暗淡和平的光度与你的建筑的亲和力，笼罩了座中人的感情，使他们十分安心，谈话娓娓不倦。故我认为油灯是与你全体很调和的。总之，我给你赋形，非常注意你全体的调和，因为你处在石门湾这个古风的小市镇中，所以我不给你穿洋装，而给你穿最合理的中国装，使你与环境调和。因为你不穿洋装，所以我不给你配置摩登家具，而亲绘图样，请木工特制最合理的中国式家具，使你内外完全调和。记得有一次，上海的友人要买一个木雕的捧茶盘的黑人送我，叫我放在室中的沙发椅子旁边。我婉言谢绝了。因为我觉得这家具与你的全身很不调和，与你的精神更相反对。你的全身简单朴素，坚固合理；这东西却怪异而轻巧。你的精神和平幸福，这东西以黑奴为俑，残忍而非人道。凡类于这东西的东西，皆不容于缘缘堂中。故你是灵肉完全调和的一件艺术品！我同你相处虽然只有五年，这五年的生活，真足够使我回想。

春天，两株重瓣桃戴了满头的花，在你的门前站岗。门内朱栏映着粉墙，蔷薇衬着绿叶。院中的秋千亭亭地站着，檐下的铁马丁东地唱着。堂前有呢喃的燕语，窗中传出弄剪刀的声音。这一片和平幸福的光景，使我永远不忘。

夏天，红了的樱桃与绿了的芭蕉在堂前作成强烈的对比，向人暗示"无常"的至理。葡萄棚上的新叶把室中的人物映成青色，添上了一层画意。垂帘外时见参差的人影，秋千架上常有和乐的笑语。门前刚才挑过一担"新市水蜜桃"，又挑来一担"桐乡醉李"。堂前喊一声"开西瓜了！"霎时间楼上楼下走出来许多兄弟姊妹，傍晚来一个客人，芭蕉荫下立刻摆起小酌的座位。这一种欢喜畅快的生活，使我永远不忘。

秋天，芭蕉的长大的叶子高出墙外，又在堂前盖造一个重叠的绿幕。葡萄棚下的梯子上不断地有孩子们爬上爬下。窗前的几上不断地供着一盆本产的葡萄。夜间明月照着高楼，楼下的水门汀好像一片湖光。四壁的秋虫齐声合奏，在枕上听来浑似管弦乐合奏。这一种安闲舒适的情况，使我永远不忘。

冬天，南向的高楼中一天到晚晒着太阳，温暖的炭炉里不断地煎着茶汤。我们全家一桌人坐在太阳里吃冬春米饭，吃到后来都要出汗解衣裳。廊下堆着许多晒干的芋头，屋角里摆着两三坛新米酒，菜厨里还有自制的臭豆腐干和霉千张。星期六的晚上，孩子们陪我写作到夜深，常在火炉里煨些年糕，洋灶上煮些鸡蛋来充冬夜的饥肠。这一种温暖安逸的趣味，使我永远不忘。

你是我安息之所。你是我的归宿之处。我正想在你的怀里度我的晚年，我准备在你的正寝里寿终。谁知你的年龄还不满六岁，忽被暴敌所摧残，使我流离失所，从此不得与你再见！犹记得我同你相处的最后的一日：那是去年十一月六日，初冬的下午，芭蕉还未凋零，长长的叶子要同粉墙争高，把浓重的绿影送到窗前。我坐在你的西室中对着蒋坚忍著的《日本帝国主义侵略中国史》，一面阅读，一面札记，准备把日本侵华的无数事件——自明代倭寇扰海岸直至"八一三"的侵略战——一用漫画写出，编成一册《漫画日本侵华史》，照《护生画集》的办法，以最廉价广销各地，使略识之无的中国人都能了解，使未受教育的文盲也能看懂。你的小主人们因为杭州的学校都迁移了，没有进学，大家围着窗前的方桌，共同自修几何学。你的主母等正在东室里做她们的缝纫。两点钟光景忽然两架敌机在你的顶上出现。飞得很低，声音很响，来而复去，去而复来，正在石门湾的上空兜圈子。我知道情形不好，立刻起身唤家人一齐站在你的墙下。忽然，砰的一声，你的数百块窗玻璃齐声叫喊起来。这分明是有炸弹投在石门湾的市内了，然我还是犹豫未信。我想，这小市镇内只有四五百份人家，都是无辜的平民，全无抗战的设备。即使暴敌残忍如野兽；炸弹也很费钱，料想他们是不肯滥投的，谁知没有想完，又是更响的两声，轰！轰！你的墙壁全部发抖，你的地板统统跳跃，桌子上的热水瓶和水烟筒一齐翻落地上，这两个炸弹投在你后门口数丈之外！这时候我家十人准备和你同归于尽了。因为你在周围的屋子中，个子特别高大，样子特别惹眼，是一个最大的目标。我们也想离开了你，逃到野外去。然而窗外机关枪声不断，进出去必然是寻死的。

与其死在野外，不如与你同归于尽，所以我们大家站着不动，幸而炸弹没有光降到你身上。东市南市又继续砰砰地响了好几声。两架敌机在市空盘旋了两个钟头，方才离去。事后我们出门探看，东市烧了房屋，死了十余人，中市毁了凉棚，也死了十余人。你的后门口数丈之外，躺着五个我们的邻人。有的脑浆进出，早已殒命。有的吟呻叫喊，伸起手来向旁人说："救救我呀！"公安局统计，这一天当时死三十二人，相继而死者共有一百余人。残生的石门湾人疾首蹙额地互相告曰："一定是乍浦登陆了，明天还要来呢，我们逃避吧！"是日傍晚，全镇逃避一空。有的背了包裹步行入乡，有的扶老携幼，搭小舟入乡。四五百份人家门户严扃，全镇顿成死市。我正求船不得，南沈浜的亲戚蒋氏兄弟一齐赶到并且放了一只船来。我们全家老幼十人就在这一天的灰色的薄暮中和你告别，匆匆入乡。大家以为暂时避乡，将来总得回来的。谁知这是我们相处的最后一日呢？

我犹记得我同你快别的最后的一夜，那是十一月十五日，我在南沈浜乡间已经避居九天了。九天之中，敌机常常来袭。我们在乡间望见它们从海边飞来，到达石门湾市空，从容地飞下，公然地投弹。幸而全市已空，他们的炸弹全是自费的。因此，我们白天都不敢出市。到了晚上，大家出去搬取东西。这一天我同了你的小主人陈宝，黑夜出市，回家取书，同时就是和你诀别。我走进你的门，看见芭蕉孤危地矗立着，二十余扇玻璃窗紧紧地闭着，全部寂静，毫无声息。缺月从芭蕉间照着你，作凄凉之色。我跨进堂前，看见一只饿瘦了的黄狗躺在沙发椅子上，被我用电筒一照，突然起身，给我吓了一跳。我走上楼梯，楼门边转出一只饿瘦了的老黑猫来，举头向我注视，发出数声悠长而无力的叫声，并且依依在陈宝的脚边，不肯离去。我们找些冷饭残菜喂了猫狗，然后开始取书。我把我所欢喜的，最近有用的，和重价买来的书选出了两网篮，明天饬人送到乡下。为恐敌机再来投烧夷弹，毁了你的全部。但我竭力把这念头遏住，勿使它明显地浮出到意识上来，因为我不忍让你被毁，不愿和你永诀的！我装好两网篮书，已是十一点钟，肚里略有些饥。开开橱门，发见其中一包花生和半瓶玫瑰烧酒，就拿到堂西的书室里放在"草草杯盘供语笑，昏昏灯火话平生"的对联旁边的酒桌子上，两人共食。我用花生下酒，她吃花生相陪。我发现她嚼花生米的声音特别清晰而响亮，各隆，各隆，各隆，各隆……好像市心里演戏的鼓声。我的酒杯放到桌子上，也虽然地振响，满间屋子发出回声。这使我感到环境的静寂，绝对的静寂，死一般的静寂，为我生以来所未有。我拿起电筒，同陈宝二人走出门去，看一看这异常的环境，我们从东至西，从南到北，穿遍了石门湾的街道，不见半个人影，不见半点火光。但有几条饿瘦了的狗躺在巷口，见了我们，勉强站起来，发出几凄惨的愤懑的叫声。只有下西弄里一家铺子的楼上，有老年人的咳嗽声，其声为环境的寂静所衬托，异常清楚，异常可怕。我们不久就回家。我们在你的楼上的正寝中睡了半夜。天色黎明，即起身入乡，恐怕敌机一早就来。我出门的时候，回头一看，朱栏映着粉墙，樱桃傍着芭蕉，二十多扇玻璃窗紧紧地关闭着，在黎明中反射出惨淡的光辉。我在心中对你告别："缘缘堂，再会吧！我们将来再见！"谁知这一瞬间正是我们的永诀，我们永远不得再见了！

以上我说了许多往事，似有不堪回首之悲，其实不然！我今谨告你在天之灵，我们现在虽然不得再见，但这是暂时的，将来我们必有更光荣的团聚。因为你是暴敌的侵略的炮火所摧残的，或是我们的神圣抗战的反攻的炮火所焚毁的。倘属前者，你的在天之灵一定同我一样地愤慨，翘盼着最后的胜利为你复仇，决不会悲哀失望的。倘属后者，你的在天之灵一定同我一样地毫不介意；料想你被焚时一定蓦地成空，让神圣的抗战军安然通过，替你去报仇，也决不会悲哀失望的。不但不会悲哀失望，我又觉得非常光荣。因为我们是为公理而抗战，为正义而抗战，为人道而抗战。我们为欲歼灭暴敌，以维持世界人类的和平幸神福，我们不惜焦土。你做了焦土抗战的先锋，这真是何等光荣的事。最后的胜利快到了！你不久一定会复活！我们不久一定团聚，更光荣的团聚！

1938 年

（选自《缘缘堂随笔》，丰子恺著，北京联合出版有限公司，2020）

祖国正期待着你

——遥寄故乡的弟弟

白朗

春天，我想着故乡那夹带着寒风的温暖；夏天，我便想着故乡是无比的清凉，秋天虽然不免显得凄凉了些，但是呵，冬天里那白色的雪、那透明的玻璃砖样的冰，是把冬天的故乡点缀得如何的美、如何的幽静呵！

故乡，它是具有着诱人的魔力的，它牵制着每一颗流亡者的心，每一个脱离它怀抱的儿女，谁不在关怀着它？谁不在向往着它？如今，"怀乡病"已经是普遍在蔓延着了，没有身受过这病症的痛苦的朋友们，请不要骂他们自私吧，即使是在这样动荡而伟大的时代里。

两年来，漫天的烽火，已把我怀乡的情绪变得暗淡无光；同时，也没有更多的脑力总对它发着那些浪费的空想。然而，人毕竟不是一块冷酷的岩石，而且我的灵魂里还正充满着无限浓厚的恋情，要想根治这缠绵已久的病痛，除非祖国的旗帜重飘在东北的万里晴空。

我没有攀登过长白山巅，更没有游览过金碧辉煌的金銮宝殿。而那盛开着荷花的小河沿，以及丛生着苍松翠柏的东陵和北陵，虽是我儿时嬉游的处所，但，年深日久，它们的影子在我的记忆里已经淡了，远了，更何况美景胜迹到处皆然呢？

使我深深怀恋的，不是那美景，也不是或许早被敌人摧毁了的胜迹，而是被践踏在敌人蹄下度着幽囚般岁月的嫡亲的骨肉。

想起来我是多么后悔，倘不是逃亡匆匆，当我们经过故乡的时候，也许把我那时候不能忘怀的骨肉带上驶往祖国的海船，使他们不致沦陷为奴隶以及未可知的遭遇。然而，当时在敌人重重侦视之下，我们是一切都无暇顾及，虽然临别时弟弟泛红着泪眼低泣着说：

"姐姐，你们奔向祖国了，我呢？……从此，只剩我一个了……"

我没有泪，巨大的愤怒与危难把我的感情摧毁了，虽然弟弟的控诉并不是不使我无动于衷，但，我毕竟一句话也没有说，便挥着手告别了走向暮年的母亲和生气勃勃尚未成年的弟弟。

愁苦，牵念，不自由的漫长岁月，我不知他们是怎样度过的。每当我闭起了眼睛，在我的记忆里搜索着那些熟悉的面容时，首先出现的，便是两鬓斑斑眼泪婆娑的慈祥的老母亲，紧接着，弟弟那年轻的细高的身影，便把母亲整个儿遮没了，于是我的心也被卷入极端痛苦的浪潮里。

弟弟那张沉默悒郁的脸，那无言而深沉的凝视，仿佛在向我控诉着无限的孤独与埋怨。他更瘦了，他那孱弱多病的身子，怎经得起那样无情的摧折呢？

的确，弟弟太孤独了。礼教的家庭把他养成一种孤僻的个性，他八岁那年，我们的父亲便逝世了，几乎像陌生人一样的父亲的死，我们不曾感到怎样悲痛，可是，祖父的溺爱和他固执的庭训，却在我们幼小的灵魂里注入了也许是有毒的质素。

祖父对我们交友的选择，有着严苛的训示，我们不能随意和邻儿嬉戏。课本以外的书籍，祖父是无论如何也不许我们阅读的。因此，在我和弟弟天真的童年里便充满着暮气。慈祥然而固执的祖父，剥夺了我们的一切自由，每天放学回来，除了死念着书本和在房里默默地孤独地玩耍而外，我们真不知课本以外还有着更好更多的东西。

弟弟是在十三岁那年，便奉了祖父之命，和一个大他八岁的美丽的少女结婚了。然而，在一个礼教森严的家庭里生长起来的孩子，他能懂得什么呢？因此，结婚刚刚一年，那个美丽的少女便向她名义上的丈夫提出离婚。这一个大的波浪，对于弟弟虽不是怎样重大的打击，但在他童真的脑子里却已印下了不可磨灭的暗影，而祖父却因这一打击一病不起了。

在弟弟离婚的同年，我和勃结了婚。从此，我是跳出了不自由的圈子，开始了新的生活；开始走上人生的正轨，也开始懂得了许多事情。而弟弟呢？却依然幽囚在那礼教的牢笼里，伴守着老病的祖父和寡母，过着死气沉沉的日子。他唯一的姐姐，却已离开他千里之外了。

沉静、寡言，淳厚和诚挚，是弟弟的个性。这个祖父一手培植起来的少年，是相当可爱的，不过，因为择交的严苛，弟弟却很少有他理想的友人。在这种情势之下，我和勃便成了他最崇拜、最信任的人物了。他曾经对我说过：

"姐姐，我并不奢望着更多的朋友，有你们两位做我的导师我已经满足了，只要你们肯领导我，不把我抛弃。"

可是，婚后和弟弟聚首的日子实在太少了，除了在信里给他点人生的启示外，对他是很少帮助的。但，仅是一点点启示，已经使他有着飞跃的进步和觉悟。当我第一次归宁的时候，看见懂得了很多道理的弟弟，我不禁拍手欢笑起来。

不幸得很，就是这样通信的启示也没能持续多久，很快地，武士道的魔剑便斩断了和弟弟的联系。在往复的函件中，一切都不能自由叙谈了，弟弟是感到了比我更深的苦闷。而不久，为正义为真理奋斗着的勃——弟弟最崇敬的——也被魔爪攫去，幽囚在铁的牢笼里。

足足半年，我隐瞒着，我不曾把这足使弟弟痛绝的消息向他宣布。然而终因久久不见勃的亲笔函件而引起弟弟的疑虑，终于，在短短的三天春假中，弟弟喘息着从千里之外的故乡跑了来。他一进门，便惊慌地问道：

"勃哥呢？"

"出差了。"我镇静的回答。

"我不信，姐姐，我什么都明白，请不要骗我吧！我求你……姐姐……"

看见比自己高出一头的十七岁的弟弟，和他那乞求、焦躁的泪汪汪的眼睛，不知为什么我的泪竟涌了出来。我用两手蒙住了眼睛，一句话也说不出。

"姐姐……快说……勃哥的生命有没有危险？"弟弟哭了。

"没有。"我忍住了哭，郑重地说，"好弟弟，你别急，什么都没有，你好好休息一下吧。"

"不，姐姐，你不要骗我，在你们以往的启示中，我已经料到了。姐姐，只要你诚实地告诉我：勃哥的生命没有危险，我就放心了！"

"你放心吧，他很快就要自由了。"

弟弟一直是怒睁着他沉郁的眼睛，不说话，直到我把勃遇难后的一切叙述完了，半天，他才深深地吐出一口悠长的叹息。

"姐姐，我不念书了！"突然，弟弟发狂般地吼了出来，这吼声是我从未听过的。

"为什么呢？你还这样小，不念书做什么呢？"

"不管怎样，我也不念了。"弟弟坚决地说，"在敌人统治压迫之下，念书有什么用呢！念到归终，还不是一个奴隶！"

"嘘！"我警告着，因为弟弟的声音太高了，被罩在侦察网里的我们，连谈话都得戒备的。"只要你脚跟站稳，只要你不忘祖国，只要你不受敌人的毒化，在怎样环境里读书都是没有关系的，……"除了安慰他，我有什么更好的办法呢。

"但是，姐姐，从我们不能自由地通信以后，我对于一切都好像没有一点儿遵循，姐姐，你叫我怎么办呢？……我太孤独了。"

"好弟弟，孤独，你暂时忍耐吧，等勃自由之后，我们便回故乡了，那时候，你不是就不孤独了吗？"

听了这话，弟弟乐得几乎流泪了，他抓住我的手叮问：

"真的吗？"

"谁骗你哟！"其时，我自己又何尝知道自己的话是否含着欺骗呢。

仅仅住了一夜，弟弟便匆匆南返了，在车站握别时，我还附着弟弟的耳边叮咛着：

"弟弟，别灰心，不要忘了我们的祖国，不要忘了我们的敌人，更不要忽略了我们所负的收复失地的使命呵！"

"当然，姐姐，一切我都牢记着，我只希望勃哥早日脱险，早日回到故乡。姐姐，一切我都等着你们哪！"

弟弟走了，他带走了那渺茫的希望。车开之后，在伸出车窗的弟弟的稚气的脸上，我看见黄豆般大的两颗泪珠，从那深沉的眼睛里滚了出来。我知道，这一次的别离是最使他痛心的。

半年之后，勃真的自由了，而且我们真的回到了故乡。那一切都等着我们的弟弟，在那样突兀的相逢之下，竟惊喜得哭了起来。可是，当他知道了我们在故乡仅有一小时的停留时，他简直变成个痴呆的木偶。这过分暂短的相逢，把弟弟的心击碎了。谁知道此别不是永诀呢？我仿佛看见他那颗鲜红的完整的心，在一瓣一瓣地撕裂着。

别来已逾五年，五年的时光不算短促。如今，稚幼的弟弟已经成为壮年了。五年来他的来信里，我看出他的心灵中埋藏着比以前更多的苦闷，更大的悲愤。四口之家——不久也许将有一口小生命出世了——生活重担，使他不得不忍辱吞声地做着那繁重的奴隶工作。一个有为的青年，将在那样重压之下衰老下去了！

"姐姐，你们奔向祖国，我呢？…从此，只剩下我一个……"

这一句凄怆哀楚的临别词，总是在我耳边荡漾，它使我的心阵阵疚痛着。然而，几年来，自己的生活是在风雨飘摇中度过，又怎能把弟弟从那奴隶的命运里拯救出来呢？

神圣的抗战发动了，许多的东北青年同胞，都回到祖国的怀抱。然而，那里面没有我亲爱的弟弟，在兴奋与悲哀的交流中，几次想写信去召弟弟来参加这伟大的战斗，但为了多方面环境的限制，终于我没有那种勇气。

对于衰老的母亲，除了想念之外，我没有更多的挂虑。可是，弟弟的面孔一经在我的脑里出现，便很难隐没了。同时，对于他前途的多种杞忧，竟常使我悲伤而不能自抑。

弟弟会不会中了敌人的怀柔毒计而俯首贴耳做着驯顺的奴求呢？弟弟会不会被迫而参加到敌军的队伍里来屠杀他自己亲爱的同胞呢？弟弟会不会……

刚想到这，仿佛狮般的巨吼突然在我耳边响起：

"……姐姐，一切我都牢记……"

那是弟弟坚定的诺言，它把我耻辱的幻想打断了。弟弟仿佛受辱般地在瞪视着我。是的：弟弟具有着钢铁般坚强的意志，具有着青年的热血和复仇的心，他又怎肯向暴敌低头呢?

我默默地虔诚祷祝，但愿我亲爱的弟弟，不忘姐姐的启示和叮嘱，履行那坚决的诺言，在敌骑践踏了的故乡里做一点对得起东北三千万苦难同胞、对得起祖国的神圣工作——即使是一点点。那么，你留在沦陷了的故乡便不算是毫无意义，而你的姐姐对你再也没有任何牵虑了。

弟弟，亲爱的弟弟，奋斗吧，祖国正期待着你。

（选自《西行散记》，商务印书馆，1940 年 6 月初版）

我用残损的手掌

戴望舒

我用残损的手掌

摸索这广大的土地：

这一角已变成灰烬，

那一角只是血和泥；

这一片湖该是我的家乡，

（春天，堤上繁花如锦障，

嫩柳枝折断有奇异的芬芳）

我触到荇藻和水的微凉；

这长白山的雪峰冷到彻骨，

这黄河的水夹泥沙在指间滑出；

江南的水田，那么软……现在只有蓬蒿；

岭南的荔枝花寂寞地憔悴，

尽那边，我蘸着南海没有渔船的苦水……

无形的手掌掠过无恨的江山，

手指沾了血和灰，手掌沾了阴暗，

只有那辽远的一角依然完整，

温暖，明朗，坚固而蓬勃生春。

在那上面，我用残损的手掌轻抚，

像恋人的柔发，婴孩手中乳。

我把全部的力量运在手掌

贴在上面，寄与爱和一切希望，

因为只有那里是太阳，是春，

将驱逐阴暗，带来苏生，

因为只有那里我们不像牲口一样活，

蝼蚁一样死……那里，永恒的中国！

（选自《雨巷：戴望舒诗集》，戴望舒著，人民文学出版社，2020）

狱中题壁

戴望舒

如果我死在这里，

朋友啊，不要悲伤，

我会永远地生存

在你们的心上。

你们之中的一个死了，

在日本占领地的牢里，

他怀着的深深仇恨，

你们应该永远地记忆。

当你们回来，

从泥土掘起他伤损的肢体，

用你们胜利的欢呼

把他的灵魂高高扬起。

然后把他的白骨放在山峰，

曝着太阳，沐着飘风：

在那暗黑潮湿的土牢，

这曾是他唯一的美梦。

1942 年 4 月 27 日

（选自《雨巷：戴望舒诗集》，戴望舒著，人民文学出版社，2020）

桂林的受难

巴金

  在桂林我住在漓江的东岸。这是那位年长朋友的寄寓。我受到他的好心的款待。他使我住在这里不像一个客人。于是我渐渐地爱起这个小小的"家"来。我爱木板的小房间，我爱镂花的糊纸窗户，我爱生满青苔的天井，我爱后面那个可以做马厩的院子。我常常打开后门走出去，跨进菜园，只看见一片绿色，七星岩屏障似地立在前面。七星岩是最好的防空洞，最安全的避难所。每次要听见了紧急警报，我们才从后门走出菜园向七星岩走去。我们常常在中途田野间停下来，坐在树下，听见轰炸机发出"孔隆""孔隆"的声音在我们的头上飞过，也听见炸弹爆炸时的巨响。于是我们看见尘土或者黑烟同黄烟一股一股地冒上来。

  我们躲警报，有时去月牙山，有时去七星岩。站在那两个地方的洞口，我们看得更清楚，而且觉得更安全。去年十一月三十日桂林市区第一次被敌机大轰炸（在这以前还被炸过一次，省政府图书馆门前落下一颗弹，然而并无损失），那时我们许多人在月牙山上，第二次大轰炸时我和另外几个人又在月牙山，这次还吃了素面。但以后月牙山就作了县政府办公的地方，禁止闲人游览了。

  七星岩洞里据说可以容一两万人。山顶即使落一百颗炸弹，洞内也不会有什么损伤。所以避难者都喜欢到这个洞躲警报。但是人一进洞，常常会让警察赶到里面去，不许久站在洞口妨碍别人进出。人进到里面，会觉得快要透不过气，而且非等警报解除休想走出洞去。其实纵使警报解除，洞口也会被人山人海堵塞。要抢先出去，也得费力费时。所以我们不喜欢常去七星岩。

在桂林人不大喜欢看见晴天。晴天的一青无际的蓝空和温暖明亮的阳光虽然使人想笑，想唱歌，想活动。但是凄厉的警报声会给人带走一切。在桂林人比在广州更害怕警报。

我看见同住在这个大院里的几份人家，像做日课似地每天躲警报，觉得奇怪。他们在天刚刚发白时就起身洗脸做饭。吃过饭大家收拾衣物，把被褥箱笼配上两担，挑在肩上，从容地到山洞里去。他们会在洞里坐到下午一点钟。

倘使这天没有警报，他们挑着担子或者抱着包袱负着小孩回来时，便会发出怨言，责怪自己胆小。有一次我们那个中年女佣在厨房里叹息地对我说："躲警报也很苦。"我便问她：为什么不等发警报时再去躲。她说，她听见警报，腿就软了，跑都跑不动。的确有一两次在阴天她没有早去山洞，后来听见发警报，她那种狼狈的样子，叫人看见觉得可怜又可笑。

我初到桂林时，这个城市还是十分完整的。傍晚我常常在那几条整齐的马路上散步。过一些日子，我听见了警报，后来我听见了紧急警报。又过一些日子我听见了炸弹爆炸的声音。以后我看见大火。我亲眼看见桂林市区的房屋有一半变成了废墟。几条整齐马路的两旁大都剩下断壁颓垣。人在那些墙壁上绘着反对轰炸的图画，写着抵抗侵略的标语。

我带着一颗憎恨的心目击了桂林的每一次受难。我看见炸弹怎样毁坏房屋，我看见烧夷弹怎样发火，我看见风怎样助长火势使两三股浓烟合在一起。在月牙山上我看见半个天空的黑烟，火光笼罩了整个桂林城。黑烟中闪动着红光，红的风，红的巨舌。十二月二十九日的大火从下午一直燃烧到深夜。连城门都落下来木柴似地在燃烧。城墙边不可计数的布匹烧透了，红亮亮地映在我的眼里像一束一束的草纸。那里也许是什么布厂的货栈吧。

　　每次解除警报以后，我便跨过浮桥从水东门进城去看灾区。第一次在中山公园内拾到几块小的弹片；第二次去得晚了，是被炸后的第二天，我只看见一片焦土。自然还有几堵摇摇欲坠的断墙勉强立在瓦砾堆中。然而它们说不出被残害的经过来。在某一处我看见几辆烧毁了的汽车：红色的车皮大部分变成了黑黄色，而且凹下去，失掉了本来的形态。这些可怜的残废者在受够了侮辱以后，也不会发出一声诉冤的哀号。忽然在一辆汽车的旁边，我远远地看见一个人躺在地上。我走近了那个地方，才看清楚那不是人，也不是影子。那是衣服，是皮，是血肉，还有头发粘在地上和衣服上。我听见了那个可怜的人的故事。他是一个修理汽车的工人，警报来了，他没有走开，仍旧做他的工作。炸弹落下来，房屋焚毁，他也给烧死在地上。后来救护队搬开他的尸体，但是衣服和血肉粘在地上，一层皮和尸体分离，揭不走了。

　　第三次大轰炸发生在下午一点多钟。这是出人意外的事。以前发警报的时间总是在上午。警报发出，凄厉的汽笛声震惊了全市，市民狼狈逃难的情形，可想而知。我们仍旧等着听见紧急警报才出门。我们走进菜园，看见人们挑着行李、抱着包袱、背负小孩向七星岩那面张惶地跑去。我们刚走出菜园，打算从木桥到七星岩去。突然听见人们惊恐地叫起来，"飞机！飞机！"一些人抛下担子往矮树丛中乱跑，一些人屏住呼吸伏在地上。我觉得奇怪。我仔细一听，果然有机声。但这不是轰炸机的声音。我仰头去看，一架飞机从后面飞来，掠过我们的头上，往七星岩那面飞走了。这是我们自己的飞机。骚动平息了。人们继续往七星岩前进。我这时不想去山洞了，就往左边的斜坡走，打算在树下拣一个地方坐着休息。地方还没有选好，飞机声又响了。这次来的是轰炸机，而且不是我们的。人们散开来，躲在各处的树下。他们来不及走到山洞了。十八架飞机在空小盘旋一转，于是掷下一批炸弹，匆匆忙忙地飞走了。这次敌机来得快，也去得快。文昌门内起了大火。炸死了一些人，其中有一位是我们大家都知道的青年音乐家。

第四次的大轰炸应该是最厉害的一次了，我要另写一篇《桂林的微雨》来说明。在那天我看见了一个城市的大火。火头七八处，从下午燃烧到深夜，也许还到第二天早晨。警报解除后，我有两个朋友，为了抢救自己的衣物，被包围在浓焰中，几乎迷了路烧死在火堆里。这一天风特别大，风把火头吹过马路。桂西路崇德书店的火便是从对面来的。那三个年轻的职员已经把书搬到了马路中间。但是风偏偏把火先吹到这批书上。最初做了燃料的还是搬出来的书。不过另一部分书搬到了较远的地方，便没有受到损害。

就在这一天（我永不能忘记的十二月二十九日！），警报解除后将近一小时，我站在桂西路口，看见人们忽然因为一个无根的谣言疯狂地跑起来。人们说警报来了，我没有听见汽笛声，人们又说电厂被炸毁了，发不出警报。我不大相信这时会再来飞机，但是在这种情形里谁也没有停脚的余裕。我也跟着人乱跑，打算跑出城去。我们快到水东门时，前面的人让一个穿制服的军官拦住了，那个人拿着手枪站在路中间，厉声责斥那些惊呼警报张惶奔跑的人，说这时并没有警报，叫大家不要惊惶，众人才停止脚步。倘使没有这个人来拦阻一下，那天的情形恐将是不堪设想的了。后来在另一条街上当场枪决了一个造谣和趁火打劫的人。

以后还有第五次、第六次的轰炸。……关于轰炸我真可以告诉你们许多事情，但是我不想再写下去了。从以上简单的报告里，你们也可以了解这个城市的受难的情形，从这个城市你们会想到其他许多中国的城市。它们全在受难。不过它们咬紧牙关在受难，它们是不会屈服的。在那些城市的面貌上我看不见一点阴影，在那些地方我过的并不是悲观绝望的日子，甚至在它们的受难中我还看见中国城市的欢笑。中国的城市是炸不怕的，我将来再告诉你们桂林的欢笑。的确，我想写一本书来记录中国的城市的欢笑。

1939 年 1 月中旬在桂林

（选自《巴金选集八：散文随笔选》，巴金著，四川文艺出版社，2016）

中国人

巴金

　　我出国之前完全没有想到，在法国十八天中间，我会看见那么多的中国人。各种各样的中国人，他们来自世界各地，过着各样的生活，有着不同的思想，站在不同的立场。他们穿不同的服装，发不同的口音，有不同的职业。我们参加过巴黎三个大学（第三、第七、第八）中文系的座谈会和招待会，会上见到他们，我们出席过在弗纳克书籍超级市场里举行的读者见面会，会上见到他们，我们出席过法中友协的座谈会，在那里也见到他们。有些人好像真是无处不在，不过我也没有想过避开他们。我过去常说我写小说如同在生活，我的小说里的人物从来不是一好全好，一坏到底。事物永远在变，人也不会不变，我自己也是这样。我的思想也并不是一潭死水。所以我想，即使跟思想不同的人接触，只要经过敞开胸怀的辩论，总可以澄清一些问题。只要不是搞阴谋诡计、别有用心的人，我们就用不着害怕，索性摆出自己的观点，看谁能说服别人。

　　离开了祖国，我有一个明显的感觉：我是中国人。这感觉并不是这一次才有的。五十二年前我就有过。我们常常把祖国比作母亲。祖国的确是母亲，但是过去这位老母亲贫病交加、朝不保夕，哪里管得了自己儿女的死活！可是今天不同了。出了国境无论在什么地方，我总觉得有一双慈爱的眼睛关心地注视着我。好像丹东讲过类似这样的话：人不能带着祖国到处跑。我不是这么看法。这次出国访问使我懂得更多的事情。不管你跑到天涯地角，你始终摆脱不了祖国，祖国永远在你的身边。这样一想，对于从四面八方来到巴黎的中国人，我的看法就不同了。在他们面前我热情地伸出手来，我感觉到祖国近在我的身旁，祖国关心漂流在世界各地的游子。他们也离不开祖国母亲。即使你入了外国籍，即使你不承认自己是中国人，即使你在某国某地有产业，有事业，有工作，有办法，吃得开，甚至为子孙后代作了妥善的安排，倘使没有祖国母亲的支持，一旦起了风暴，意想不到的灾祸从天而降，一切都会给龙卷风卷走，留给你的只是家破人亡。这不是危言耸听，一百年来发生过多少这样的惨剧和暴行。几十万、上百万的华侨和华裔越南"难民"今天的遭遇不就是最有力的说明吗？过去华侨被称为海外孤儿。我一九二七年一月在上海搭船去马赛，在西贡、在新加坡上岸闲步，遇见中国人，他们像看到至亲好友那样地亲热。这种自然发生的感情是长期遭受歧视的结果。一九三一年我写过短篇小说《狗》，小说中的我会"在地上爬，汪汪地叫"，会"觉得自己是一条狗"，难道作者发了神经病？我写过一篇散文《一九三四年十月十日在上海》，文章里有人说："为什么我的鼻子不高起来，我的眼睛不落下去……？"难道我缺乏常识，无病呻吟？不！在那些日子里一般的中国人过的是什么样的生活？我们是不会忘记的。今天重读我一九三五年在日本写的短篇《人》，我又记起那年四月里的一场噩梦，那天凌晨，好几个东京的便衣警察把我从中华青年会宿舍带进神田区警察署拘留到当天傍晚。我当时一直在想：要是他们一辈子不放我出来，恐怕也没有人追问我的下落，我不过是一个普通的中国人，一个"孤儿"。

今年四月三十日傍晚我们中国作家代表团在巴黎新安江饭店和当地侨胞会见，我们感谢华侨俱乐部的盛情招待。出席聚餐会的人有好几十位，但据说也只是要求参加的人中间的一部分。席上我看见不少年轻人的脸，我也见到那位从日内瓦赶来的女编辑，她是我一个朋友的外甥女，她想了解一些祖国的情况，但是我们的法国主人已经无法为我们安排会谈的时间了。还有不少的年轻人怀着求知心到这里来，他们需要知道这样或者那样的关于祖国的事情，总之大家都把希望寄托在这个聚餐会上，反正我们一行五个人，每个人都可以解答一些问题。这个聚会继续了三个多小时，我或者听，或者讲，我感到心情舒畅，毫无拘束。年轻人说："看见你们，好像看见我们朝思暮想的祖国。"他们说得对，我们的衣服上还有北京的尘土，我们的声音里颤动着祖国人民的感情。我对他们说："看见你们我仿佛看见一颗一颗向着祖国的心。"游子的心是永远向着母亲的。我要把它们全带回去。

聚餐以后大家畅谈起来。可是时间有限，问题很多，有些问题显得古怪可笑，但问话人却是一本正经，眼光是那么诚恳。我好像看透了那些年轻的心。有些人一生没有见过母亲；有些人多年远游，不知道家中情况，为老母亲的健康担心，有些人在外面听到不少的流言，无法解除心中的疑惑。他们想知道真相，也需要知道真相。我不清楚我们是否满足了他们的要求，解答了他们的疑问。不过我让他们看见了从祖国来的一颗热烈的心。我紧紧地握了他们的手，我恳切地表示了我的希望：大家在各自的岗位上努力吧。祝我们亲爱的母亲——我们伟大的社会主义祖国万寿无疆。我们为亲爱的祖国举杯祝酒的时候，整个席上响起一片欢腾的笑语，我们互相了解了。

当然不是一次的交谈就可以解决问题。我这里所谓"互相了解"也只是一个开始。过了一个多星期，我们访问了尼斯、马赛、里昂以后回到巴黎，一个下午我们在贝热隆先生主持的凤凰书店里待了一个小时。气氛和在新安江饭店里差不多，好些年轻的中国人拿着书来找我们签字。我望着他们，他们孩子似的脸上露出微笑。他们的眼光是那么友好，那么单纯，他们好像是来向我们要求祝福。我起初一愣，接着我就明白了：我们刚从祖国来，马上就要回到她身边去，他们向我要求的是祖国母亲的祝福。

我还见到一位从国内出来的年轻人，他有一个法国妻子，说是几年后学业结束仍要回国。他对我女儿说：华侨同胞和法国朋友在一些会上向我提问题十分客气，有些尖锐的问题都没有提出来。这个我知道，不过我并不害怕，既然参加考试，就不怕遇到难题。我不擅长辞令，又缺乏随机应变的才能。我唯一的武器是"讲老实话"，知道什么讲什么。我们的祖国并不是人间乐园，但是每个中国人都有责任把它建设成为人间乐园。对那位从中国出来的大学生，我很想做这样的回答："你袖手旁观？难道你就没有责任？"还有人无中生有在文章里编造我的谈话，给自己乔装打扮，这只能说明他的处境困难，他也在变。他大概已经明白了这样一个真理：人无论如何甩不掉自己的祖国。

最后，我应当感谢《家》的法译者李治华先生。四月二十五日早晨我在戴高乐机场第一次看见他，五月十三日上午他在同一个机场跟我握手告别，在我们访问的两个多星期中，除了在马赛和里昂的两天外，他几乎天天和我在一起，自愿地担任繁难的口译工作。要是没有他的帮忙，我一定会遇到很多困难。他为我花费了不少的时间和精力，我没有讲一句感谢的话。我知道这只是出于他对祖国母亲爱慕的感情。他远离祖国三十多年，已经在海外成家立业，他在大学教书，刚刚完成了《红楼梦》的法文全译本，这部小说明年出版，将在法国读书界产生影响。但是同他在一起活动的十几天中间，我始终感觉到有一位老母亲的形象牵系着他的心，每一个游子念念不忘的就是慈母的健康，他也不是例外……。

我的工作室里相当热，夜间十一点我坐在写字桌前还在流汗。这里比巴黎的旅馆里静，我仿佛听见夜在窗外不停地跑过去。我的生命中两个月又过去了。我没有给那些人中间任何一个写过一封信，可是我并没有忘记他们。我每想到祖国人民在困难中怎样挺胸前进的时候，我的脑子里就浮现出散居在世界各地的中国人。一滴一滴的水流入海洋才不会干涸，母亲的召唤永远牵引游子的心。还需要我讲什么呢？还需要我写什么呢？难道你们没有听见母亲的慈祥的呼唤声音？我已经把你们的心带到了她的身边。

7 月 22 日

（选自《巴金散文精选》，巴金著，长江文艺出版社，2017）

土地的誓言

端木蕻良

  对于广大的关东原野，我心里怀着挚痛的热爱。我无时无刻不听见她呼唤我的名字，我无时无刻不听见她招呼我回来。我有时把我的手放在我的胸膛上的时候，我知道我的心是跳跃的。我的心它还在喷涌着血液吧，因为我常常感到它在泛滥着一种热情。当我躺在土地上的时候，当我仰望天上的星，手里握着一把沙泥的时候，或者当我回想起儿时的记忆的时候，我想起那参天碧绿的白桦林，标直漂亮的在原野里呻吟，我看见奔流似的马群，蒙古狗深夜的嗥鸣，皮鞭滚落在山涧里的脆响，我想起红布似的高粱，金黄的豆粒，黑色的土，红玉的脸，黑玉的眼睛，斑斓的山雕，奔驰的鹿，带着松香气味的煤，带着赤色的足金，我想起幽远的车铃，晴天里马儿带着串铃在溜直的大道上跑着，狐仙姑深夜的谰语，原野上怪诞的狂风……这时我听到故乡在召唤我，故乡有一种声音在召唤着我，她低低的呼唤我的名字，声音是那样的低，那样的急切，使我不得不回去，我从来都被这声音所缠绕，不管我走在哪里，或者我睡得沉沉，或者在我睡梦中突然的惊醒的时候，我突然的记起是我应该回去的时候了，我必须回去，我从来没想离开过她。这种声音是不可阻止的，这是不能选择的，只能爱的。这种声音虽已经和我们的心取得了永远的沟通。当我记起了故乡的时候，我便能看见那大地的里层，在翻滚着一种红熟的浆液，这声音便是从那里来的，在那亘古的地层里，有着一股燃烧的洪流，像我的心喷涌着血液一样，这个我知道的，我常常把手放在大地上的时候，我会感到她在跳跃，和我的心的跳跃是一样的。她们从来没有停息，它们的热血一直在流，在热情的默契里它们彼此呼唤着，终有一天它们要汇合在一起。

土地是我的母亲，我的每寸皮肤，都有着土粒，我的手掌一接近土地，我的心便平静。我是土地的族系，我不能离开她。在故乡的土地上，我印下我无数的脚印，在那田垄里埋葬过我的欢笑，我在那稻棵上捉过蚱蜢，那沉重的镐头上有我的手印，我吃过我自己种的白菜，故乡的土壤是香的，在春天，东风吹起的时候，土壤的香气，便在田野里飘起。河流浅浅的流过，柳条像一阵烟雨似的窜出来，天气里都有一种欢喜的声音。原野到处有一种鸣叫，像魔术似的天气清亮到透明，劳动的声音从这头响到那头。到秋天，银线似的蛛丝，在牛角上挂着，粮车拉粮回来了，麻雀吃了，这里那里到处飞，禾稻的香气是强烈的，辗着新谷的场院辘辘的响着，多么美丽，多么丰饶……没有人能够忘记她。神话似的丰饶，不可信的美丽，异教徒似的魅惑。我必定为她而战斗到底，比拜伦为希腊更要热情。土地，原野，我的家乡，你必须被解放，你必须站立。夜夜我听见马蹄奔驰的声音，草原的儿子在黎明的天边呼啸。这时我起来，找寻天空上的北方的大熊，在它金色的光芒之下，是我的家乡。我向那边注视着，注视着，直到天边破晓。我永不能忘记，因为我答应过她，我要回到她的身边，我答应过我一定回去。为了她，我愿作随便什么，我必须看见一个更好看更美丽的故乡出现在我的面前——或者我的坟前，而我用我的泪水，洗去她一切的污秽和耻辱。

9·18 十周年写

（选自 1941 年 9 月 18 日《华商报》）

论爱国

石西民

前天从青年书店买来几本介绍西欧各国青年组训工作的书，细读之后，慢慢深想，觉得外国同我们的青年工作，无论是思想训练或是组织精神，都有大大的距离。这种距离的长阔程度，是远远超过彼此间的地理距离的。

我特别留神于德意法西斯国家的青年工作，在这方面他们几乎比我们同盟国的许多国家都更努力更用心。尤其在思想教导方面，为达到他们的企图，把他们所能作的一切，都作了，而且是作得多么巧妙的呵！

譬如说，他们特别强调"爱国"。（"爱国"，何等神圣的字眼儿！）在德国，希特勒青年团的十诫中，（希氏亲订）第一条便写明了："我们的祖国是德意志，我们应竭诚爱护。"第九条："随时准备为国牺牲。"余如第二、四、五、六条各都是说些德意志是光荣的，为国家尽责任是义务等辞令。而且在其团的政治纲领中之第一纲第一目也标榜着："国家民族至高至上。"我立刻把意大利的法西斯教育方针（香第耳计划）的第一款，拿来对照一看，相同，它们完全相同。

和这个有联带意义的，便是"服从领袖"的教育。希特勒青年团的首领希拉赫曾宣说过："国社主义青年团体的成立，在拥护我们的领袖希特勒！"意思当然是说，希特勒青年团的存在唯一的理由，是为了希特勒的存在。团里规定每日每个青年活动的开始，得先作一番默祷，之后再呼几声"希特勒万岁"。对于"领袖"，他们提倡迷信的膜拜。

当然，爱国家，爱领袖这是如何庄重的事，但希特勒要德意志青年所爱的是什么国家，什么领袖？想象灵巧的希魔，最长于把悦耳的语句，来钓取青年淳朴的心魂。他成功了（骗子往往也可以得到一点成功的），一部分天真青年，居然憨态可掬的爱起他们抢掠焚杀的法西斯国家，和暴虐淫乱的"领袖"来，但，建筑在别人阴谋上的"爱"，会是真的，永恒的吗？

一个崇高庄严的名词，也可以拿来做欺弄青年的工具。

在轴心国，这些原都无足可怪，可怪的倒是在我们贵国里有一个著名的"老青年"，也竟然说了些有失大雅的议论，且抄它几句之"精粹语"在下面吧：爱护国家这一句话，在现在的世界上是一个极其普遍的观念。英国人一定爱他们的英国；俄国人一定爱他们的俄国；美国人一定爱他们的美国；我们的敌人——日本帝国主义的人民，也一定爱他们的国家。无论那一国家的人民莫不如此。

怎么？日本人民也要爱他们现在的被法西斯统治着的国家吗？可是借问一声，在封建性天皇制的国家未经改造，法西斯化军阀制的国家未经摧毁之前，日本人民对他们的国家有什么爱？为什么爱？爱它会奴役自己侵略他族吗？

但还有更精更粹的：

在这一个世界烽火的战争当中，无论是敌人，无论是同盟国家，彼此的兵戎相见，没有别的理由，唯一的理由就是为了爱国，为了争取或维持国家民族的自由，平等，与生存。

这是什么话？这应当是谁的声音？

希特勒带领了德国匪军，到法兰西到俄罗斯打仗，是为着"爱国""求生存"吗？日本渡过海来打中国，是为了"爱国""求生存"吗？假使同盟国与轴心国，全是为"爱国""求生存"而作战的话，岂不是双方都对，都有理，都伟大，都可赞美？岂不是没有黑与白之异，正派与反派之分，正义与霸道之别了？难怪日本也称他们的抢掠战为"圣战"啰！

我们，进步的青年，是站在争取民族的自由解放的立场上，来坚决地进行保卫祖国反抗法西斯侵略的斗争。但在这一立场上，我们之和法西斯的不同，其分明正如清水之与乱石，绝无任何可渗溶混淆的可能。

（遵检一段）

我们是这样深挚的热爱我们的国家，因为它是属于我们全民族全人民自己的。因为它是和平、正义而庄严的。假若没有了这种性质的国家，我们将失去所有我们的一切。几年来，我们之所以在近乎孤军作战，没有什么援助的状况下，浴血抗敌不计牺牲，主要的道理就在这里。

只有我们中华民族的青年，才是最懂得怎样保持清醒理智以尽忠国家，来维护自己人民的尊严和自由的。

（原载 1943 年 10 月 3 日《新华日报》，署名祁郡）

国立西南联合大学纪念碑碑文

冯友兰

中华民国三十四年九月九日，我国家受日本之降于南京。上距二十六年七月七日卢沟桥之变，为时八年；再上距二十年九月十八日沈阳之变，为时十四年；再上距清甲午之役，为时五十一年。举凡五十年间，日本所鲸吞蚕食于我国家者，至是悉备图籍献还。全胜之局，秦汉以来所未有也。

国立北京大学、国立清华大学原设北平，私立南开大学原设天津。自沈阳之变，我国家之威权逐渐南移，惟以文化力量与日本争持于平、津，此三校实为其中坚。二十六年平津失守，三校奉命迁移湖南，合组为国立长沙临时大学，以三校校长蒋梦麟、梅贻琦、张伯苓为常务委员主持校务，设法、理、工学院于长沙，文学院于南岳，于十一月一日开始上课。迨京沪失守，武汉震动，临时大学又奉命迁云南。师生徒步经贵州，于二十七年四月二十六日抵昆明。旋奉命改名为国立西南联合大学，设理工学院于昆明，文法学院于蒙自，于五月四日开始上课。一学期后，文法学院亦迁昆明。二十七年，增设师范学院。二十九年，设分校于四川叙永，一学年后并于本校。

昆明本为后方名城，自日军入安南，陷缅甸，乃成后方重镇。联合大学支持其间，先后毕业学生二千余人，从军旅者八百余人。河山既复，日月重光，联合大学之使命既成，奉命于三十五年五月四日结束。原有三校，即将返故居，复旧业。

缅维八年支持之苦辛，与夫三校合作之协和，可纪念者，盖有四焉。

我国家以世界之古国，居东亚之天府，本应绍汉唐之遗烈，作并世之先进，将来建国完成，必于世界历史居独特之地位。盖并世列强，虽新而不古；希腊罗马，有古而无今。惟我国家，亘古亘今，亦新亦旧，斯所谓"周虽旧邦，其命维新"者也！旷代之伟业，八年之抗战已开其规模、立其基础。今日之胜利，于我国家有旋乾转坤之功，而联合大学之使命，与抗战相终始，此其可纪念者一也。

文人相轻，自古而然，昔人所言，今有同慨。三校有不同之历史，各异之学风，八年之久，合作无间，同无妨异，异不害同，五色交辉，相得益彰，八音合奏，终和且平，此其可纪念者二也。

"万物并育不相害，道并行而不相悖，小德川流，大德敦化，此天地之所以为大。"斯虽先民之恒言，实为民主之真谛。联合大学以其兼容并包之精神，转移社会一时之风气，内树学术自由之规模，外获民主堡垒之称号，违千夫之诺诺，作一士之谔谔，此其可纪念者三也。

稽之往史，我民族若不能立足于中原、偏安江表，称曰南渡。南渡之人，未有能北返者。晋人南渡，其例一也；宋人南渡；其例二也；明人南渡，其例三也。风景不殊，晋人之深悲；还我河山，宋人之虚愿。吾人为第四次之南渡，乃能于不十年间，收恢复之全功，庾信不哀江南，杜甫喜收蓟北，此其可纪念者四也。

联合大学初定校歌，其辞始叹南迁流难之苦辛，中颂师生不屈之壮志，终寄最后胜利之期望。校以今日之成功，历历不爽，

若合符契。联合大学之始终,岂非一代之盛事、旷百世而难遇者哉!爰就歌辞,勒为碑铭。铭曰:

痛南渡,辞官阙。驻衡湘,又离别。更长征,经峣嵲。望中原,遍洒血。抵绝徼,继讲说。诗书丧,犹有舌。尽笳吹,情弥切。千秋耻,终已雪。见倭寇,如烟灭。起朔北,迄南越。视金瓯,已无缺。大一统,无倾折,中兴业,继往烈。维三校,兄弟列,为一体,如胶结。同艰难,共欢悦,联合竟,使命彻。神京复,还燕碣,以此石,象坚节,纪嘉庆,告来哲。

赤子之心

傅雷

　　早预算新年中必可接到你的信，我们都当作等待什么礼物一般的等着。果然昨天早上收到你的来信，并且是多少可喜的消息。孩子！要是我们在会场上，一定会禁不住涕泗横流的。世界上最高的最纯洁的欢乐，莫过于欣赏艺术，更莫过于欣赏自己的孩子的手和心传达出来的艺术！其次，我们也因为你替祖国增光而快乐！更因为你能借音乐而使多少人欢笑而快乐！想到你将来一定有更大的成就，没有止境的进步，为更多的人更广大的群众服务，鼓舞他们的心情，抚慰他们的创痛，我们真是心都要跳出来了！能够把不朽的大师的不朽的作品发扬光大，传布到地球上每一个角落去，真是多神圣，多光荣的使命！孩子，你太幸福了，天待你太厚了。我更高兴的更安慰的是：多少过分的谀词与夸奖，都没有使你丧失自知之明，众人的掌声，拥抱，名流的赞美，都没有减少你对艺术的谦卑！总算我的教育没有白费，你二十年的折磨没有白受！你能坚强（不为胜利冲昏头脑是坚强的最好的证据），只要你能坚强，我就一辈子放了心！成就的大小、高低，是不在我们掌握之内的，一半靠人力，一半靠天赋，但只要坚强，就不怕失败，不怕挫折，不怕打击——不管是人事上的、生活上的、技术上的、学习上的——打击；从此以后你可以孤军奋斗了。何况事实上有多少良师益友在周围帮助你，扶掖你。还加上古今的名著，时时刻刻给你精神上的养料！孩子，从今以后，你永远不会孤独的了，即使孤独也不怕的了！

赤子之心这句话，我也一直记住的。赤子便是不知道孤独的。赤子孤独了，会创造一个世界，创造许多心灵的朋友！永远保持赤子之心，到老也不会落伍，永远能够与普天下的赤子之心相接相契相抱！你那位朋友说得不错，艺术表现的动人，一定是从心灵的纯洁来的！不是纯洁到像明镜一般，怎能体会到前人的心灵？怎能打动听众的心灵？

音乐院院长说你的演奏像流水、像河，更令我想到克利斯朵夫的象征。天舅舅说你小时候常以克利斯朵夫自命；而你的个性居然和罗曼·罗兰的理想有些相像了。河，莱茵，江声浩荡……钟声复起，天已黎明……中国正到了"复旦"的黎明时期，但愿你做中国的——新中国的——钟声，响遍世界，响遍每个人的心！滔滔不竭的流水，流到每个人的心坎里去，把大家都带着，跟你一块到无边无岸的音响的海洋中去吧！名闻世界的扬子江与黄河，比莱茵的气势还要大呢！……黄河之水天上来，奔流到海不复回！……无边落木萧萧下，不尽长江滚滚来！……有这种诗人灵魂的传统的民族，应该有气吞牛斗的表现才对。

一个人的机会、享受，是以千千万万人的代价换来的，那是多么宝贵。你得抓住时间，提高警惕，非苦修苦练，不足以报效国家，对得住同胞。看重自己就是看重国家。不要忘记了祖国千万同胞都在自己的岗位上努力，为人类的幸福而努力。尤其要想到目前国内生灵所受的威胁，所作的牺牲。

此外，也有一个道义的责任，使你要尽量的把国外的思潮向我们报道。一个人对人民的服务不一定要站在大会上演讲或是做什么惊天动地的大事业，随时随地，点点滴滴的把自己知道的、想到的告诉人家，无形中就是替国家播种、施肥、垦植！孩子，你千万记住这些话，多多提笔！

你不是抱着一腔热情，想为祖国、为人民服务吗？而为祖国、为人民服务是多方面的，并不限于在国外为祖国争光，也不限于用音乐去安慰人家——虽然这是你最主要的任务。我们的艺术家还需要把自己的感想、心得，时时刻刻传达给别人，让别人去作为参考的或者是批判的资料。你的将来，不光是一个演奏家，同时必须兼做教育家；所以你的思想，你的理智，更其需要训练，需要长时期的训练。

孩子，一个人空有爱同胞的热情是没用的，必须用事实来使别人受到我的实质的帮助，这才是真正的道德实践。

1955 年 1 月 26 日

（选自《傅雷家书》，傅雷著，万卷出版公司，2021）

失根的兰花

陈之藩

　　顾先生一家约我去费城郊区一个小的大学里看花，汽车走了一个钟头的样子到了校园，校园美得像首诗，也像幅画。依山起伏，古树成荫，绿藤爬满了一幢一幢的小楼，绿草爬满了一片一片的坡地，除了鸟语，没有声音。像一个梦，一个安静的梦。

　　花圃有两片，一片是白色的牡丹，一片是白色的雪球。在如海的树丛里，还有闪烁着如星光的丁香，这些花全是从中国来的吧。

　　由于这些花，我自然而然的想起北平公园里的花花朵朵，与这些简直没有两样。然而，我怎样也不能把童年时的情感再回忆起来。不知为什么，我总觉得这些花不该出现在这里。它们的背景应该是来今雨轩，应该是谐趣园，应该是殿宫阶台或亭阁栅栏。因为背景变了，花的颜色也褪了，人的感情也落了。泪，不知为什么流下来。

　　十几岁，就在外面漂流，泪从来也未这样不知不觉的流过。在异乡见过与家乡完全相异的事物，也见过完全相同的事物，同也好，不同也好，我从未因异乡事物而想到过家。到渭水滨，那水，是我从来没有看见过的。我只感到新奇，并不感觉陌生；到咸阳城，那城，是我从来没有看见过的，我只感觉它古老，并不感觉伤感。我曾在秦岭中捡过与香山上同样红的枫叶；我也曾在蜀中看到与太庙中同样老的古松，我并未因而想起过家，虽然那些时候，我穷苦的像个乞丐，但胸中却总是有嚼菜根用以自励的精神，我曾骄傲地说过自己："我，到处可以为家。"

然而，自至美国，情感突然变了。在夜里的梦中，常常是家里的小屋在风雨中坍塌了，或是母亲的头发一根一根的白了。在白天的生活中，常常是不爱看与故乡不同的东西，而又不敢看与故乡相同的东西。我这时才恍然悟到，我所谓的到处可以为家，是因为蚕未离开那片桑叶，等到离开国土一步，即到处均不可以为家了。

美国有本很著名的小说，里面穿插着一个中国人，这个中国人是生在美国的，然而长大之后，他却留着辫子，说不通的英语，其实他英语说得非常好。有一次，一不小心，将英文很流利地说出来，美国人自然因此知道他是生在美国的，问他，为什么偏要装成中国人呢。他说："我曾经剪过辫子，穿起西装，说着流利的英语，然而，我依然不能与你们混合，你们拿另一种眼光看我，我感觉痛苦……"

花搬到美国来，我们看着不顺眼；人搬到美国来，也是同样不安心。这时候才忆起，家乡土地之芬芳，与故土花草的艳丽。我曾记得，八岁时肩起小镰刀跟着叔父下地去割金黄的麦穗，而今这童年的彩色版画，成了我一生中不朽的绘图。

在沁凉如水的夏夜中，有牛郎织女的故事，才显得星光晶亮；在群山万壑中，有竹篱茅舍，才显得诗意盎然。在晨曦的原野中，有拙重的老牛才显得纯朴可爱。祖国的山河，不仅是花木，还有可感可泣的故事，可吟可咏的诗歌，儿童的喧哗笑语与祖宗的静肃墓庐，把它点缀得美丽了。

宋朝画家郑思肖，画兰，连根带叶，均飘于空中，人问其故，他说："国土故亡，根着何处？"国，就是土，没有国的人，是没有根的草，不待风雨折磨，即形枯萎了。

古人说，人生如萍，在水上乱流，那是因为古人未出国门，没有感觉离国之苦，萍总还有水流可借。以我看，人生如絮，飘零在此万紫千红的春天。

1957 年

（选自《台湾散文选》，中国友谊出版公司，1986）

祖国母亲的心

冰心

    我十岁的生日，我的一个堂姐姐送给我两本小说。一本是什么《女学生》，因为没有印象，书名和故事都记不清了。

    另一本是《凄风苦雨录》，说的是三个中国劳动人民，被人贩子骗卖到南洋当猪仔的故事。从被骗上船，关闭在窒闷的货舱里，直到到了海外矿山工地，受尽白种工头百般的折磨凌虐，三个人里面死了两个，剩下的那一个人，经过千灾百难，好容易熬出来，自己赎了身，娶了妻子。书里描写在他结婚的那一天，许多华工来祝贺，他自己却"哭得天昏地暗，红彩无光"。这两句话我记得清清楚楚，因为这本书我看了好几遍，每看到这里，必定大哭一场。

    从这时起，在我幼小的心灵里，懂得"恨"字是什么滋味！我痛恨清政府的腐败和无能，害得成千上万的中国勤劳勇敢的人民，痛苦流离，漂泊海外，有家难奔，有国难投……

    从二十几岁起，我开始接触到海外的侨胞，在美国、英国、法国、意大利、日本、印度、缅甸……开饭馆的，开洗衣店的，卖领带的……他们纯朴诚挚的脸，热情坚定的眼光。一听到乡音，就会使他们突然惊喜，他们会拉住你，絮絮不休地问着故乡的消息。当你吞吞吐吐地说不出什么使他高兴的话的时候，他们就低下头，转过脸，却又勉强笑着招呼你多吃点菜，说"到了同胞的饭馆里，还客气么，这一顿饭不要付钱了！"

    几百年来，这些勤劳勇敢的人，只凭着自己的一双热爱劳动的手，在困苦艰难的环境中，开出一条谋生的道路。他们同当地的人民，在共同劳动、共同争取民族独立的斗争中，流过血汗，建立了亲密的友谊。他们珍重地保留着祖国的传统文化，也在所在国的人民中间介绍了祖国的文化。破碎支离的祖国，虽然没有他们安身立命的地方，而他们却孤忠耿耿，即使海枯石烂，他们也要把自己的遗骨，送回他们生前不能立足的家乡去！

有这样地热爱祖国的人民的国家，是不会永远沉沦的。中国人民站起来了，九百多万平方公里的河山被开发了，和煦的东风吹拂着，遍地迸散着新土的芬芳，崭新的社会主义建设，正在飞跃发展，我们多么需要更多的劳动双手呵！

我最喜欢苏联的那首歌——《祖国进行曲》里面的：

　　我们祖国多么辽阔广大，
　　它有无数田野和森林。
　　我们没有见过别的国家，
　　可以这样自由呼吸。

海外侨胞们！中国人被凌辱压迫的黑暗时代，已经一去不复返了。帝国殖民主义者煽动起来的某些亚洲国家的反华排华活动，是困不了中国侨民的。愿意回归祖国的同胞们，重整过的繁盛家园在等待你，朝气勃勃的手足骨肉在欢迎你。我们欢迎勤劳勇敢，光明磊落的同胞，回到我们祖国辽阔广大的土地上，抬起头，挺起胸，来一个深深的"自由呼吸"，然后运用起坚强的双手，在跃进的亲人行列中，为建设我们自己的社会主义大厦，使出欢腾洋溢的力量。

1960 年 2 月 6 日

（选自《冰心散文选》，人民文学出版社，2008）

寄国外华侨小读者

冰心

亲爱的小朋友：

　　最近因为送一位外国朋友回国，我从北京经上海到广州，做了一次短期的旅行。前几天刚回到首都，看见街市上已经充满了节日的欢乐气氛，一年一度的国庆节又到了。在这时候，我首先想起的，总是我们在海外的年少的亲人，让我对你们述说我在这次旅行中的见闻，作为我节日的献礼吧！

　　因为是陪着要赶行程的外国朋友，我们到处真是走马看花，但是尽管我们看的不细不深，只就我们眼前所掠过的朝气蓬勃的景象，已经够使人欢喜赞叹的了。

　　我的那位外国朋友，她是个作家，观察很深刻，心思很缜密。有些景象对于我是"司空见惯"了，对于她却样样都是新奇，都是伟大。比如说，当我们坐火车南下时节，看到车窗外旋转过去的碧绿的田地，她就赞叹说："你看，你们这里的田地，总是整整齐齐地连在一起，一眼望不见边……"每到一个车站，她也要下来走走，她说："你们这里看不见一个衣服褴褛，形容枯槁的人，也看不见一个乞丐！"她还喜欢看车站上贩卖食品和土货的小车，她笑说："你看，这么多的水果，这么多的点心，种类又多，味道又美，这真给诽谤造谣，说中国人又饥又寒的人，打了一记响亮的耳光！"

我们的第一个停留的地方是上海，从车站到旅馆去的道上，看见南京路一带有轨电车的铁轨，正在拆除，红色的无轨电车已经在马路上往来不绝地行驶，这铁轨是英帝国主义者在五十五年前敷设的，不过几天就会完全拆光，从此马路上不再有隆隆震耳的车声，来往的车辆也可以平稳地通行，这会给上海人民以更深的安静快乐的感觉的。

我陪她参观了国棉二厂、七一人民公社……新中国的工人和农民，对于建设社会主义的无比热情，证明了摆脱了半封建、半殖民地的枷锁，而做了自己国家主人的人民，是有无穷的力量的。工厂和田地上的产品数量和质量，都是扶摇直上，这些指标和数字，都引起她极大的兴趣。此外使她十分兴奋的还有上海的少年文化宫，这本是一个帝国主义分子的私人住宅，有大客厅、大跳舞厅、大餐厅和许许多多极其讲究的房间，现在都成了上海少年儿童的种种活动场所，他们在里面唱歌、跳舞、演剧、制造飞机和轮船的模型等。每天接待的小朋友，可达数千人。我们去的那一天，正看见很多的小朋友，在那里作种种活动，他们笑嘻嘻地给我们表演魔术，请我们参观他们的唱歌组、刺绣组等。我们出来的时候，他们纷纷地送了出来，在楼外广大的草地上游戏的小朋友，也围聚了来，欢笑着叫："阿姨，再见！"

鲁迅纪念馆是在虹口公园里面，这公园是解放后开辟出来的，引了水，种了树，现在已是湖水涟漪，浓荫如画了。在大树下红花绿草之间，老人们在休息，少年们在看书，草地上还有许多小朋友围坐着在说故事，在游戏。我们在鲁迅墓前献了花，还到纪念馆参观，这里面也有许多小朋友，在静静地仰头细看。祖国这位伟大作家的一生，对于我们的青少年，是有极大的鼓舞和感染的力量的。

在上海期间，我们还偷空到苏州游览一天。我的这位外国朋友，对于苏州的几个花园，如西园，留园，拙政园，都有着很大的兴趣。园林艺术，本是中国建筑家的特长，在那里面，一山一水，一亭一台的配置，都有很大的匠心。这几个花园本是元、明、清几代的古建筑，解放前有的成为驻兵之所，残毁不堪，现在一一修复。一进园门就觉得身入图画之中，暑气尽消。我的朋友照了许多相片，久久留连不忍离去。

从上海到广州也坐的是火车。一进入广东境，火车和北江并行了几小时，这一路，山青水秀，我们很早醒起，看见这风景就不想再睡了。我的朋友说："你的国家是多么辽阔，又是多么美丽，我们走了几天，处处景物不同，而且，走了这么几天还没有到边！"

广州是她走过的地方，上次她入境的时候，已经参观过一些名胜了，我们只在一个傍晚坐着汽车出去兜风，走过新建的珠江大桥，这是通向湛江等处的孔道，两旁木麻黄树林，又深又密，绿意扑人。树下连绵不断大红花丛，更是争妍斗艳。这座大桥，是我去年路过的时候所没有的，祖国的建设，真是日新月异呵。

我送她到了深圳，深圳又新建了一座大楼，上面是"中华人民共和国九龙车站"几个金字。我正向这座新建筑物凝望的时候，我的朋友忽然拉着我的手，说："我进入你们国门的时候，从对面看见这座楼上飘扬的五星红旗，我就落下泪来了，对于你们这个伟大的国家，我想望了多久了呵！"

亲爱的小朋友，我们伟大的祖国，给我们以多么大的光荣和自豪呵！作为新中国的人民，我们决不会辜负祖国对于我们的关怀和热爱，我愿意在祖国第十四个伟大的节日，和小朋友们在一起，立下志愿，无论在国内，在海外，我们决心努力学习，好好工作，和我们周围的各国的广大人民，一同为世界和平，人类进步，贡献出自己最大的力量！

祝你们节日快乐！

你们的朋友　冰心

1963 年 9 月

（选自《冰心选集》，四川人民出版社，1984）

望大陆

于右任

葬我于高山之上兮，望我大陆；
大陆不可见兮，只有痛哭。

葬我于高山之上兮，望我故乡；
故乡不可见兮，永不能忘。

天苍苍，野茫茫，
山之上，国有殇。

（《于右任诗词集》，于右任著，杨博文辑录，湖南人民出版社，1984）

地　图

余光中

　　书桌右手的第三个抽屉里，整整齐齐叠着好几十张地图，有的还很新，有的已经破损，或者字迹模糊，或者在折缝处已经磨开了口。新的，他当然喜欢，可是最痛惜的，还是那些旧的，破的，用原子笔画满了记号的。只有它们才了解，他闯过哪些城，穿过哪些镇，在异国的大平原上咽过多少州多少郡的空寂。只有它们的折缝里犹保存他长途奔驰的心境。八千里路云和月，它们曾伴他，在月下，云下。不，他对自己说，何止八千里路呢？除了自己道奇的里程计上标出来的二万八千英里之外，他还租过福特的 Galaxie 和雪佛兰的 Impala；加起来，折合公里怕不有五万公里？五万里路的云和月，朔风和茫茫的白雾和雪，每一寸都曾与那些旧地图分担。

　　有一段日子，当他再度独身，那些地图就像他的太太一样，无论远行去何处，事先他都要和它们商量。例如，从芝加哥回盖提斯堡，究竟该走坦坦的税道，还是该省点钱，走二级三级的公路？究竟该在克利夫兰，或是在匹兹堡休息一夜？就凭着那些地图，那些奇异的名字和符咒似的号码，他闯过费城、华盛顿、巴铁摩尔、去过蒙特利尔、旧金山、洛杉矶、纽约。

　　回国后，这种倜傥的江湖行，这种意气自豪的浪游热，德国佬所谓的 wanderlust 者，一下子就冷下来了。一年多，他守住这个已经够小的岛上一方小小的盆地兜圈子，兜来兜去，至北，是大直，至南，是新店。往往，一连半个月，他活动的空间，不出一条怎么说也说不上美丽的和平东路，呼吸一百二十万人呼吸过的第八流的空气，二百四十万只鞋底踢起的灰尘。有时，从厦门街到师大，在他的幻想里，似乎比芝加哥到卡拉马如更遥更远。日近长安远，他常常这样挖苦自己。偶尔他"文旌南下"，逸出那座无欢的灰城，去中南部的大学作一次演讲。他的演讲往往是免费的，但是灰城外，那种金黄色的晴美气候，也是免费的。回程的火车上，他相信自己年轻得多了，至少他的肺叶要比去时干净。可是一进厦门街，他的自信立刻下降。在心里，他对那狭长的巷子和那日式古屋说："现实啊现实，我又回来了。"

这里必须说明，所谓"文旌南下"，原是南部一位作家在给他的信中用的字眼。中国老派文人的板眼可真不少，好像出门一步，就有云旗委蛇之势，每次想起，他就觉得好笑，就像梁实秋，每次听人阔论诗坛文坛这个坛那个坛的，总不免暗自莞尔一样。"文旌北返"之后，他立刻又恢复了灰城之囚的心境，把自己幽禁在六个榻榻米的冷书斋里，向六百字稿纸的平面，去塑造他的立体建筑。六席的天地是狭小的，但是六百字稿纸的天地却可以无穷大。面对后者，他欣赏无视于前者了。面对后者，他的感觉不能说不像创世纪的神。一张空白的纸永远是一个挑战，对于一股创造的欲望，宇宙未剖之际，浑浑茫茫，一个声音说，应该有光，于是便有了光。做一个发光体，一个光源，本身便是一种报酬，一种无上的喜悦，每天，他的眼睛必成为许多许多眼睛的焦点。从那些清澈见底，那些年轻眼睛的反光里，他悟出光源的意义和重要性。仍然，他记得，年轻时他也曾寂寞而且迷失，而且如何的嗜光。现在他发现自己竟已成为光源，这种发现，使他喜悦，也使他惶然战栗。而究竟是怎样从嗜光族人变成了光源之一的，那过程，他已经记忆朦胧了。

他所置身的时代，像别的许多时代一样，是混乱而矛盾的。这是一个旧时代的结尾，也是一个新时代的开端，充满了失望，也抽长着希望，充满了残暴，也有很多温柔，如此逼近，又如此看不清楚。一度，历史本身似乎都有中断的可能。他似乎立在一个大旋涡的中心，什么都绕着他转，什么也捉不住。所有的笔似乎都在争吵，毛笔和钢笔，钢笔和粉笔。毛笔说，钢笔是舶来品，钢笔说毛笔是土货，且已过时。又说粉笔太学院风，太贫血，但粉笔不承认钢笔的血液，因为血液岂有蓝色。于是笔战不断绝，文化界的巷战此起彼落。他也是火药的目标之一，不过在他这种时代，谁又能免于稠密的流弹呢？他自己的手里就握有毛笔，粉笔和钢笔。他相信，只要那是一支挺直的笔，一定会在历史上留下一点笔迹的，也许那是一句，也许那是整节甚至整章。至于自己本来无笔而要攘人，据人，甚至焚人之笔之徒，大概是什么标点符号也留不下来的吧。

流弹如雹的雨季，他偶尔也会坐在那里，向摊开的异国地图，回忆另一个空间的逍遥游。那是一个纯然不同的世界，纯然不同，不但因为空间的阻隔，更因为时间的脱节。从这个世界到那个世界的意义，不但是八千英里，而且是半个世纪。那里，一切的节奏比这里迅疾，一切反应比这里灵敏，那里的空气中跳动着六十年代的脉搏，自由世界的神经末梢，听觉和视觉，触觉和嗅觉，似乎都向那里集中。那里的城市，向地下探得更深，向空中升得更高，向四方八面的触须伸得更长更长。那里的人口，有几分之一经常在高速的超级国道上，载驰载驱，从大西洋到太平洋，没有一盏红灯！新大陆，新世界，新的世纪！惠特曼的梦，林肯的预言。那里的眼睛总是向前面看，向上面，向外面看。当他们向月球看时，他们看见二十一世纪，阿拉斯加和夏威夷的延长，人类最新的边疆，最远最复辽的前哨。而他那个民族已习惯于回顾。当他们仰望明月，他们看见的是蟾，是兔，是后羿的逃妻，在李白的杯中、眼中、诗中。所以说，那是一个纯然不同的世界。他属于东方，他知道月亮浸在一个爱情典故里该有多美丽。他也去过西方，能够想象从二百英寸的巴洛马天文望远镜中，从人造卫星上窥见的那颗死星，该怎样诱惑着未来的哥伦布和郑和。

他将自己的生命划为三个时期：旧大陆，新大陆和一个岛屿。他觉得自己同样属于这三种空间，不，三种时间，正如在思想上，他同样同情钢笔、毛笔、粉笔。旧大陆是他的母亲，岛屿是他的妻，新大陆是他的情人。和情人约会是缠绵而醉人的，但是那件事注定了不会长久。在新大陆的逍遥游中，他感到对妻子的责任，对母亲深远的怀念，渐行渐重也渐深。去新大陆的行囊里，他没有像萧邦那样带一把泥土，毕竟，那泥土属于那岛屿，不属于那片古老的大陆。他带去的是一幅旧大陆的地图。中学时代，抗战期间，他用来读本国地理的一张破地图，就是那张破地图，曾经伴他自重庆回到南京，自南京而上海而厦门而香港而终于到那个岛屿。一张破地图，一个破国家，自嘲地，他想。密歇根的雪夜，盖提斯堡的花季，他常常展视那张残缺的地图，像凝视亡母的旧照片。那些记忆深长的地名，长安啊，洛阳啊，赤壁啊，台儿庄啊，汉口和汉阳，楚和湘。往往，他的眸光逡巡在巴蜀，在嘉陵江上，在那里，他从一个童军变成一个高二的学生。

远从初中时代起，他就喜欢画地图了。一张印刷精致的地图，对于他，是一种智者的愉悦，一种令人清醒动人遐思的游戏。

从一张眉目姣好的地图他获得的满足，不但是理性的，也是感情的，不但是知，也是美。蛛网一样的铁路，麦穗一样的山峦，雀斑一样的村落和市镇，雉堞隐隐的长城啊，叶脉历历的水系。神秘而荒凉而空廓廓的沙漠。当他的目光循江河而下，徘徊于柔美而曲折的海岸线，复在罗列得缤缤纷纷或迤迤逦逦的群岛之间跳越为戏的时候，他更感到鸥族飞翔的快意。他爱海。哪一个少年不爱海呢？中学时代的他，围在千山之外仍是千山的四川，只能从地图上去嗅那蓝而又咸的活荒原的气息。秋日的半下午，他常常坐一方白净的冷石，俯临在一张有海的地图上面，作一种抽象的自由航行。这样鸥巡着水的世界，这样云游着鹰瞰着一巴掌大小的大地，他产生一种君临，不，神临一切的幻觉。这样的缩地术，他觉得，应该是一切敏感的心灵都嗜好的一种高级娱乐。

他临了一张又一张的地图。他画了那么多张，终于他发现，在这一方面，他所知道的和熟记的，竟已超过了地理老师。有些笨手笨脚的女同学，每每央他代绘中国全图，作为课业。他从不拒绝，像一个名作家不拒绝为读者签名一样，只是每绘一张，他必然留下一个错误。例如青海的一个湖泊给他的神力朝北推移了一百公里，或是辽宁的海岸线在大连附近凭空添上一个港湾等。无知的女同学不会发现，自是意料中事。而有知的郭老师竟然也被瞒过了，怎不令他感到九级魔鬼诡计得售后的自满？

他喜欢画中国地图，更喜欢画外国地图。国界最纷繁海岸最弯曲的欧洲，他百览不厌。多湖的芬兰，多岛的希腊，多雪多峰的瑞士，多花多牛多运河的荷兰，这些他全喜欢。但使他沉迷的，是意大利，因为它优雅的海岸线和音乐一样的地名，因为威尼斯和罗马，凯撒和朱丽叶，那颇利，墨西拿，萨地尼亚。一有空他就端详那些地图。他的心境，是企慕，是向往，是对于一种不可名状的新经验的追求。那种向往之情是纯粹的，为向往而向往。面对用绘图仪器制成的抽象美，他想不明白，秦王何以用那样的眼光看督亢，亚历山大何以要虎视印度，独脚的海盗何以要那样打量金银岛的羊皮纸地图。

在山岳如狱的四川，他的眼神如蝶，翩翩于滨海的江南。有一天能回去就好了，他想。后来蕈状云从广岛升起，太阳旗在中国的大陆降下，他发现自己怎么已经在船上，船在白帝城下在三峡，三峡在李白的韵里。他发现自己回到了江南。他并未因此更加快乐，相反地，他开始怀念四川起来。现在，他只能向老汉骑牛的地图去追忆那个山国，和山国里那些曾经用川语摆龙门阵甚至吵架的故人了。太阳旗倒下。他发现自己到了这个岛上，初来的时候，他断断没有想到，自己竟会在这多地震的岛上连续抵挡十几季的台风和霉雨。现在，看地图的时候，他的目光总是在江南逡巡。燕子矶，雨花台，武进，漕桥，宜兴，几个单纯的地名便唤醒一整个繁复的世界。他更未料到，有一天，他也会怀念这个岛屿，在另一个大陆。

"你不能真正了解中国的意义，直到有一天你已经不在中国，"从新大陆寄回来的家信中，他这样写过。在中国，你仅是七万万分之一的中国，天灾，你可以怨中国的天，人祸，你可以骂中国的人，军阀、汉奸、政客、贪官污吏、土豪劣绅，你可以一个挨一个的骂下去，直骂到你的老师，父亲，母亲。当你不在中国，你便成为全部的中国，鸦片战争以来，所有的国耻全部贴在你脸上。于是你不能再推诿，不能不站出来。站出来，而且说："中国啊中国，你全身的痛楚就是我的痛楚，你满脸的耻辱就是我的耻辱！"第一次去新大陆，他怀念的是这个岛屿，那时他还年轻。再去时，他的怀念渐渐从岛屿转移到大陆，那古老的大陆，所有母亲的母亲，所有父亲的父亲，所有祖先啊所有祖先的大摇篮，那古老的大陆。中国所有的善和中国所有的恶，所有的美丽和所有的丑陋，全在那片土地上和土地下面，上面，是中国的稻和麦，下面，是黄花岗的白骨是岳武穆的白骨是秦桧的白骨或者竟然是黑骨。无论你愿不愿意，将来你也将加入这些。

走进地图，便不再是地图，而是山岳与河流，原野与城市。走出那河山，便仅仅留下了一张地图。当你不在那片土地，当你不再步履于其上，俯仰于其间，你只能面对一张象征性的地图，正如不能面对一张亲爱的脸时，就只能面对一帧照片了。得不到的，果真是更可爱吗？然则灵魂究竟是躯体的主人呢，还是躯体的远客？然则临图神游是一种超越，或是一种变相的逃避，灵魂的一种土遁之术？也许那真是一个不可宽宥的弱点吧？既然已经娶这个岛屿为妻，就应该努力把蜜月延长。

于是他将新大陆和旧大陆的地图重新放回右手的抽屉。太阳一落，岛上的冬暮还是会很冷很冷的。他搓搓双手，将自己的一切，躯体和灵魂和一切的回忆与希望，完全投入刚才搁下的稿中。于是那六百字的稿纸延伸开来，吞没了一切，吞没了大陆与岛屿，而与历史等长，茫茫的空间等阔。

1967 年 12 月 21 日

（选自《台湾散文选》，中国友谊出版公司，1986）

乡　愁

余光中

小时候，
乡愁是一枚小小的邮票，
我在这头，
母亲在那头。

长大后，
乡愁是一张窄窄的船票，
我在这头，
新娘在那头。

后来啊，
乡愁是一方矮矮的坟墓，
我在外头，
母亲在里头。

而现在，
乡愁是一湾浅浅的海峡，
我在这头，
大陆在那头。

（《诗歌精读·余光中》，余光中著，浙江人民出版社，2018）

祖国啊，我亲爱的祖国

舒婷

我是你河边上破旧的老水车，
数百年来纺着疲惫的歌；
我是你额上熏黑的矿灯，
照你在历史的隧洞里蜗行摸索
我是干瘪的稻穗，是失修的路基；
是淤滩上的驳船
把纤绳深深
勒进你的肩膊，
——祖国啊！

我是贫穷，
我是悲哀。
我是你祖祖辈辈
痛苦的希望啊，
是"飞天"袖间
千百年未落到地面的花朵，
——祖国啊！

我是你簇新的理想，
刚从神话的蛛网里挣脱；

我是你雪被下古莲的胚芽；

我是你挂着眼泪的笑涡；

我是新刷出的雪白的起跑线；

是绯红的黎明

正在喷薄；

——祖国啊！

我是你的十亿分之一，

是你九百六十万平方的总和；

你以伤痕累累的乳房

喂养了

迷惘的我、深思的我、沸腾的我；

那就从我的血肉之躯上

去取得

你的富饶、你的荣光、你的自由；

——祖国啊，

我亲爱的祖国！

（选自《舒婷诗：祖国啊，我亲爱的祖国》，舒婷著，长江文艺出版社，2018）

我爱我们的祖国（节选）

黄药眠

我爱祖国，也爱祖国的大自然的风景。

我不仅爱祖国的山河大地，就是一草一木，一花一石，一砖一瓦，我也感到亲切，感到值得我留恋和爱抚。

且不要去说什么俄罗斯的森林，英吉利的海，芬兰的湖泊，印度尼西亚的岛了。咱们中国自有壮丽伟大的自然图景。

我们有头顶千年积雪的珠穆朗玛峰，有莽苍的黄土高原，有草树蒙密的西双版纳，有一望无际的华北平原，有一泻千里的黄河，有浩浩荡荡的扬子江，有兴安岭的原始森林，有海南岛的椰林碧海，有西北诸省的广阔无垠的青青的牧场，还有说不尽的江湖沼泽……祖国的大地山河哟！哪一个地方不经过劳动者双手的经营，哪一个地方没有流过劳动者的汗，淌过战士们的血？

我爱我们祖国的土地！狂风曾来扫荡过它，冰雹曾来打击过它，霜雪曾来封锁过它，大火曾来烧灼过它，大雨曾来冲刷过它，异族奴隶主的铁骑曾来践踏过它，帝国主义的炮弹曾来轰击过它。不过，尽管受了这些磨难，它还是默默地存在着。一到了春天，它又苏醒过来，满怀信心地表现出盎然的生意和万卉争荣的景色。

这是祖国大地对劳动者的回答，光秃秃的群山穿起了墨绿色的长袍，冈峦变成了翠绿的堆垛，沟谷变成了辽阔的田园，长满了葱绿的禾苗，沼泽变成明镜般的湖泊，层峦叠嶂表示低头臣服，易怒的江河也表示愿供奔走……

祖国的山对我们总是有情的。我们对它们每唱一首歌，它们都总是作出同样响亮而又热情的回响。

我爱祖国的劳动人民，是他们开辟荒野，种出粮食，挑来河水或井水把我哺育长大。

我怀念我的母亲。她用她的乳汁喂养我，她用大巴掌抚摩我的头。直到今天，我的身上还能感到她怀里的体温。

我爱祖国的文化。有时我朗读中国诗歌中的名句，体会到其中最细微的感情，捉摸到其中耐人寻味的思想，想像到其中优美的图景，感触到其中铿锵的节奏、婉转悠扬的韵律，领略到其中言外的神韵。当我读到得意的时候，就不觉反复吟哦，悠然神往。当它触动到我心灵的襞褶的深处时，我就不觉流下了眼泪。

我爱祖国的语言。它的每一个词每一个字，都同我的生活血肉相连，同我的心尖一起跳跃。

从最简单的一句话中，我可以联想到一长串的人物的画廊，联想到一系列的山川、树林、村舍、田野、池塘、湖泊。

我曾经远离祖国几年。那些日子，我对祖国真的说不出有多么的怀念。这怀念是痛苦又是幸福。痛苦，是远离了祖国的同志、祖国的山川风物；幸福，是有这样伟大的祖国供我怀念。

祖国的大自然经常改变它的装束。春天，它穿起了万紫千红的艳装；夏天，它披着青葱轻俏的夏衣；秋天，它穿着金红色的庄严的礼服；冬天，它换上了朴素的雪白长袍。

大自然的季节的变换，促使着新生事物的成长。

这是春天的消息：你瞧！树枝上已微微露出了一些青色，窗子外面开始听得见唧唧的虫鸣了。我知道新的一代的昆虫，正在以我所熟悉的语言庆祝它们新生的快乐。

春天，乘着温湿的微风探首窗前问讯我的健康情况了。"谢谢你，可爱的春天"，我说。

碧油油的春草是多么柔软、茂盛和充满着生机啊！它青青的草色，一直绵延到春天的足迹所能达到的辽远的天涯……

因此，草比花更能引起人们的许多联想和遐思。

繁盛的花木掩着古墓荒坟，绿色的苍苔披覆着残砖废瓦。人世有变迁，而春天则永远在循环不已。

夏天的清晨，农村姑娘赤着脚，踩着草上的晶莹的露珠，走到银色的小溪里满满地汲了一桶水。云雀在天空歌唱，霞光照着她的鲜红的双颊。

这是多么纯朴的劳动者的美啊！

半夜夏凉，我已睡着了。

忽然听见月亮来叩我的窗子，并悄悄地告诉我，你的儿子正在山村的树林里拉手风琴，同农村孩子们一起开儿童节的晚会呢……

秋天，到处是金红的果子，翠锦斑斓的红、黄叶。但它也使人微微感到，一些树木因生育过多而露出来的倦意。

清秋之夜，天上的羽云像轻纱似的，给微风徐徐地曳过天河，天河中无数微粒似的星光一明一灭。

人间的眼前近景，使人忘记了天宇的寥廓啊！

在冰峰雪岭下不也能开出雪莲来吗？你看它比荡漾在涟漪的春水上面的睡莲如何？

在花树构成的宫殿里，群蜂在那里发出嗡嗡的声音。我想这是劳动者之歌哟！

暗夜将尽，每一棵树都踮起脚来遥望着东方，企盼着晨曦。果然不久，红光满面的太阳出来了，它愉快地抱吻着每一枝树梢，发出金色的笑。

黄昏蹒跚在苍茫的原野里。最后看见他好像醉汉似地颓然倒下，消失在黑夜里了。明早起来一看，他早已无影无踪，只看见万丈红霞捧出了初升的太阳。

有人感到秋虫的鸣响送来了暮色的苍凉，有人感到黄鹂的歌唱增添了春天的快乐。

对自然界的景色和音响，人们往往因所处的地位和境遇不同而有不同的反应。

你也许曾经在花下看见细碎的日影弄姿，你也许曾经在林荫道旁看见图案般的玲珑树影，不过，你最好到森林深处去看朝阳射进来时的光之万箭的奇景。

生平到过不少有名的风景区，但在我的脑子里的印象最深的还是我家乡门前的小溪。春天，春水涨满，桥的两孔像是一对微笑的眼睛。细雨如烟，桥上不时有人打着雨伞走过。对岸的红棉树开花了，燕子在雨中飞来飞去，还有一阵一阵的风，吹来了断续的残笛……

我曾躺在扬子江边的大堤上静听江涛拍岸的声音。我想起了赤壁之战、采石矶之战，想起了长发军攻下岳州时的壮烈场面，想起了第一次革命战争时期的汀泗桥之役。折戟沉沙，这些人物都成为过去，只有林立江边的巨人似的工厂烟囱表明了我们这个新的时代。

面对着巨流滚滚的扬子江，我想起了它的发展的历程。

最先它不过是雪山冰岩下面滴沥的小泉，逐渐才变成苍苔滑石间的细流，然后是深谷里跳跃着喜悦的白色浪花的溪涧。以后它又逐渐发展，一时它是澄澈的清溪萦回在牛群牧草之间，一时它又是沸腾咆哮、素气云浮的瀑布，一时它是波平如镜、静静地映着蓝天白云的湖泊，一时它又是飞流急湍、奔腾在崇山狭谷之间的险滩。不知经历了多少曲折和起伏，最后它才容纳了许多清的和浊的支流而形成了茫若无涯的、浩浩荡荡的大江。

每逢假日，我也常约伴去登山。

我们不相信那山颠的云雾缭绕中有什么"神仙"，也不相信那白云深处有什么"高士"。

我们去爬山，是为了休息脑筋，增强体质，丰富知识，同时也是为了锻炼革命的意志。

当我们花了很大的气力爬上第一个山头，回头看看我们所经过的曲折盘旋的小径，看看在我们脚下飞翔的鹰隼，就不觉要高呼长啸。

爬过几个山头以后，又看见前面还有更高的山俯视着我们。好容易爬上最后的顶峰，看看周围，看看耸峙的峭壁，突兀的危崖，嵯峨的怪石，挺立的苍松。在我们脚下是苍茫的云海，云海的间隙中，可以看到乡村，看到通往天边的道路……

这真是一种好的运动，好的锻炼，登山远望真令人心旷神怡，好像胸中能装得下山川湖泊。

我们曾在大海的近旁度假。

碧绿的海水吐着白茫茫一片浪花，蔚蓝的天空像半透明的碧玉般的圆盖覆在上面，海鸥翱翔在晴天和大海之间。太阳就睡在我们的脚下。

辽阔的晴空，清新的空气，荡涤了我们多少工作的疲劳啊！

这是湖边休养所里的夏夜。

凉风轻轻地触动着帏幔，我怀抱着微白的清宵梦入渺茫的烟水之中。湖上的白莲花冉冉起来，变成穿着轻纱的姑娘在荷叶上跳着芭蕾舞。

我没有到过龙门壶口，没有看到过雁荡龙湫，但也看过黄桷树的瀑布和许多偏僻地方的大瀑布。

远离瀑布还好几里，就先听到丘壑雷鸣，先看到雾气从林中升起。走前去一看，只见一股洪流直冲而下，在日光映射下，像是悬空的彩练，珠花迸发，有如巨龙吐沫；水冲到潭里，激起了沸腾的浪花，晶莹的水泡。大大小小的水珠，随风飘荡，上下浮游，如烟如雾，如雨如尘，湿人衣袖。上有危崖如欲倾坠，下有深潭不可逼视。轰隆的巨响，震耳欲聋，同游旅伴虽想交谈几句，也好像失去了声音。

看了瀑布使人感到有一股雄壮宏伟的气势，奔腾冲激的力量，云蒸霞蔚的氛围，它虽然没有具体说出什么，但它的冲劲的确使人振奋。

我并不怎么喜欢盆栽的什么名花；我倒是更喜欢在广阔的草原上，看见淡淡的微风平匀地吹拂着无边无际的含露的野花。

盆景把宏伟的山川变为庭院里的小摆设。有人赞赏这些东西，认为这是人们按照自己的审美理想来安排山川。但在我看来，这些"理想"多少带有消闲的情趣。它怎能代替我们登上高山俯视云海，振衣千仞岗的感受呢！

小溪流唱着愉快的歌流走了，它将冲击着一切涯岸流向大海。静静的群山，则仍留在原来的地方，目送那盈盈的水波远去。

流水一去是决不回来了，但有时也会化作一二片羽云了望故乡。

（选自《散文》1980 年 2 月号）

五星红旗

黄药眠

  五星红旗飘扬在天安门的上空，它向着天上飘浮的白云招手。从东海飘来的白云啊，你曾看见东海那边的日本的人民吗？富士山永远是白雪皑皑，海的儿女最不怕险恶的风涛！他们现在正在克服工作上的种种困难罢？朋友们正在为中日友好而振臂高呼罢？千多年来的友谊应该重新恢复光浑了！白云啊！请你转达我们中国人民对他们的致意。

  五星红旗飘扬在万里长城的上空，它向着天上飘浮的白云招手，从沙漠那边飘来的白云啊，你曾看见那边的牧民兄弟么？坚冰蛾峨、白雪皑皑，由凛冽的寒风抚育成长的儿女们是敢于面向严峻的冬天的。他们现在正在怀着如牧场般宽敞的心情从事生产，使牧群像天空里积聚着的云朵。白云啊，请你转达我们中国人民对他们的致意。

  五星红扬飘扬在喜马拉雅山的上空，它向着天上的白云招手。从印度次大陆飘来的白云购，你曾看见山那边的广大人民吗？国境上的雅鲁藏布江还是那样奔腾咆哮罢？我从前很喜欢读"恒河落日千山碧……"现在恒河怎样？它正在为各兄弟民族的团结而散布着友谊罢！白云啊！请你转达我们中国人民向他们的致意。

  五星红旗飘扬在昆仑山的顶端，它向着我们天上飞行的卫星招手。卫星啊，你环着地球已绕了几个圈了？请你转达我们中国人民向全世界人民的致意。请你把我们带有东方情调的乐曲转送给全世界的人民。虽然我们彼此在地球上的距离是这么远，一边是白昼，一边是黑夜，这里是春天，那里是冬天，尽管隔着多少山，隔着多少海洋，但我们有一个共同的心愿，——那就是大家和平友好，共同重新建立起一个崭新的世界。

五星红旗飘扬在远洋轮桅杆上，它沐浴着海上的太阳，向海上空的浮云招手。这里的海面是宽广的，空气是清净无尘的，但要注意！好望角南端的风涛是湍急的，你要敢于迎着风浪斗争，穿过几个浪顶，越过几个漩涡，现在你又回到我们中国的南海来了！我们要庆祝你远航的成功，千重浪万重波又怎能阻止你远航的胜利的归程呢！

（选自《药眠散文选》，花城出版社，1983）

"国格"与"人格"

——答青年朋友们

聂华苓

我于四月二十日到五月三十一日，在西安、延安、成都、重庆、武汉、郑州、开封、上海、杭州、苏州、南京见到一些青年朋友。他们都是要为中国现代化努力的热血青年；他们都看过我的朋友於梨华的《我的留美经历》。他们都向我提出了这样的问题："美国人真的歧视中国人吗？"看着他们迷惑的神情，我讲了下面几则真实的故事。

"你……你是史密斯太太吗？"我站在门口问。

"是的。你来干什么？"

"我…………"我结结巴巴地回答，"我在报上看到你有屋子出租的广告。我…………"

她摆摆手，不耐烦地打断了我的话，"你是哪国人？"

"中国人！"我那么回答，"我要找个住处，需要两间房子。我有两个女儿就要到爱荷华来了。"我重重地说。

"中国大陆难民！"她歪着嘴笑。

我恨不得打她一耳光，但还是沉住气。"你到底有没有房子出租？"

"没有！"

"你明明在报上登了'房屋出租'的广告！我没有猫，没有狗。只有两个女儿，也都大了！一个十三，一个十四，很规矩的中国女孩子，她们马上就要从台湾来了！我离开她们一年了，我……"

史密斯太太又摆摆手，打断了我的话。我简直是在恳求她的同情——我已经跑遍了爱荷华城找房子，不是房租太贵我租不起，就是房东规定不要孩子。

"我希望你了解一个母亲要和孩子相依为命的心情。我……"

"你说得对！我的确有屋子出租！我就是不租给你！"

"为什么！"

"中国人，印度人，都很脏！"

那是一九六五年的事，发生在我现在的和未来的"家"——爱荷华。

我气愤愤地冲出了史密斯家，在爱荷华街上走，走，走，一直走到天黑。

到哪儿去呢？不知道。

我是中国人，在爱荷华找不着住的地方！我是中国人，却回不了中国！台湾是我十五年的"家"（一九四九——一九六四），我在那儿写作、编辑、教书。但是，和我一起为民主运动而工作的朋友们都因"叛乱罪"被台湾的政府抓进牢里了！我们的杂志被勒令停刊了。我整日生活在恐惧中。台湾是回不去了！到哪儿去呢？不知道。

天黑了，人稀了。我只好回到在爱荷华的那间小屋。小屋在一家糖果店楼上；老板租出楼上的几间屋子，房客除了我之外，全是退休的老女人。我走进屋子，一眼看见桌上两个女儿笑眯眯的照片，想起她们在台湾机场送别时哀哀的哭泣，我又走了出去——走进爱荷华深沉的黑夜。

我终于找到了两间屋子,在一幢破旧的砖房楼上。房东汉密顿在爱荷华大学读化学博士学位的课程;妻子在爱荷华大学医院当护士。他们把楼上出租,一家五口挤在楼下两间房里,只为赚点租金贴补汉密顿的学费,他已经苦读了五年了。他们夫妇俩早出晚归,三个孩子(九岁、七岁、五岁)没人照顾。我看中了这个"要害",自告奋勇为他们看孩子。所谓"看"者,我在楼上工作,他们在楼下玩耍,有事时就上楼来找我。但最使汉密顿太太心动的,是我那两个即将从台湾来的女儿。

"好极了!两个中国女孩子!就住在楼上!她们随时随地可以为我看孩子!五毛钱一个钟头!"

我房子有了。但是,两个女儿的路费一千二百元美金到哪儿去找呢?那时候我不是爱荷华大学的正规工作人员,"作家工作室"每月给我二百五十元津贴,每月缴了九十元房租,剩下的钱除了还债,维持在台湾的女儿生活费之外,就只够糊口了,每个月底,就是寄一封平信的几分钱也没有!有人告诉我,爱荷华的银行可以贷款,分期偿还。但是,银行必须经过详细的调查:贷款人是否有固定工作?收入多少?收入是否足够还债?最后银行经理根据调查结果而作决定。我必须承认,那时候,我对美国人已经有了黄种人的敏感症。我不愿意和美国人打交道,不愿意和他们来往,也不自动去了解他们。爱荷华的中国人,和美国其他地方许多中国人一样,自己筑起了一道"中国城",和美国社会完全隔绝。我也自囚于那个"中国城"中。那时候唯一的乐趣,就是和白先勇、叶珊、王文兴那几位从台湾去爱荷华的写作朋友在一起喝酒聊天,发泄一些忧国伤时的情绪。当然,我们全都十分怀乡。

一天,我到爱荷华的第一银行去订支票。美国银行和中国菜场一样，是日常生活必去的地方，美国人很少带现款，就是买一块肥皂，也可开张支票；他们的公、私交易完全凭支票。我这个最低收入的人，在银行里也有个户头，也有本支票簿。我在银行低头填表申请支票的时候，银行经理荷顿先生在我身边走过去。

"你是新来的吗？"他停下来问我，"我们的顾客，我全认识。我以前没有见过你。"

"我刚从台湾来的。我在'作家工作室'。"

他的脸立刻亮了。"你是个作家！我们爱荷华就是作家、艺术家的地方！来！来！到我办公室来坐坐！"

我跟着荷顿先生走进明亮的办公室。桌上摆着两张照片。

"这是我太太，"他指着那笑得明媚的女人，"这是我女儿。"他指着另一张女孩照片。

我告诉他我在台湾也有两个女儿。

"为什么不到爱荷华来呢？"

我顿了一下。"没有路费。"

"路费需要多少钱？"

"一千二百元。"

"我们银行可以借给你。"

"你说什么？"

"我们银行可以借给你。"

"但是……但是……你还不知道我有多少收入呢！

"我知道。很少！作家总是很穷的！"

"那你怎么可以借钱给我呢？"

"我知道你的孩子对你很重要，孩子一定要和妈妈在一起！这是人之常情。"

"但是……但是……你也得调查一下呀！我的收入有多

少？我还不还得起这一千二百元？还有，我根本不是大学的正规
工作人员！"

"我用不着调查！"

"为什么？"

"我相信你！"

"你碰到我还不到半小时呢！"

"那就够了！我的眼睛很厉害！"他笑了。

我可笑不出来，太感动了。"我……我真不知道怎么说才好。
这样好吗？你先调查一下，再作决定。我还得告诉你：我在爱荷
华只是短期的；明年我还不知道到哪儿去呢！"

"我们银行天天有人来借钱，我还没见过拒绝借钱的人！"
他仍然笑着，"中国人就是这样的吗？"

"很对！中国人是不取不义之财的。"

"借钱并不是不义呀！"他大笑，"你以后每个月还给银行。
你每个月能还多少，就还多少。目前不能还，就拖后几个月，到
你有钱的时候再还，数目由你自己决定。我现在就可以给你一张
一千二百元支票。"

"别忙！我还得讲清楚。现在我每个月只有二百五十元收
入。半年以后，我也许可以有个小工作。"

"那就半年以后开始分期偿还吧！"

"我想，半年以后，我每个月可以还五十元。"我一面说，
一面想：天呀！每个月五十元，一千二百元加上利钱，要多久才
还得清呀！

荷顿先生打开书桌抽屉，拿出支票簿，大而化之画了几个字
递给我。"快点把你女儿接来吧！我相信她们会喜欢爱荷华！"

"我也相信！"我抖着感激的手接过支票，"因为爱荷华有你

这样的人！今天发生的事，好象是《一千零一夜》的故事，我一辈子也忘不了！"

我讲到自己这两件不幸的和幸运的经历，只是希望为中美两国友谊而关心、努力的人，尤其是对美国抱着幻想或是怀疑的年青人明白一点：白种人的"种族歧视"和黄种人的种族成见都是民族之间了解的障碍。史密斯太太拒租和荷顿先生自动借款都不是美国的典型事件。而且，美国和中国一样，不断地在纠正过去的错误，不断地在追求种族的平等。尽管这个问题还没有完全解决，但毕竟在解决着。史密斯太太已经是十六年以前的人了。今天美国各地已经根据法律的规定，成立了各种民权组织，保护少数民族的权利，就是爱荷华那个大学城，也已成立了一个组织，专门处理房东和房客（多半是穷学生）之间的纠纷。假若今天史密斯太太拒绝向任何中国人或印度人出租房屋，被拒绝的人就可以告她一状！假若受害人是学生，学校里还有免费律师为他辩护。

今天的美国和十六年前的美国不同了。

今天的中国也和十六年前的中国不同了。中国已经加入了联合国；中国已经和世界上几乎所有的国家建立了邦交。十六年以前，我从台湾去美国的时候只是一名"中国大陆难民"！由于国民党的政府几十年来的软骨外交，在海外的中国人一直抬不起头来。但是，现在从中国去美国访问或是进修的人，却是带着泱泱大国的国格去的！他们到处受到热烈的欢迎和尊重。这是有目共睹的事实。

可是，"国"格还需要"人"格的陪衬。"国"格是土壤；"人"格是花树。肥沃土壤里长出的美丽花树——那就是外国人心目中的中国。那一株树是一枝一叶一花逐渐长成的。我想到了另一个真实的故事。

我和两个女儿在汉密顿楼上住了一年。那房子在通向公路的路上，运货的卡车日夜不停隆隆驶过，屋子弥漫着灰尘和噪声，还有老鼠、蟑螂横行。一九六六年，我在爱荷华大学得到两份半天的工作：一份工作是教中文；另一份工作是帮助"翻译工作室"搞中译英的学生。

"你是写作的人，所以我们请你来教中文。你在台湾大学是副教授，你在这儿只能做访问讲师，而且我们系里只能给你助教薪水。很对不起！"一位中国老教授这样告诉我。

我的收入可以维持三口之家了，也可以偿还银行每个月五十元的贷款了。而且，还可以换个比较安静的住处。

"中国人，印度人，都很脏！"

那句话一直尖利的刻在我心上。搬家的时候到了。三天之前，我和两个女儿拿起大刷子，沾上清洁剂，每一面墙，每一扇窗，每一道门，每个柜子，每个角落，加上地板、炉子、烤箱、厕所、家具（向房东借用的），包括一张三只脚的破沙发，一分一寸刷了三天！又用灭虫剂把老鼠、蟑螂杀光了！（以前我看见死老鼠就会歇斯底里大叫！）大女儿说："妈妈呀！你这样拼命干什么？房子还他个干净就得了！"

"不行！我们要比他们更干净！"我站在梯子上，拿着一把大刷子刷天花板。

我们搬家了。一年以后，我在街上碰到汉密顿太太。她告诉我，他们就要离开爱荷华了。

"为什么呢？"

"我丈夫的博士考试没有通过，他苦读了七年呀！白费了！人都磨老了！"

"他以后干什么呢？"

　　"改行吧，对了，我早就要告诉你，"她拉起我的手亲热地说，"你搬家时候把我们的房子收拾得好漂亮！比你搬进去的时候还要干净！你们中国人真是爱干净呀！"

　　这是件小事，但可以说明一点：在海外的人一举一动都代表着中华民族；在海外的中国"人"格是和"国"格息息相关的。"国"格是国家在历史的演进中建立起来的；"人"格是个人在日常生活点滴中建立起来的。"国"格是支持海外中国人奋斗下去的力量；"人"格是中国人在美国社会处人处事的准绳。到美国去的人千万不要自囚于孤立的"中国城"中，应该撞进美国社会，多和美国人接触，学习他们的长处回来报效自己的国家。有了"国"格和"人"格的人，无论到哪儿都会受到尊重的。

　　　　　　　　　　　　一九八〇年六月二日深夜，写于北京

　　（选自《黑色，黑色，最美的颜色》，花城出版社、三联书店香港分店，1986）

往事三瞥

萧乾

语言是跟着生活走的。生活变了,有些词儿就失传了。即便是土生土长的北京人,要是年纪还不到五十,又没在像东直门那样当年的贫民窟住过,他也未必说得出"倒卧"的意思。

乍看,多像陆军操典里的一种姿势。才不是呢!"倒卧"指的是在那苦难的年月里,特别是冬天,由于饥寒而倒毙北京街头的穷人。身上照例盖着半领破席头,等验尸官填个单子,就抬到城外乱葬岗子埋掉了事。

我上小学的时候,回家放下书包,有时会顺口说一声:"今儿个北新桥头有个倒卧。"那就像是说:"我看见树上有只麻雀"那么习以为常。家里大人兴许会搭讪着问一声:"老的还是少的?"因为席头往往不够长,只盖到饿殍的胸部,下面的脚——甚至膝盖依然露在外面,所以不难从鞋和裤腿辨识出性别和年龄。那是我最早同死亡的接触。当时小心坎上常琢磨:要是把"倒卧"赶快抬到热炕上暖和暖和,喂上他几口什么,说不定还会活过来呢!记得曾把这个想法说给一位长者听,回答是:多哪门子事,自找倒楣!活不过来得吃人命官司,活过来你养活下去呀!

难怪有的人一望到"倒卧",就宁可绕几步走开。我一般也只是瞅上两眼,并不像有些孩子那么停下来。可是有一回我也挤在围观者中间了。因为席头里伸出的那部分从肤色到穿着(尽管破烂，而且沾着泥巴）都不同寻常。从没见过腿上有那么密而长的毛毛，他脚上那双破靴子也挺奇怪。"倒卧"四周已经围了一圈人，一个叼烟袋锅子的老大爷叹了口气说："咳，自个儿的家不呆，满世界乱撞！"

不大工夫，验尸官来了。席头一揭开，我怔住了。这不正是我在东直门大街上常碰见的那个"大鼻子"吗？枯瘦的脸，隆起的颧骨，深陷的眼眶，脖子上挂根链子，下面垂着个十字架。那件绛色破上衣的肘部磨出个大窟窿，露着肉，腰间缠着根破绳子。

验尸官边填单子边念叨着："姓名——无，国籍——无，亲属——无。"接着，两个汉子就把尸首吊在穿心杠上，朝门脸抬去。

那时候我只知道"大鼻子"就是"老毛子"，对他的来由却一无所知。

后来才明白：十月革命一声炮响，沙皇的那些王公贵族挟着细软纷纷逃到巴黎或维也纳去当寓公了，他们的司阍、园丁、厨子和仆奴糊里糊涂地也逃了出来。有些穷白俄就徒步穿过白茫茫的西伯利亚流落到中国，到了北京。由于东直门城根那时有一座蒜头式的东正教堂，有一簇举着蜡烛诵经的洋和尚，它就成了这些穷白俄的麦加。刚来时，肩上还搭着块挂毡什么的向路人兜售；渐渐地坐吃山空，就乞讨起来。这个"大鼻子"就是他们中间的一个。

我最后一次见到"大鼻子"是在那两天之前的黎明，在羊管胡同的粥厂前面。像往日一样，天还漆黑我就给从热被窝里硬拽出来。屋子冷得像北极，被窝就像支在冰川上的一顶帐篷，难怪越是往外拽，我越往里钻。可是多去一口子就多打一盆子粥，终于还得爬起来，胡乱穿上衣裳。那时候胡同里没路灯。于是，就摸着黑，嚓嚓嚓地朝粥厂走去。那一带靠打粥来贴补的人家有的是。漆黑漆黑的，脚底又滑。一路上只听见盆碗磕碰的响声。

粥厂在羊倌胡同一块敞地的左端。我同家人一道各挟着个盆子站在队伍里。队伍已经很长了，可粥厂两扇大门还紧闭着，要等天亮才开。

1921年冬天的北京，寒风冷得能把鼻涕眼泪都冻成冰。衣不蔽体的人们一个个踩着脚，搓着手，嘴里嘶嘶着；老的不住声地咳嗽，小的冷得哽咽起来。

最担心的是队伍长了。因为粥反正只那么多，放粥的一见人多，就一个劲儿往里兑水。随着天色由漆黑变成暗灰，不断有人回头来看看后尾儿有多长。

就在两天前的拂晓，我听到后边吵嚷起来了。"'大鼻子'混进来啦！中国人还不够打的，你滚出去！"接着又听到一个声音："让老头子排着吧，我宁可少喝一勺。"吵呀吵呀。吵可能也是一种取暖的办法。

天亮了，粥厂的大门打开了。人们热切地朝前移动。这时，我回过头来，看到"大鼻子"垂着头，挟了个食盒，依依不舍地从队伍里退出来，朝东正教堂的方向踱去。他边走边用袖子擦着鼻涕眼泪，时而朝我们望望，眼神里有妒嫉，有怨忿，说不定也有悔恨——

1939年9月初。

法国邮轮"让·拉博德"号在新加坡停泊两个小时加完水之后，就开始了它横渡印度洋六千海里的漫长航程。离赤道那么近，阳光是烫人的。海面像一匹无边无际的蓝绸子，闪着银色的光亮。时而飞鱼成群，绕着船头展翅嬉戏。

船是在欧战爆发的前一天从九龙启碇的。多一半乘客都因眼看欧洲要打仗而退了票。"阿拉米斯"号开到西贡就被法国海军征用了。这条船从新埠开出后，三等乘客就只剩下我、一位在阿姆斯特丹中国餐馆当厨师的山东人和一个亚麻色头发、满脸雀斑的小伙子。餐厅为了省事，就让我们也到头等舱去用饭。

在我心目中，一艘豪华邮轮的餐厅理应充满欢乐的气氛。侍者砰砰开着香槟酒，桌面上摆满佳肴和各色果品。随着悦耳的乐声，男女乘客像蝴蝶般地翩然起舞。乘客中间如有位女高音，说不定还会即席唱起她的拿手名曲。

很失望，这是一艘阴沉的船，船上载的净是些愁眉苦脸的人。在餐桌上，他们有时好像不知道刀叉下面是猪肝还是牛排，因为他们全神几乎都贯注在扩音器上，竖起耳朵倾听着他们的母亲法兰西的战争部署：巴黎实行灯火管制了，征兵的条例公布了——是的，这是对大部分男乘客切肤的事，因为船一靠码头，他们就得分头去报到；然后，换上军装，进入马奇诺防线。女乘客也有自己的苦恼：得忍受空袭，物资的短缺，守着空峙去等待那不可知的命运。他们的眼睛是直呆呆的，心神是恍惚的。一位女乘客碰了丈夫的臂肘一下，说："亲爱的，那是胡椒面！"他正要把小瓶瓶当作糖往咖啡杯里倒。

正因为大家这么忧容满面，就更显出三等舱里那个有雀斑的小伙子与众不同了。他年纪在二十岁左右，是个最合兵役标准的青年。可他成天吹着口哨，进了餐厅就抱着那瓶波尔多喝个不停。酒一喝光，他就兴奋地招呼侍者"添酒啊！"船上虽然没举办舞会，他却总是在跳着探戈。

每天早晨九点，全船要举行一次"遇难演习"。哨子一吹，乘客就拿着救生圈到甲板上指定的地点去排队，把救生圈套的脖颈上，作登上救生艇的准备。我笨手笨脚，小伙子常帮我一把。因为熟了一些，一天我就说："这条船上的乘客都闷闷不乐，就只有你一个这么欢蹦乱跳。"

"是啊，"他沉思了一下，朝印度洋啐了口唾沫说："他们都怕去打仗。我可巴不得打起来。我天天盼！从希特勒一开进捷克就盼起。唉，（他得意地尖笑了一声。）可给我盼到了。"

我真以为是在同一个恶魔谈话哩，就带点严峻的口气责问他为什么喜欢打仗。

"你知道吗？我是个无国籍的人，"他接着又重复一遍，"无国籍。我妈妈是个白俄舞女（随说随在胸前划了个十字。她可能已不在人世了。）我爸爸吗（他猴子般地耸了耸肩头，然后摊开双手）？不知道。他也许是个美国水兵，也许是个挪威商人。反正我是无国籍。现在我要变成一个有国籍的人。"

"怎么变法？"他肯这么推心置腹，使我感动了。于是，对他也同情起来。

"平常时期？没门儿。可是如今一打仗，法国缺男人。他们得召雇佣兵。所以（他用一条腿作了个天鹅独舞的姿势。）我的运气就来了。船一到马赛，我就去报名。"

我望着印度洋上的万顷波涛，摹想着他——一个无国籍的青年，戴着钢盔，蹲在潮湿的马奇诺战壕里，守候着。要是征求敢死队，他准头一个去报名，争取立个功。

然而踏在他脚下的并不是他的国土，法兰西不是他的祖国。他是个没有祖国的人——

1949年初，我站在生命的一个大十字路口上，做出了决定自己和一家命运的选择。

其实，头一年这个选择早已做了。家庭破裂后，正当我急于离开上海之际，剑桥给我来了一封信：大学要成立中文系，要我去讲现代中国文学。当时我已参加了作为报纸起义前奏的学习会，政治上从一团漆黑开始瞥见了一线曙光。同时，在国外漂泊了七年，实在不想再出去了。在杨刚的鼓励下，就写信回绝了。

1949 年 3 月的一天，我正在九龙花墟道寓所里改着《中国文摘》的稿子，忽然听到一阵叩门声。哎呀，剑桥的何伦①教授气喘吁吁地来了。他握住我的手解释说，是报馆给的地址。然后坐下来，呷了一口茶，才告诉我这次到香港他负有两项使命，一个是替大学采购一批中文书籍——他是位连鲁迅这个名字也没听说过的《诗经》专家，另一项是"亲自把你同你们一家接到剑桥"。口气里像是很有把握。他认为我那封回绝的信不能算数，因为那时"中国"（他指的是白色的中国）还没陷到今天的"危境"（指的是平津战役后国民党败溃的局面）。他估计我会重新考虑整个问题。

在剑桥那几年，这位入了英籍的捷克汉学家对我一直很友好，我常去他家喝茶，还同他度过一个圣诞夜。他一边切着二十磅重的火鸡，一边谈论着《诗经》里"之"字的用法。饭后，他那位曾经是柏林歌剧院名演员的夫人自己弹着钢琴就唱了起来。在她的指引下，我迷上了西洋古典音乐。

可是当时他所说的"危境"正是我以及全体中国人民所渴望着的黎明。我坦率地告诉他说，我是个土生土长的中国人，中国在重生，我不能在这样的时刻走开。

两天后，这位最怕爬楼梯的老教授又来了。一坐下他就声明

---

① 何伦：英国剑桥大学中文系教授。

这回不是代表大学，而是以一个对共产党有些"了解"的老朋友来对我进行一些规劝。他讲的大都是战后中欧的一些事情：玛萨里克① 死的"不明不白"啦，匈牙利又出了主教② 叛国案啦。总之，他认为在西方学习过、工作过的人，在共产党政权下没有好下场。他甚至哆哆嗦嗦地伸出食指声音颤抖地说："知识分子同共产党的蜜月长不了，长不了。"随说随戏剧性地站了起来，看了看腕上的表说："我后天飞伦敦。明天这时候我再来——听你的回话。"对于我说的"我不会改变主意"的声明，他概不理睬。他只伸出个毛茸茸的指头逗了一个摇篮里的娃娃说："为了他，你也不能不好好考虑一下。"

西方只有一位何伦，东方的何伦却不止一位。有的给我送来杜勒斯乃兄写的一部《斯大林传》，还特别向我推荐谈三五年肃反的那章。有的毛遂自荐当起"参谋"："你进去容易，出来就难了。延安有老朋友了解你？等斗你的时候，越是老朋友就越多来上几句。别看香港这些大党员眼下同你老兄长老兄短，等人家当了大官儿，你当了下属的时候再瞧吧。受了委曲不会让你像季米特洛夫③ 那么慷慨激昂地当众讲一通的，碰上了德莱季雷福斯④ 那样的案子，也不会出来个左拉替你大声疾呼。"

于是，参谋出起主意了："上策嘛，接下剑桥的聘书，将来尽可以回去作客。当共产党的客人可比当干部舒服。中策？当个

---

① 玛萨里克：捷克解放后第一任外交部长，跳楼自杀。

② 指匈牙利红衣主教敏明蒂，他被指控叛国，株连多人。

③ 季米特洛夫：保加利亚共产党领导人，30 年代在柏林国会纵火案中被诬陷，他在法庭上慷慨激昂地痛斥法西斯诬陷者。

④ 德莱季雷福斯：犹太血统的法国军官，1894 年被法国军事当局诬告，著名作家左拉因而写下《我控诉！》一文为之辩护。1899 年德莱季雷福斯被政府宣告无罪。

半客人——要求暂时留在香港工作，那样你还可以保持现在的生活方式，又可以受到一定的礼遇，同时静观一下再说。反正凭你这个燕京毕业，在外国又呆过七年的，不把你打成间谍特务，也得骂你一顿'洋奴'！"

那一宿，我服过三次安眠药也不管事。上半夜是那一句句的"忠告"像几十条蛇在我心里乱钻。后半夜我只要一阖上眼，就闪出一幅图画，时而黑白，时而带朦胧彩色，反正是块破席头，下面伸出两只脚。摇篮里的娃娃似乎也在做着噩梦。他无缘无故地忽然抽噎起来，从他那委屈的哭声里，我仿佛听到"我要国籍"。

天亮了，青山在窗外露出一片赭色。我坐起来，头脑清醒了一些。

两小时后，我去马宝道①了。临走留下个短札给何伦教授："报馆有急事，不能如约等候，十分抱歉。更抱歉的是害你白跑三趟。我仍不改变主意。"

八月底的一天，我把行李集中到预先指定的地点，一家人就登上"华安轮"，随地下党经青岛来到开国前夕的北京。

三十个寒暑过去了。这的确是不平静也是不平凡的三十年。在最绝望的时刻，我从没后悔过自己在生命那个大十字路口上所迈的方向。今天，只觉得感情的基础比那时深厚了，想的积极了——不止是不当，而是要把自己投入祖国重生这一伟大事业中。

1979 年 5 月

（原载 1979 年 5 月 23 日《人民日报》）

---

① 马宝道：《中国文摘》编辑部所在地，在香港北角。

一堂难忘的历史课

唐弢

我自己也没有想到，在绍兴之行中，居然意外地回了一次已经阔别五十五年的家乡。

一九五二年，我和郑西谛（振铎）两人，在杭州、绍兴、余姚、宁波作工作旅行，重点参观了我国现存最古的藏书楼范氏天一阁；一九五四年，我应当地驻军之邀，到宁波讲课两周，在唐代建筑天封塔前照过一张相，又看了分驻在慈溪、镇海乡间的连队。两次南行都已逼近我的出生地，却没有能够寻一下童年生活的陈迹。这一回，虽然时间较紧，却在宁波师专徐季子、《宁波报》周律之等同志陪同下，不仅游览了佛教胜地天童寺，亲自体验王安石诗"二十里松行欲尽，青山捧出梵王宫"的自然景色，还目睹了许多新的建设：浙江炼油厂在俞范的闪闪发亮的炼油塔，镇海发电厂在虹桥的鳞次栉比的建筑群，又详细地听北仑港张先达同志介绍这个可以停泊十万吨海轮的深水港修建的经过。而且，我又回到我的出生地——本来属于镇海县西乡、现已划归宁波市北郊公社的畈地塘大队，探亲访故，寻桑问麻，遇见了一个从小学一年级到四年级和我同班、现在退休家居的老同学。这确是一次很难得的巧遇。

王粲说过："人情同于怀土兮，岂穷达而异心！"但我以为一个人之怀念故土，往往又和他对童年生活的记忆有关，因为故乡总是和童年纠结在一起的。例如我和那个同学，在本村古唐小学同班四年，时间不算很短，但我现在能够记起的，却只是他熟悉《三国演义》，常向较小的同学讲"四弟"赵子龙的故事；再就是，那时流行朗读，背书的时候，我和他都能将《秋水轩尺牍》里骈四俪六的句子，用抑扬顿挫的调门背出来，得到了老师的赞扬。除此以外，脑子里空空洞洞，什么事情也想不起来了——那几年的经历实在太平凡。

从五年级起，我转学邻村柏墅方的培玉学校，对故乡的记忆逐渐清晰起来，因为我开始有了自己的童年。培玉的校长江后邨（五民）先生，他是举人出身的剡溪有名的学者，我还先后受到宁海黄寄凡先生、歙县程庚白先生、奉化邬显章先生的教导。《秋水轩尺牍》不读了。寄凡先生深受五四运动的影响，赞成新思想，提倡白话文，他把胡适的《鸽子》《老鸦》，唐俟的《人与时》，周作人的《两个扫雪的人》，抄在黑板上，当作课文教。这是我和新文学接触的开始。接着来任课的是庚白先生，他似乎不大赞成白话文，却很佩服武林缪莲仙（艮）的为人，让我们选读《梦笔生花》里的文章，什么《肚痛埋怨灶君》啦，《猢狲戴帽儿学为人》啦，嬉笑怒骂，喻世讽人。庚白先生认为学生读了这些能开窍。总之，用现在的话说，老师们的思想很解放。

不过在我记忆里铭刻最深的，却还是课堂以外的教育。一九二五年春天，全县开春季小学运动会，培玉学校练就一套哑铃操，从容挥舞，节拍井然，一阵阵好比天外轻雷，远处听去，饶有余味。后邨先生亲自为这个团体操命名，定为：声声慢。不料师生们浩浩荡荡开进县城以后，却因裁判失职，几个学校罢赛，哑铃操临时没有表演。我们便住下来，索性改为到城郊去春游了。

我是第一次到县城，也是第一次看到坐落在甬江口上招宝山的雄姿。金鸡山隔江对峙，蛟门山环锁港口，对面不远便是伏处海中的虎蹲山，岗峦相望，形势险要。我们参观了威远炮台。我还记得炮台筑在岩石丛里，盘旋而下，突入海中，位置和水平线相齐。室内有小洞如窗，可以窥伺洋面，水天相接，帆影点点。体育老师身倚炮座，为我们讲述鸦片战争的故事，舟山群岛失陷，葛云飞、王锡朋、郑国鸿在定海战死，敌人大小军舰二十艘，排定方位，向镇海开炮，附近军民集合在防御工事后面，拼命抵抗，不肯撤退。有的人全家殉难。他讲得有头有尾，有声有色，眼里噙着泪水，声音显得不大自然。

"老师怎地晓得那么详细呢？"一个同学问。

"我听家里人说的。"

"哦，你们原来不知道，"炮台里一位老人说，"他爷爷的父亲是炮手长，那次牺牲了。"

我们——我们这群不大懂事的孩子，不约而同地用尊敬的眼光射到体育老师的身上，年轻的体育老师低下头。啊，他这回真的哭了。

这是我生平受到的最难忘怀的一堂历史课。

第二次到县城，那是"五卅"惨案发生以后，消息传来，学校纷纷罢课。我们也决定响应，成立了一个后援会，有演讲队，也有剧团。剧本由师生自编自导，我记得最受欢迎的是《安重根》，演朝鲜志士安重根爱国的故事。先在本村演，随即租了一只很大的乌篷船，长征到别的村镇去。半个暑期，师生们就坐这租来的船，到处流浪。好在夏天生活简单，各地都有学校借住，我们象是跑江湖的草台班一样，走了不少码头，终于，向上海汇出了一笔为数不算很小的爱国捐。

巡回演出也增长了我的见识。鸦片战争时，我们乡间有首歌谣说:"海角方求战,朝端竟议和,将军伊里布,宰相穆彰阿。"反对统治头子媚外求和,直斥其名,这是很有一点胆识的。当我在各地巡回的时候,我深深地感到祖国山河的雄伟与可爱。岂仅招宝山而已,镇海周围都设有海防,都有宁死不屈的抵抗侵略的军民。按照那时的筹海图编,不仅我六、七岁时曾去游玩,如今宁波师专所在地的三官堂,是招宝山辖下四个防区之一,便是我的出生地畈地塘那样小村落,也被列为从龙山到鄞县的一个中途的防区。在那个年代里,老百姓事事有备,处处设防,谁说在我们这个伟大民族的祖先中间,竟没有一个胸怀祖国的有心人呢?

有的,有的。可是他们被埋没了,他们的功业也随着人的埋没而被埋没了。

五十五年一转眼已经过去。我站到北仑港伸入海中一公里的引桥的顶端,在"F"形码头第一个横楞上缓缓散步。波浪滔滔,海风拂面。我的心潮起伏着。我想起了逝去的童年,想起了在威远炮台听体育老师讲过的故事,想起了随着乌篷船到处流浪、演爱国戏募钱的难忘的生活。我从心底里感觉到:我们的时代变了!从抵御侵略到友好往来,我们的民族已经站立起来了!大榭岛横在海中,像一座天然屏障,保护这个新建立的深水良港,使它不遭飓风袭击,不受泥沙淤积,从世界各地载着友谊而来的十万吨巨轮可以在这儿自由停泊。多么巧妙的安排啊!只有当人民自己主宰自己的命运,一切事情都照科学的规律去办的时候,大自然才会听任摆布,接受驱使,并且乖乖地驯服起来。

历史,原来历史就是这样发展过来的。

1980 年 9 月 1 日

(选自《生命册上》,浙江文艺出版社,1984)

一个潜藏着的主旨

——《我是中国人》序

严文井

　　我极其希望我们的孩子们很快就能得到一大批好书。

　　我认为将来我们所有的好书，不管是什么品种，恐怕都应当潜藏着这样一个主旨，就是要让我们的孩子们感觉到，我们是中国人。这本书里的二十四篇故事，每一篇都潜藏着这样的主旨。

　　我们并不是生活在地球以外。要让我们的孩子知道整个地球，知道中国的周围。只有这样，才能知道我们中国的真正位置和她的重要性，才能懂得我们自己。好比一个乐曲，如果我们有了关于中国和中国人这样的主题，那么，我们的节奏，旋律，和声，变奏，自然就会变得富有自己的特色。我们将要演奏自己的乐曲，唱自己的歌，来参加全世界的比赛。我们依靠自己独创的风格来夺取金牌。

　　我们为儿童创作的作家、艺术家们有一个重要的课题，那就是，如何从我们的现实生活里面，发现和表现中国人自己的美。我们是有美的。这二十四个故事里的主人公，有些生活在过去的历史时代，更多的是生活在我们的现实生活里，他们都有着高尚的爱国情操，无疑，他们的精神境界是美的。不能说凡是真实的东西就是不美的。虽然，在真实生活里我们也有丑恶。正是为了去掉这个丑恶，我们才来强调发现美、表现美。我们无须来虚构一种美，因为美本来就存在。如何发现本来已经存在的美，表现美与丑的斗争，美终于能战胜丑这样一些事实，这就是我们的责任。我们和我们的后继者都有责任，使我们的古老文明得到继承，使我们的中国向前发展，使我们有可能在世界上创造一种新的更高的文明。

我们没有任何理由悲观，我们不否认我们有些地方落后，但是可以相信我们总有一天能够走到最前面去。我们也应当相信孩子们，青年们，相信他们能够成长，能够成熟，逐渐提高。我们有些青年在真正认识了中国之后，就不会盲目称赞外国的一切。若干年后，倒可能有越来越多的外国青年向往中国。如果我们能够用实际的成就来解答如何使得生活充实，精神不空虚的话，他们就会来。欢迎他们来。我们将要很慷慨地提出我们所知道的东西。我们也决不保守，决不自高自大，我们也要研究他们的成就，学习他们的优点。但是我们总是中国人，中国人有中国人自己的特点，自己的美，我们要用我们自己特有的方式学习。我们学习的目的是为了中国。

正是因为还有困难，甚至还可能要碰到意想不到的苦难，我才更感到做一个中国人的自豪。我们对于全世界，不是乞讨者。也决不会有人对我们施舍的。要培养中国孩子的自尊心。我以为，《我是中国人》这本书，在培养我们的孩子的民族自尊心方面，是会起积极作用的。只有富于自尊心而又善于学习的中国人，才能存在，才能对全世界继续做出贡献。

1982 年冬

（选自《严文井散文选》，人民文学出版社，1985）

中国人自己的美

严文井

我能听见同伴呼唤我的声音，我活在活着的中国人当中。

我还能听见那些遥远处模糊的独白和对话，那些是死去的中国人的声音。他们停止了呼吸，留下了永远也不会消逝的反复的回声。我也活在死去的中国人当中。

我只能是一个中国人，这个逻辑非常通情达理。

我在我们这片土地上已经行走了若干年，而且正在行走着。如果可能，还要继续走下去。

我的眼睛，我的耳朵，我的心，一致重复地告诉我：中国人有自己的美。

虽然她有些害羞，有些躲躲闪闪。她就在那儿，不用怀疑。

我在我们这片土地上已经行走了若干年，而且正在行走着。如果可能，还要继续走下去。

我看见了前人和同行者的许多足迹，常常是印在坎坷不平的路上和泥泞中。那就是一幅幅画，并不难懂。

凌乱的足迹，夹杂着整齐的足迹，在前面，又在面前。

我听见前人和同行者的呼吸声音，常常是显现在狂暴的西北风中。那实际是喘气。然而这些喘气就是一个最美的歌曲引子，在前面，又在面前。

我们这许多年，说不上是两百年，两千年，还是多少年，并不都顺利。可能今后还会有许多不顺利。可是不能抱怨这片土地和她生育的子女。

当一只乌鸦向我们闪动翅膀的时候，正是因为它在叫嚣，奸笑，自鸣得意，我就更加相信中国美的生命力。

她的存在又一次得到了证实，她将继续存在又一次得到了预示。她就在那儿，不用怀疑。

我们活着的中国人
　　还要在我们
这片土地上
　　继续走下去
走下去！

用我们各自的足迹，整齐地，或凌乱地，加深：
中国人
　　自己的
美！

（原载 1982 年《长春》11 月号）

似无情，却有情

丁玲

六十年前，我离开了这块生养我，培育过我的地方。当时我只感到这地方的贫穷、落后、人压迫人、人欺诈人，充满了腐朽、黑暗。当我决定奔向广阔的社会，寻找挽救国家的道路时，我鼓动稚弱的双翅，除了对独立自强的母亲满怀同情和依恋外，对别的是毫无眷恋的，别了，我的家乡。

六十年来，我追求，我彷徨，我获得，我斗争。我曾四处流浪，也曾深夜苦读。我曾跋涉高山，游渡大海，遍踩荆棘，备受熬煎。我在幸福中成长，在苦液中浸泡，在烈火中锤炼。诬陷、迫害对我也是教科书，监狱、劳改也是自我改造的课堂。只要自己信仰坚定，无论处顺境、逆境，都不断地追求，就可能步步前进，赶上时代的浪头。

六十年来，战争时期或和平建设时期，我到了祖国的南北东西，我爱祖国的山川，我爱祖国的人民。我走到哪里，从人民中我总会发现珍宝，无私的心怀，高尚的情操。人民鼓舞我，抚慰我，启发我，鞭策我，在我的心上埋下了一颗火种，时时照亮我前进的路。有时晴空万里，有时阴云四布。但它总为我露出一丝光亮，使我充满希望和信心。我在人民的拥抱中，在复杂的生活里遨游。党教育我，我决心为人民服务，不向人民伸手。而人民却给了我一切，给了我幸福。有人问："哪里是你的故乡？"我回答："处处都是我的故乡。"于是我忘了生养我、培育过我的那块地方。

六十年后，我怀着一片萦生好奇，回到了这块地方。似无情，却有情。南岳的雄伟，张家界的奇秀，岳阳楼的古雅；湘资沅澧，四水清湛，八百里洞庭，浪涛滚滚，自然景色，如此明丽；历史文物，更激发了思古之幽情。这些情景，在六十年前，我离开这里的时候，如果我看到了，我也许会有"……书生意气，挥斥方遒，指点江山，激扬文字，粪土当年万户侯……"之概。但现在到底是六十年后，到了我不容易动情的时候了。但是我在这里匆匆走访了一个月之后，我却不能不因故乡人民的热情和建设社会主义的豪迈而满怀欣喜与感激。一个月来，我每到一个地方，总免不得要回首当年。呵，旧的已经消失了，找不到痕迹了，新的却迎面扑来，矗立在你面前：巨大的水轮泵站，好像要走向天际的渡槽，翠绿的茶园，宝石般的挂在枝头的蜜桔，满山的绿树，黄金色的等着收割的晚稻，躺在树荫下笔直的柏油路，按规划修建的生产队部、居民房舍、社办工厂、队办企业，这是三中全会以后出现的新式农村呵！我接触到一些社、队的基层干部，他们那么热情拥护党的路线，那么熟悉生产，熟悉人民。他们思想活跃，有理想，有步骤。他们爱生活，爱集体，爱国家。如果有同志要问："社会主义新人在哪里？"那不就是这些人吗！自然，又不只就是这些人。他们是实实在在的人，普普通通的人，是亲切的人，是脚踏实地、勤勤恳恳、一步一步向前走着的人。这些人真正迷住了我，我真想停在他们那里。我原来没有故乡的感觉，但这些可爱的人却使我产生了一种回到了可爱的家乡的感觉。我看到和我同姓的族人，"安福蒋家"的老老少少，我看到他们现在都有了固定的工作，他们都成了劳动人民，生气勃勃，样样都好。和旧社会的"安福蒋家"相比，他们谁也不再富甲一方了，可是如今他们什么也不缺少。在党的十二大决议指引下，他们也会发展生产，也能发家致富。自然，再也不是返回历史，回到旧社会的剥削掠夺。我看他们丝毫没有消沉，丢掉了旧的包袱不是会跑得更快吗！过去我曾经怕见他们，如今我们又站在一起合影留念。我不把他们当作落后，而是把他们当作新生的一代，当作自家人一样那么希望；他们也同我亲近，把我当作最亲的家人。这不也是一个很大的变化吗？

六十年后，我算有了一个真正的故乡，社会主义制度下的可爱的故乡。我曾是天涯游子，四处为家。我的根子不是扎在小小的故土，而是扎在祖国的大地。但现在却因为这块可爱的故土，使我有了一股新的温情，这大概就是所谓故乡情了吧。呵！故乡，祝你永远在社会主义大道上前进！

现在我又要离开了，在多了一份感情，多了一份关心，多了一份怀想之后，我又将离去了。这和六十年前离开故乡的情景是多么不一样呵！我将满怀这故乡之情而永远振奋，不遗余力，为开创社会主义建设的新局面而斗争前进。

1982 年 11 月 12 日长沙

（选自《丁玲散文选》，人民文学出版社，1985）

敬告作者

　　由于作者面广，时间跨度大，虽经多方努力，还有个别作者无法联系上。敬请作者或著作权人予以谅解，并与我们联系著作权使用事宜，我们将奉寄样书与支付稿酬。

　　电子邮箱：82569700@qq.com

编　者